G000118308

LES SOUPERS ASSASSINS DU RÉGENT

Membre du conseil scientifique de *Slowfood France* (mouvement pour la sauvegarde du patrimoine culinaire mondial), Michèle Barrière fait partie de l'association *De Honesta Voluptate*, fondée sur les travaux de Jean-Louis Flandrin. Journaliste culinaire, elle est l'auteur pour Arte de la série *Histoire en cuisine*.

MICHÈLE BARRIÈRE

Les Soupers assassins du Régent

Roman noir et gastronomique

AGNÈS VIÉNOT ÉDITIONS

AVERTISSEMENT

Cette histoire, purement imaginaire, fait apparaître des personnages qui ont bel et bien existé dans l'Europe du début du XVIIIᵉ siècle : Philippe d'Orléans, l'abbé Dubois, la princesse Palatine, la duchesse de Berry, le chevalier de Rions, le duc de Richelieu, Philippe V d'Espagne, le cardinal Alberoni, le marquis de Pontcallec, Marivaux, François Massialot, Claude Moët.

N.B. : Les formulations désuètes qu'emploient, parfois, ces personnages sont extraites de leurs écrits.

© Agnès Viénot Éditions, 2008.
ISBN : 978-2-253-12875-5 – 1re publication LGF

*À Alice qui grandit
et aux bébés 2009 de la rue Cauchois*

« C'est le joli temps de la Régence,
Où l'on fit tout excepté pénitence. »

Chanson populaire

1

— Temps de gueux, temps de chien, pesta Baptiste, un filet de pluie glaciale s'infiltrant dans son cou.

— Fin novembre, la Champagne n'est pas des plus accueillantes, mais c'est toi qui l'as voulu, rétorqua son compagnon, courbé sur sa monture. Courage, nous ne sommes plus loin de Pierry.

Lancée à vive allure, une petite voiture surgit du virage. Les deux cavaliers retinrent leurs chevaux prêts à faire un écart, mais ne purent éviter la gerbe de boue qui les inonda.

— Assassins ! hurla Baptiste. Encore un qui se croit tout seul sur la route. Regarde dans quel état il nous a mis, poursuivit-il, s'essuyant le visage du revers de la main.

— Nous ferons un brin de toilette en arrivant. Frère Oudart n'est pas très pointilleux sur la mise de ses visiteurs.

— Ce vieux fou ne doit pas souvent user d'eau pour se laver. Mais ce n'est pas ce qu'on lui demande ! Qu'il fasse le meilleur vin mousseux me suffit amplement.

Ils éperonnèrent leur monture et quelques minutes plus tard, le village leur apparut, noyé sous la pluie battante. Ils ne rencontrèrent âme qui vive dans les rues du bourg et se hâtèrent jusqu'à la maison bénédictine.

La cour était déserte. Ils attachèrent leurs chevaux et se précipitèrent vers le corps de logis dont la porte battait au vent.

– Frère Oudart est de plus en plus distrait, maugréa Baptiste en la refermant soigneusement.

Ils furent accueillis par une flambée crépitant dans la cheminée de pierre blonde. Baptiste Savoisy et Claude Moët, les mains tendues, s'en approchèrent avec plaisir, s'attendant à être salués par le rugissement de bienvenue dont frère Oudart était coutumier. Rien ne vint.

– Cet endroit a tout d'une bauge, déclara Claude Moët, désignant d'un geste le désordre régnant dans la pièce.

Dans un coin, des échalas neufs étaient empilés pêle-mêle avec des serpettes, des bêches, des seaux de bois, des paniers mannequins – ces grandes hottes servant aux vendanges. Sur la table, des papiers, des registres, des cartes disparaissaient sous une montagne de bouchons. Baptiste émit un sifflement. Il s'empara d'un des bouchons et le pressa entre ses doigts.

– Excellente qualité ! Ce liège est à la fois souple et résistant. Il y en a pour une fortune quand on sait qu'ils coûtent soixante sols les cent. Notre bon moine ne devrait pas laisser ce trésor sans surveillance.

– Cela ne lui ressemble pas, s'étonna Claude Moët. Il m'a toujours dit garder ses bouchons dans un lieu connu de lui seul. Où est-il passé ? Il ne peut être dans les vignes par un temps pareil. Allons voir dans les caves.

– Je croyais qu'il en interdisait formellement l'accès.

– Il est bien trop jaloux de ses méthodes de fabrication. On ne peut lui reprocher. Mais il se passe quelque

14

chose d'anormal : la porte ouverte, les bouchons abandonnés…

– Peut-être a-t-il un peu forcé sur la bouteille, reprit
Baptiste d'un ton léger. Connaissant son caractère irascible, je n'ai nulle envie de subir ses foudres si on le
découvre quelque part, cuvant son vin.

Claude Moët fit un geste de dénégation.

– C'est un ours. Toujours prêt à gueuler et vitupérer,
mais il ne boit pas. Tout comme dom Pérignon qui ne
buvait que du lait. Ou du moins, il ne boit que pour goûter et améliorer ses cuvées. Reste là si tu veux, je vais
voir au cellier.

Baptiste soupira, s'arracha à la chaleur de la cheminée et suivit son compagnon. Traversant la cour au pas
de course, ils s'engouffrèrent dans le bâtiment menant
aux caves. La porte n'était pas fermée. Un escalier
s'enfonçait dans de profondes ténèbres.

– Étrange ! S'il était dans les caves, les torches au
mur seraient allumées, murmura Claude Moët.

– Tu vois bien ! Inutile d'y aller, s'impatienta Baptiste. C'est bien ma chance de venir le jour où ce maudit moine a décidé d'aller faire un tour. Peut-être est-il
à Hautvillers ? C'est bien l'abbaye dont il fait partie ?

– Non, il est frère convers de l'abbaye de Châlons,
mais la paroisse de Pierry dépend de l'abbaye de
Hautvillers. Jamais il ne serait parti en laissant la porte
ouverte. Et il partage cette maison avec un autre frère
bénédictin, frère René.

Un air presque doux montait des caves. Pourtant,
Baptiste frissonna, resserra sur lui les pans de sa cape.
Il attendait que Claude Moët se décide à tourner les
talons.

— Reste là, déclara ce dernier. Je vais chercher une chandelle.

Baptiste jura tout bas. Il lui fallait absolument passer commande de vin mousseux s'il voulait continuer à approvisionner la table du Régent. Plus de deux cents flacons avaient été bus le mois dernier, et décembre 1718 s'annonçait sous les meilleurs auspices, d'autant que la duchesse du Maine lui avait demandé d'acheter tout ce qu'il trouverait. Avait-elle dans l'idée de priver son ennemi, le Régent, de sa boisson favorite ? Malgré toute l'admiration qu'il lui portait, Baptiste ne voulait pas rentrer dans son petit jeu. La politique et les affaires étaient deux choses distinctes. Le Palais-Royal était son principal client, il ne lui ferait pas défaut. Encore fallait-il mettre la main sur ce maudit frère Oudart.

Claude Moët revint, portant précautionneusement une lanterne. Il approcha la bougie de l'une des torches fixées au mur qui s'illumina aussitôt.

— Bizarre, la cire est encore tiède. Elle a été utilisée il y a peu de temps.

— Je te dis que le moine est parti. Ne perdons pas de temps, allons à Hautvillers, insista Baptiste. Il y sera certainement.

— Maintenant que nous avons de la lumière, descendons. C'est l'occasion rêvée de pénétrer dans le saint des saints que nous cache frère Oudart.

Claude Moët se saisit de la torche et descendit l'escalier, allumant les flambeaux au fur et à mesure de sa progression. L'odeur de vin, de futailles, de champignons, de moisi, se fit de plus en plus lourde. Baptiste ne put s'empêcher de froncer le nez. Comment un vin aussi délicieux et délicat que le mousseux pouvait-il naître dans ces sombres boyaux ?

L'escalier comptait une cinquantaine de marches.

— Frère Oudart m'a raconté qu'il y avait des dizaines de galeries à Pierry, déclara Claude Moët. Il vaut mieux ne pas se tromper.

— Manquerait plus que nous nous perdions dans ce labyrinthe, bougonna Baptiste. Ne me dis pas que ces caves ont été creusées spécialement pour entreposer le vin.

— Mais si ! Nulle part ailleurs qu'en Champagne, il n'y en a d'aussi bonnes. Ni trop chaudes en été, ni trop froides en hiver, à température constante, bien aérées, creusées dans de la craie, elles sont pour beaucoup dans la maturation et la conservation du vin.

Au débouché de l'escalier, une large galerie s'ouvrait sur la gauche. Baptiste n'aimait pas les souterrains et sentait croître un malaise diffus. Ils arrivèrent dans une vaste salle occupée en son centre par des fûts de chêne. L'odeur de vin se fit plus violente.

Soudain, Claude Moët s'écria :

— Attention, il y a du verre cassé.

Il éclaira le sol de sa torche.

— Nom de Dieu ! Ce sont des flacons brisés. Regarde, le vin s'est répandu par terre.

— Frère Oudart ne maîtrise pas mieux que les autres la pression du vin qui fait éclater les bouteilles. C'est bien ma veine ! Espérons qu'il en reste assez pour ma commande.

— Ce n'est pas la casse habituelle, rétorqua Claude Moët. Ces flacons ont été détruits volontairement et mis en tas.

Le faisceau de lumière fit apparaître sur la droite, entre deux fûts de chêne, le corps d'un homme baignant dans son sang.

– Frère René! hurla Claude Moët qui se précipita, s'agenouilla dans la mare visqueuse et souleva les paupières du moine. Il est mort, ajouta-t-il en se relevant.

D'un geste, Baptiste lui indiqua un autre corps au visage barbouillé de sang. Frère Oudart gisait, un morceau de verre fiché dans le cou. Sa poitrine se soulevait légèrement. Il était vivant.

– Vite, remontons-le, s'exclama Claude Moët.

– Pas avec cet éclat de verre qui peut le tuer si nous le bougeons. Essayons de le lui enlever.

– Tu es fou! Il va perdre tout son sang.

– Nous n'avons pas le choix, laisse-moi faire.

Baptiste enleva sa lourde cape de laine, sa veste et sa chemise qu'il roula en boule. Il saisit le bout de verre, le retira prestement et appuya l'étoffe avec force sur la blessure. Le tissu se teinta de rouge. Baptiste accentua sa pression.

– Le verre n'était pas enfoncé profondément. L'hémorragie peut être évitée.

Il resta de longues minutes ainsi, sans que le sang jaillisse. Il grelottait et Claude Moët eut la bonne idée de lui couvrir les épaules de sa cape. Baptiste souleva précautionneusement la boule de tissu et poussa un soupir de soulagement.

– Je crois qu'il est sauf. Espérons qu'il n'a pas perdu trop de sang. Nous allons le remonter à condition de trouver quelque chose faisant office de civière.

Claude Moët alla farfouiller derrière les futailles et revint avec une échelle. Elle ferait l'affaire. Avec soin, ils y placèrent la grande carcasse de frère Oudart. La remontée fut longue et difficile. Ils durent s'arrêter à plusieurs reprises pour reprendre souffle. Dans un dernier effort, ils traversèrent la cour sous la pluie toujours aussi rageuse. Claude Moët ranima le feu tandis que Baptiste nettoyait le visage du moine à l'aide d'un mouchoir mouillé d'eau. Ses paupières frémirent, il émit un long gémissement et tenta de porter les mains à son cou.

— Ne bougez pas, lui dit doucement Baptiste. Vous êtes blessé.

— Frère René ? Les flacons ? murmura-t-il dans un souffle.

— Vous parlerez plus tard.

— Je veux savoir, dit-il en voulant se relever. Ils l'ont tué, c'est ça ?

Baptiste se pencha sur lui et hocha gravement la tête. Le moine esquissa un signe de croix, sa main retomba sur sa poitrine. Il ferma les yeux, des larmes perlant aux paupières.

— Ils étaient deux, reprit-il. Armés de masses, ils ont frappé frère René, puis…

Ses paroles devinrent inaudibles. Claude prit sa main droite dans les siennes et lui dit doucement :

— Ne parlez pas. Vous nous raconterez quand vous aurez retrouvé des forces. Nous allons veiller sur vous.

— Je dois savoir. Ils ont commencé à massacrer les flacons. Dites-moi, je vous en supplie, il en reste ?

— Nous ne savons pas, répondit Baptiste. Le plus important était de vous sauver.

— Mes flacons, sanglota le moine, je vous en prie, allez voir dans la cave, dites-moi…

— Nous irons tout à l'heure, répliqua fermement Claude Moët. Nous devons d'abord nous assurer que vous n'avez pas d'autres blessures.

Le vieux moine se laissa déshabiller comme un enfant. Hormis la plaie au cou et une multitude de coupures au visage, il était indemne. Ses compagnons le vêtirent d'une chemise de chanvre rugueux trouvée sur le bat-flanc qui lui servait de lit et l'enroulèrent dans des couvertures de laine.

— Je vais à Épernay chercher un médecin, déclara Claude Moët. Cette blessure est trop vilaine.

— Inutile. Ces ânes me tueraient! Prenez la fiole de millepertuis sur le rebord de la fenêtre. Cela préviendra l'infection.

La voix de frère Oudart était plus ferme.

— Et prenez aussi la bouteille d'eau-de-vie de marc sur la cheminée et versez-m'en un verre, ajouta-t-il. Pour une fois, j'en ai besoin.

Claude Moët s'exécuta et versa trois petits verres. Baptiste faillit s'étrangler en buvant le liquide foncé, à la saveur âcre. Malgré sa faiblesse, frère Oudart ne sembla nullement incommodé par l'ardeur de la boisson. Il en redemanda un verre qu'il avala avec la même facilité. Se dressant sur son séant, il s'empara de la bouteille et la garda serrée contre lui.

— Il faut que vous retrouviez les assassins, déclara-t-il. Ils ne doivent pas être loin. Quelle heure est-il?

Claude Moët sortit sa montre oignon, ouvrit le boîtier.

— Près de onze heures.

— C'est arrivé vers dix heures. Nous venions de descendre à la cave. Vous n'avez croisé personne?

— Avec un temps pareil, il n'y avait pas un chat dehors. Nous étions les seuls sur la route…

— La voiture, l'interrompit Baptiste, celle qui roulait à toute allure…

— Ce sont eux, j'en suis sûr, s'enflamma frère Oudart. Sautez à cheval et poursuivez-les.

20

— À l'heure qu'il est, ils sont loin. Arrêtez de gigoter, sinon votre blessure va se remettre à saigner, lui ordonna Claude Moët.

Voyant que le moine ne se calmait pas, il tira une chaise à son chevet et d'un signe indiqua à Baptiste de faire de même.

— Allez-y, racontez-nous, mais peut-être vaudrait-il mieux aller chercher le lieutenant criminel d'Épernay.

— Pas question, cela prendrait des heures et il vous faut partir à leurs trousses.

Claude Moët regarda Baptiste et fit un geste d'impuissance.

— Ils sont venus me voler mon secret, poursuivit le moine.

— Quel secret ? demandèrent en chœur Claude Moët et Baptiste.

— Vous ne croyez tout de même pas que je vais vous le révéler. Seul frère René était au courant, paix à son âme.

— Ont-ils essayé de vous faire parler, vous et frère René ?

— Je n'ai même pas entendu le son de leurs voix. Ils n'ont fait que frapper, casser. Je les ai suppliés d'arrêter, de ne pas détruire nos précieux flacons. L'un d'eux s'est approché de moi avec un tesson de verre et je ne me souviens plus de rien.

Épuisé, frère Oudart retomba sur sa couche.

— C'est étrange, fit remarquer Baptiste. S'ils voulaient votre secret, ils vous auraient menacés, voire torturés pour que vous leur dévoiliez.

Le moine ferma les yeux et murmura d'une voix blanche :

– Frère René leur a peut-être donné. Ils devaient savoir que pour rien au monde, je ne leur aurais parlé. C'est l'œuvre de ma vie. Je préfère mourir plutôt que de dire quoi que ce soit. Frère René n'a peut-être pas eu la force d'âme de leur résister.

Cette pensée le plongea dans un long silence que ses deux compagnons n'osèrent briser.

– Leur rage à détruire était effrayante, reprit frère Oudart. Je les ai vus saisir les bouteilles dans leur lit de sable et les fracasser sur les dalles. Des gerbes de mousse les éclaboussaient. Frère René a essayé de faire un rempart de son corps, ils l'ont jeté à terre.

– Avez-vous vu leur visage ? demanda Baptiste.

– Ils avaient pris soin de les cacher sous des étoffes noires.

– N'avez-vous remarqué aucun signe, aucune marque permettant de les reconnaître ?

– Hélas, non. Des ombres, des diables surgis de l'ombre pour mener leur œuvre de destruction.

– Il faut absolument que vous parliez à la police, déclara Claude Moët. Nous ne pouvons rien faire de plus.

Ces paroles eurent le don d'exaspérer le moine.

– Vous êtes bien contents de venir me trouver et de me supplier de vous vendre des bouteilles qui vont enivrer vos riches clients parisiens. Quand je vous demande votre aide, il n'y a plus personne. Vous, Claude Moët, vous en voulez toujours plus, comme tous les commissionnaires en vins. Vous voyez la fortune scintiller dans les bulles de mon mousseux. Vous voulez prendre la place de Bertin du Rocheret qui, lui, envoie mes flacons jusqu'en Amérique. Et vous, Baptiste Savoisy, deux ans que vous êtes accroché à mes basques. Vous êtes insatiable, sans vergogne, toujours à vous vanter de vos liens avec les puissants. Vous vous moquez pas mal du travail de la vigne, du dur labeur des vignerons, des heures passées à soigner nos vins. J'ai soixante-quatre ans et depuis près de quarante ans, je veille sur les vignes – qu'elles soient ici, à Chouilly, Cramant, Avize ou Épernay. Depuis la mort de dom Pérignon, c'est à moi qu'on demande conseil. Mes vins se vendent aussi cher que ceux de son abbaye de Hautvillers. Dieu sait si on a travaillé ensemble, mais moi, j'ai inventé…

Il se tut brusquement.

– Je suis un vieil ours et ce drame me chamboule plus que vous ne pourriez l'imaginer. Vous avez raison, je vais m'en remettre au lieutenant criminel. Je compte sur vous pour l'avertir. Je suis persuadé qu'il ne fera rien et qu'un jour ou l'autre, je me retrouverai de nouveau face à ces assassins. Je vous demande une dernière chose : allez chercher le corps de frère René.

Claude Moët et Baptiste acquiescèrent. Ils se livrèrent à cette tâche funèbre. Frère Oudart les avait suppliés de voir s'il restait des flacons intacts. Hélas, aucun n'avait réchappé au massacre.

Ils allèrent chercher le curé du village qui se joignit à frère Oudart pour veiller la pauvre victime. Baptiste et Claude Moët prirent congé discrètement.

Il ne leur restait plus qu'à rejoindre Épernay, distante d'une demi-lieue[1]. Après avoir prévenu le lieutenant de police, ils se rendirent chez Claude Moët où sa femme, Barbe, les accueillit avec de hauts cris. Dégoulinants de pluie, crottés, les bottes boueuses, ils ne prêtèrent

1. Une lieue = 3,89 km.

pas attention à ses récriminations et allèrent s'affaler devant la cheminée.

– Quelle histoire !

– Tu crois vraiment qu'il détient un secret ? demanda Baptiste.

– C'est bien possible. Il a travaillé avec dom Pérignon jusqu'à sa mort, il y a trois ans. Peut-être le vieux moine lui a-t-il fait quelques confidences.

– On dit que c'est lui qui a inventé le vin mousseux.

– C'est une légende née du grand talent de Pérignon, mais en Champagne les vins ont toujours eu tendance à mousser. Dom Pérignon a eu le mérite de maîtriser la mousse et de faire en sorte qu'elle se reproduise à chaque cuvée. Tu sais combien c'est difficile.

– Ne m'en parle pas ! Il n'y a rien de pire, dans une joyeuse assemblée où tout le monde attend que le bouchon saute, de se retrouver avec un vin aussi plat que tranquille. Je t'avoue ne pas bien comprendre comment notre Champagne devient mousseux.

– C'est son mystère ! Les Anglais, les premiers, en lancèrent la mode et usaient de quelques subterfuges comme d'ajouter du sucre. Des marchands peu scrupuleux continuent à y mettre de l'alun, de l'esprit-de-vin, de la fiente de pigeon…

– Pouah ! s'exclama Baptiste. Dieu me préserve d'avoir affaire à de tels escrocs.

– Tu n'as rien à craindre avec moi. Pour mousser, le vin doit être bouché avec des bouchons de liège et non avec les traditionnelles chevilles de bois entourées de chanvre. Là encore, les Anglais nous ont montré la voie. Ensuite, il faut avoir de bons flacons en verre épais et bien solide…

– Pour qu'ils n'éclatent pas sous la pression de la mousse, ça, je le sais, dit Baptiste en se resservant de vin d'Ay. Mais, pourquoi faut-il absolument mettre le vin en flacons ?

– C'est une des autres conditions du moussage. Une fois de plus, ce sont les Anglais qui fabriquent les meilleures bouteilles. Dans leurs fours, ils utilisent la houille et non le bois. Le refroidissement est alors excessivement lent et donne plus de solidité au verre.

– Décidément, ce sont eux, les maîtres du mousseux, s'exclama Baptiste.

Claude Moët le regarda avec un air de reproche.

– Ce ne sont pas eux qui travaillent les vignes. Et dom Pérignon fut le premier à mélanger le vin de plusieurs vignobles. Il n'avait pas son pareil pour détecter les meilleures grappes de ses parcelles. À chaque vendange, il veillait personnellement à ces mélanges. Mais attention, il ne prenait que du raisin noir, éliminait les grappes de raisin blanc qui donnent un jus virant au jaune et de très mauvaise conservation.

– Pourtant le mousseux est blanc…

– C'est ainsi ! Le mousseux ne peut venir que du vin gris, obtenu à partir de raisin noir. Le vin gris a l'œil vif, il est aussi clair que l'eau de roche la plus pure. C'est dans l'obtention d'un vin couleur de cristal qu'excellait dom Pérignon. Personne n'a égalé son parfait mousseux, stable, qui peut voyager et se conserver. Sauf frère Oudart…

– Tu vois bien qu'il a un secret ! s'exclama Baptiste. Toujours est-il que me voilà fait comme un rat, soupirat-il. Il me faut absolument revenir avec un chargement de flacons ou je peux dire adieu à mon privilège de fournisseur officieux du Régent. Ces gens boivent comme des trous et en veulent toujours plus.

– Je ne te l'ai jamais demandé, mais comment se fait-il que tu sois si proche du Palais-Royal ?

Baptiste soupira de nouveau, se leva et s'approcha de la cheminée.

– C'est une longue et vieille histoire. Disons que je connais le Régent depuis l'enfance et surtout, ma sœur, Alixe, lui tient lieu de cuisinière particulière pour ses détestables petits soupers.

– Voilà qui est précieux. Ne pourrais-tu en profiter pour inciter le Régent à supprimer cette stupide loi interdisant de transporter et vendre le vin en bouteilles[1] ? Pour un vin tel que le mousseux de Champagne, livrer en tonneaux n'a pas de sens.

Baptiste se rembrunit et déclara d'une voix où perçait un léger agacement :

– Ma sœur et moi avons quelques différends. Mais revenons à frère Oudart. Son soi-disant secret ne lui sert plus à rien pour l'année à venir. Ce vieux fou aura beau s'époumoner, cela ne fera pas revenir ses flacons. Au moins n'a-t-il plus à se préoccuper d'une éventuelle casse.

Claude Moët le regarda avec sévérité.

– Baptiste, ce n'est pas matière à plaisanterie. Dois-je te rappeler qu'un homme est mort ? Parfois, je me demande si la fréquentation des grands et des puissants ne te rend pas aussi sec qu'un cep en hiver.

– Foin de morale ! Avoue que le moine est un peu dérangé et pas très aimable. Il a dû se mettre à dos bon

1. Loi qui sera abrogée en 1728.

nombre de clients ou de vignerons. Je te parie que c'est l'un d'eux qui lui a joué un mauvais tour.

— Tuer un homme et détruire des centaines de bouteilles est un peu plus qu'un mauvais tour. Je crois sincèrement que frère Oudart est en danger.

Baptiste s'amusait de voir son ami Moët s'énerver ainsi. Il continua d'un ton léger :

— Que veux-tu, tout le monde n'aime pas le Champagne ! Il est peut-être victime d'un de ces médecins qui affirment qu'il rend fou à cause des bulles envahissant le cerveau.

— Ça suffit, Baptiste. Tu n'es pas drôle et ton cynisme m'exaspère. Que frère Oudart ait un secret ou non, j'aurai, dorénavant, un œil sur ce qui se passe à Pierry. Et nous ferions mieux de trouver une autre source d'approvisionnement. Espérons que ce maudit Bertin n'aura pas tout raflé.

— Finalement, cette histoire peut nous servir. Réfléchis : nous sommes les seuls à savoir qu'il n'y a plus une seule bouteille chez frère Oudart. Dépêchons-nous de passer commande là où il en reste. À l'abbaye de Hautvillers, chez le regretté dom Pérignon ; à Chamery, à Thil, à Rilly… Évidemment, en agissant ainsi, nous n'allons pas nous faire que des amis.

Claude Moët resta silencieux et finit par acquiescer d'un signe de tête. Dans les yeux de Baptiste brillait la promesse de gains futurs comme autant de petites perles dorées.

2

Tels de petits animalcules, les bulles couleur soleil d'hiver semblaient vouloir s'échapper de la flûte en verre de Venise. Le vin prend-il plaisir à engendrer cette mousse légère ? Ou bien se réjouit-il de ne plus être prisonnier de son lourd flacon ? Et si je tentais de saisir cette matière impalpable ? Peut-être serais-je emportée dans un tourbillon irisé, entraînée par une gaieté légère… On dit que le vin de Champagne ranime les amants languissants, rend joyeux et noie les chagrins. Je n'ai pas d'amant, je n'ai pas de chagrin, juste une grande lassitude à entendre les rires de ceux que je sers.

Derrière la porte, des éclats de voix se firent entendre. Alixe reconnut le timbre haut perché de la marquise de Parabère.

Ces soirées sont interminables. Je n'ai qu'une envie : dénouer mon tablier et m'en aller par la porte dérobée qui mène au cul-de-sac de l'Opéra. Les laisser à leurs beuveries et leurs orgies. Quitter le Palais-Royal pour retrouver le calme et les odeurs fraîches de ma maison de la rue Neuve-des-Petits-Champs.

À cause de ce maudit nabot de duc de Richelieu, sa langue acérée et ses manières détestables, le souper s'éternise. Il est arrivé en proposant un nouveau jeu. Qui a dû leur plaire car, tout au long du repas, je n'ai entendu que hurlements de rire et cris sauvages. Dieu merci, Massialot a bien perçu mon exaspération et s'est chargé d'apporter les plats. Je n'ai pas eu à subir le spectacle inventé par ce roué parmi les roués.

Alixe prit délicatement le verre en forme de calice, le mira à la lueur des chandelles. Le vin frémissait. Les minuscules perles dorées n'en finissaient pas de monter à la surface. Fermant les yeux, elle le but à petites gorgées.

Quand, à la mort de Jean et des enfants, le duc d'Orléans m'a proposé d'entrer à son service pour préparer ses petits soupers, je l'ai remercié de toute mon âme. Sans lui, je me serais noyée dans mes larmes. Il me fait confiance, il me connaît depuis toujours. J'ai une grande affection pour lui et sa mère, Madame, la princesse Palatine, qui a veillé sur moi quand j'étais petite. Il sait que je ne raconterai rien de ces soirées. Et gourmand comme il est, il aime ma cuisine et celle de Massialot. Mais je lui en veux de s'abîmer dans des chienneries et de s'entourer de si mauvaises gens. Même si je dois avouer que parfois ils me font rire. Ce sont de beaux esprits prompts à tout tourner en dérision. Quand il est devenu Régent, il y a quatre ans, à la mort de Louis XIV, Philippe n'a rien changé à son habitude de faire la fête chaque soir. Bien au contraire. À croire que plus les dangers et les menaces se multiplient, plus il veut les oublier en buvant et lutinant ses maîtresses.

La porte s'ouvrit sur un homme chargé de plats d'argent empilés à la diable.

— Débarrasse-moi vite de ce fatras. J'y retourne avant qu'ils ne se servent des assiettes comme projectiles. Ils sont déchaînés ce soir.

Alixe le déchargea prestement. Seuls Massialot et elle avaient le droit d'être présents lors des soupers du Régent. Quand il prenait l'envie à Philippe et à ses amis de faire la cuisine eux-mêmes, les deux cuisiniers se retiraient.

— Dépêchons-nous de leur servir la crème brûlée[1]. Je ne suis pas sûr qu'ils soient encore capables de l'apprécier. Ensuite, on plie bagage et on rentre.

— Tu m'en vois ravie.

— La Parabère a déclaré vouloir la préparer elle-même. Par bonheur, elle n'a pas réussi à se lever. Tu as les zestes et le jus d'orange?

— Tout est prêt. J'ai tellement hâte de m'en aller… Le lait chauffe et j'ai mélangé les jaunes d'œufs, la poudre d'amandes, les zestes d'orange, le citron confit, la farine et l'eau de fleur d'oranger, répondit Alixe en lui tendant une jatte en terre vernissée.

Massialot lui prit des mains, versa le lait chaud, transvasa le mélange dans une casserole et d'un geste régulier remua la crème quelques minutes avec une longue cuillère en bois. Pendant ce temps, Alixe disposait dix petites assiettes creuses en porcelaine tendre au décor de violettes.

— Voilà, c'est pris, s'exclama le cuisinier. Laissons refroidir un peu. Je t'ai à peine vue ce soir. Tu m'as l'air tout chiffonné. Tu as des ennuis?

— Non, je m'ennuie. Ces soupers me lassent. Je me demande si je ne devrais pas abandonner.

1. Recette page 347.

– Le Régent serait furieux…

– Il a d'autres chats à fouetter. Et il pourra toujours compter sur toi.

Massialot, faisant la moue, versa la crème à l'orange dans les assiettes.

– Je ne le lâcherai pas, c'est sûr. J'ai été son premier maître en cuisine, du temps où j'officiais chez son père, à Versailles et ici, à Paris. Et puis, il est généreux. J'ai besoin de l'argent qu'il m'octroie si libéralement. J'ai commencé à investir dans le merveilleux système de Monsieur Law. Si je veux vraiment faire fortune, il me faut une mise conséquente.

– Méfie-toi ! Cette histoire de papier-monnaie m'a l'air trop belle pour être complètement honnête. Je n'y comprends pas grand-chose…

– Alors tais-toi, l'interrompit en riant Massialot. Mets les fers au feu, s'il te plaît.

Alixe plongea deux fers dans la braise.

– Et que voudrais-tu faire d'autre ? reprit-il.

– Peut-être ouvrir un café comme avait toujours voulu le faire mon parrain Audiger.

– Il y en a des dizaines et il s'en ouvre chaque jour de nouveaux. Laisse cela aux petits commerçants, tu as mieux à faire. Les mets que nous préparons sont des bijoux. Nous sommes les orfèvres du goût.

Alixe fit une petite moue tout en concassant finement le sucre. Massialot en saupoudra la surface des crèmes, se saisit d'un fer rougi et l'appliqua sur la fine pellicule qui grésilla et dégagea une légère fumée odorante.

– Prends un plateau et accompagne-moi. Nous en aurons plus vite fini.

Alixe soupira, lissa de la main sa jupe de satin ivoire aux motifs de pivoine, rajusta son petit bonnet de dentelle, disposa les crèmes sur deux plateaux d'argent à bord mouluré et suivit le cuisinier.

Le petit salon où se déroulait le souper avait tout d'un champ de bataille. C'était pourtant une pièce charmante, dans la manière qu'affectionnait Philippe d'Orléans : des murs blancs aux boiseries cannelées d'or, des tentures de soie rose et de grands miroirs reflétant les lueurs des girandoles de cuivre doré et des lustres à pendeloques de cristal de roche. Le Champagne avait coulé à flots. Des flacons gisaient par terre. Le rafraîchissoir à bouteilles était vide. La nappe en lin damassée aux armes du Régent était maculée de taches grasses. Autour de la table dressée pour dix ne restaient que le Régent et une toute jeune fille. Certainement une danseuse de l'Opéra ou une comédienne, de celles qui plaisaient tant à Philippe : la taille gracile, des formes généreuses, de grands yeux en amande. Elle portait une robe légère de satin jaune brodée de mille fleurs. L'abbé Dubois, la figure sèche, le nez très saillant, le menton crochu, se tenait accoudé à la cheminée de marbre. Ami et conseiller du Régent, il ne quittait pas son maître des yeux. À l'entrée d'Alixe, Philippe leva le nez des seins de sa compagne et d'un petit signe de main lui indiqua de déposer les assiettes sur la table.

Les amis du Régent : *le brouillon*, autrement dit Monsieur de Broglie ; *Braquemardus de Nocendo* soit Monsieur de Nocé ; *la caillette gaie* qui n'était autre que le duc de Brancas et son pendant, *la caillette triste*, Monsieur de Canillac ; Monsieur de la Fare, dit *le bon garçon*, Madame de Sabran que le Régent surnommait *mon aloyau* et Madame de Parabère qu'il appelait *mon gigot* faisaient cercle autour d'un homme qu'Alixe ne connaissait pas. La petite quarantaine, plutôt bien fait de sa personne, grand, les épaules larges, brun, vêtu d'un justaucorps en velours cannelle sans fioriture, il se tenait à genoux devant un godemiché démesuré que lui présentait Richelieu. Le petit duc disait en gloussant :

– Recueille-toi et admire ce qui a fait le bonheur de ta chère épouse.

L'homme fermait les yeux, des larmes perlaient à ses paupières.

– Mais regarde donc ! Si la nature t'avait mieux favorisé, ta bien-aimée n'aurait pas eu besoin de venir batifoler avec nous.

– Arrête, lui intima le Régent d'un ton las. C'est assez que nous ayons tous profité des bontés de Madame de Trescoat. Laisse son mari tranquille.

– Vous surtout, Monseigneur, en avez eu l'usage. Et s'il est là, c'est de sa propre volonté. Un pacte nous lie, lui et moi. Il devait bien s'attendre à ce que nous jouions ici à d'autres jeux que ceux pour nonnettes.

– Laisse, je te dis. Nul besoin de l'humilier ainsi.

Richelieu riait de plus belle, imité par les autres.

Alixe détestait Richelieu. Ce jeune homme fluet était le plus cruel de tous les compagnons du Régent. Elle ne comprenait pas que Philippe fasse preuve d'autant d'indulgence à son égard. D'autant que ce n'était un secret pour personne qu'il avait fait vœu de séduire toutes les maîtresses du Régent. Il y réussissait fort bien. Philippe en riait, disant que partager les bons morceaux était attitude de prince. La dernière incartade de Richelieu l'amusait moins : le jeune duc était allé jusqu'à s'introduire dans le lit de Mademoiselle de Valois, la propre fille de Philippe. Charlotte-Aglaé, âgée de dix-sept ans, s'était amourachée de lui, ne jurait plus que par cette canaille, lui ménageait des rendez-vous au nez et à la barbe de son père. Fou de rage, le Régent lui cherchait activement un mari.

Pendant que Massialot faisait un peu d'ordre sur la table, Alixe se rapprocha d'Honoré qui, à son habitude, se tenait près de la porte, bien droit, les bras croisés sur la poitrine. Honoré était mirabalais, une fonction assez particulière à la cour du Régent puisqu'il s'agissait de venir au secours des virilités défaillantes et en quelque sorte, de finir la besogne entamée par l'un ou l'autre. Honoré était un cœur tendre et avait immédiatement sympathisé avec Alixe. Il lui rendait souvent visite à la boutique. S'il ne disait pas tout des scènes dont il était témoin dans le cadre de son étrange métier, Alixe n'ignorait rien des derniers ragots de la cour.

Alixe apprit que la femme de ce Trescoat était une petite dinde dont le Régent n'avait fait que deux bouchées. Elle avait disparu peu de temps après avoir voulu s'intéresser aux affaires de la France. Aux petits soupers, tout était permis, sauf de se mêler de politique.

— Et la jolie brune dans les bras du Régent ? demanda Alixe.

— Une jeune comédienne des Italiens. Toute neuve. Tu aurais dû voir son émerveillement quand les bouchons de Champagne ont sauté. Encore une qui va se brûler les ailes.

Massialot ayant annoncé d'une voix forte que les crèmes brûlées étaient servies, la petite bande revint à la table, laissant leur souffre-douleur dans un coin, prostré. Alixe s'en approcha et lui tendit un mouchoir pour essuyer ses larmes. Ainsi qu'un verre de Champagne qu'il refusa en détournant les yeux.

Alixe quitta le petit salon en toute hâte. Elle retrouva Massialot déjà coiffé de son chapeau et de sa veste. Il l'embrassa légèrement sur le front en disant :

– Ne traîne pas. On en a assez fait comme ça. Le Régent n'aura pas besoin de nous demain : il soupe chez sa fille au Luxembourg.

– Ils vont encore s'empiffrer et rouler sous la table. Je déteste la duchesse de Berry, ses grands airs et la manière indigne dont elle se comporte. Tout Paris jase sur ses coucheries avec son dernier favori, le chevalier de Rions. On dit même qu'elle l'a épousé en secret.

– Je te l'accorde, cette pauvre fille n'a pas toute sa tête, mais son père l'adore et lui passe tous ses caprices. Ce ne sont pas nos affaires. Rentre chez toi, prends du repos. Je passerai te voir à la boutique.

La jeune femme lui sourit. À près de soixante ans, Massialot gardait toute sa vitalité. Après avoir dirigé les cuisines du duc de Chartres, du marquis de Louvois, du cardinal d'Estrées, il restait un des cuisiniers les plus en vue de Paris. Ses deux ouvrages *Le Cuisinier royal et bourgeois* et *Nouvelle instruction pour les confitures, les liqueurs et les fruits*[1] faisaient autorité. À la mort de Louis Audiger, un de ses meilleurs amis et parrain d'Alixe, il l'avait prise sous son aile.

Alixe rangeait le pain de sucre dans une armoire quand elle sentit des lèvres douces se poser sur sa nuque.

– Je ne vous permets pas, s'écria-t-elle avec colère.

– Tout doux, ma belle, ce n'est que moi, lui murmura le Régent. J'ai vu à ton air pincé et désapprobateur que

---

1. Parus respectivement en 1691 et 1692, et maintes fois réédités.

quelque chose n'allait pas. Tu nous as habitués à davantage de bonne humeur.

— Monseigneur, vous savez que…

— N'essaye pas de m'impressionner avec ton Monseigneur. Jusqu'à tes six ans, tu ne m'appelais que Fifi. Gardons nos bonnes habitudes.

— Je n'étais qu'une petite fille ignorante de votre rang.

— Aujourd'hui, tu sais presque tout de ma vie et je vois bien si tu le pouvais, tu me foudroierais sur place.

— Je m'inquiète pour vous. Vous buvez trop, vous mangez trop.

— Je croirais entendre ma mère. Le vieux dragon t'aurait-il chargé de me surveiller ?

Alixe sourit et accepta de prendre la main qu'il lui tendait.

— Le souci que j'ai de vous est naturel.

— Voilà qui est doux à entendre. J'ai aussi le souci de toi et tu me sembles préoccupée.

Philippe se saisit d'un flacon de Champagne et versa le liquide ambré dans deux flûtes. Alixe le regardait en fronçant les sourcils.

— Vous voyez bien, vous n'êtes pas raisonnable.

— Détrompe-toi. Je n'ai pas bu un seul verre. Ma jeune voisine qui n'y avait jamais goûté a sifflé toute ma bouteille de Champagne. Ne sois pas trop sévère : boire permet d'oublier les tracas. M'enivrer la nuit est le plus sûr moyen d'accomplir ma tâche une fois le jour levé.

— Vous avez trop d'ennemis.

— À qui le dis-tu ! s'exclama-t-il en riant. Une grande partie de ma famille veut ma mort. Mon cousin Philippe, le roi d'Espagne, n'attend que ça pour prendre possession du trône de France. Ma cousine, la duchesse du Maine, clame partout qu'elle aura ma peau. Même ma femme, cette chère Lucifer, est prête à comploter contre moi. C'est pourquoi je prends du repos auprès de ceux qui m'aiment bien.

— Richelieu ne vous aime pas, rétorqua Alixe.

— Tu as raison, il me déteste, mais son esprit de répartie me fait rire.

— Je ne vous comprends pas. Vous acceptez les pires calomnies sans rien dire. Ainsi cette pièce, *Œdipe*, donnée il y a deux jours. On dit qu'on vous y accuse de choses abominables.

Philippe se troubla un instant et répondit d'un ton léger :

— L'auteur, ce jeune Voltaire, a du talent. Et de l'esprit. Sais-tu ce qu'il m'a répondu quand je lui ai offert une pension de deux mille livres ? Il m'a remercié de me charger de sa nourriture, mais m'a supplié de ne plus m'occuper de son logement. Il sortait de la Bastille où je l'avais envoyé onze mois. C'est drôle, non ?

Alixe leva les yeux au ciel.

— Vous êtes trop clément.

— C'est un luxe dont j'aime user. Comme le Champagne, dit-il en se resservant.

— Mais, ces calomnies ?

— Elles passeront. J'y suis habitué.

— Je ne sais comment vous faites. Vous devriez vous ménager. Nous tenons à vous.

— Toi, qui t'es toujours refusée à moi !

— Vous savez bien que c'est là le moyen de rester proche de vous.

— Ne dis pas cela, je reste toujours en bons termes avec mes maîtresses. Regarde la Parabère ou la Prie, elles vont et viennent dans mon lit. Je les accueille toujours avec plaisir.

Alixe rougit et chassa une mèche devant ses yeux.

– Peut-être n'aurais-je pas aimé vous partager…

Le Régent regarda avec affection la jeune femme à la peau laiteuse, aux cheveux châtains éclairés de reflets dorés, aux yeux vert émeraude, au front joliment bombé. Il ajouta :

– Et tu restes seule…

Un voile de tristesse obscurcit le regard d'Alixe. Philippe lui fit relever la tête et effleura ses lèvres d'un baiser. La jeune femme s'écarta vivement et, d'une voix mal assurée, déclara :

– Avez-vous été satisfait du souper ? Comment avez-vous trouvé les filets de poularde à la crème, les pigeons au fenouil[1] et le levraut à l'italienne ?

– Excellents, comme tout ce que vous préparez Massialot et toi. J'ai une chance infinie de vous avoir. Vos soupers sont à votre image : tout en finesse et légèreté avec une inégalable pointe d'originalité. J'en veux pour preuve cette merveilleuse crème brûlée. La douceur et la suavité réveillées par l'acidité de l'orange et du citron avec en prime le croquant du sucre en caramel, voilà qui est véritablement nouveau. Tu connais mon goût pour les alliances subtiles. Souviens-toi quand tu venais dans mon laboratoire de chimie. Tu n'étais qu'une adolescente et tu te passionnais pour les expériences que je faisais avec ce cher Homberg.

– Celles qui vous ont valu l'accusation d'avoir empoisonné le Grand Dauphin, le Dauphin et la Dauphine.

1. Recettes page 340-341.

Le Régent sourit.

– Bah ! Maintenant c'est moi qu'on cherche à empoisonner. C'est aussi pour cela que je vous confie le soin des repas quand nous n'officions pas, mes amis et moi. Je sais que je n'ai rien à craindre de toi et de Massialot.

– Vous me faites frémir. Vous êtes en danger. Nous ne sommes qu'un bien fragile rempart contre ceux qui vous veulent du mal. Peut-être êtes-vous votre premier ennemi ?

– Laisse-moi vivre à ma guise, répondit le Régent avec une pointe d'agacement. Une vie qui dure est une vie qui ennuie. Se radoucissant, il ajouta :

– Prends soin de moi dans l'ombre puisque tu ne veux pas apparaître à mes côtés en pleine lumière.

Alixe rougit, se souvenant du jour d'été où Philippe l'avait renversée sur un lit de verdure dans le parc du château de Saint-Cloud. C'était il y a vingt ans. Elle avait à peine seize ans, lui vingt-cinq. Elle s'était débattue, avait lutté contre le désir qu'elle avait de lui, sentant confusément que sa vie ne serait que souffrance si elle lui cédait. Pourtant, tout son être aspirait à s'unir à lui. Son odeur mêlée à celle des seringas, ses mains sur ses seins comme une onde claire et chaude la crucifiaient de désir. Il le savait et souriait en voyant ses lèvres s'entrouvrir dans la promesse d'un baiser, en sentant son corps s'adoucir, s'épanouir dans l'étreinte. L'arrivée de la Palatine, sa mère, et de ses suivantes près du grand chêne avait mis fin à leurs ébats. La duchesse, avec sa voix de stentor, avait demandé à ce qu'on apportât chaises et tables pour une collation. Philippe et Alixe s'étaient éclipsés sous les buissons et avaient réapparu à bonne distance. La Palatine n'avait pas manqué de remarquer la jupe froissée, le corsage quelque peu malmené, les joues rouges et les cheveux défaits de la jeune fille. Elle avait lancé un regard meurtrier à son fils qui, selon son habitude, badinait avec une de ses femmes d'honneur. Le soir même, elle prit Alixe à part et lui signifia que pour son bien, elle devait se tenir à distance de Philippe qui, selon elle, usait des femmes comme on allait à la chaise percée. C'était bien là les manières brutales et parfois rustres de s'exprimer de la duchesse. Alixe savait que c'était pour la protéger. Elle se fit le serment de ne pas l'aimer. Il n'y eut plus de tête-à-tête entre Philippe et elle. Juste quelques baisers volés qui la mettaient au supplice. Deux ans après, elle épousait Jean, maître jardinier au Jardin Royal des plantes et ne rencontra plus Philippe qu'en de rares occasions.

Aujourd'hui, elle ne savait plus si elle s'en voulait d'être toujours sous le charme de cet homme ou si elle lui en voulait de la soumettre ainsi à la tentation.

— Monseigneur, je vous serai toujours loyale, reprit-elle avec un sourire contraint. Laissez-moi vous servir comme je l'entends, mais je ne saurais vous suivre dans vos folies.

— De bien douces folies !

— Retournez auprès de vos amis, la soirée n'est pas finie, ils vous attendent…

— Tu me chasses, ma belle Alixe. Voilà qui n'est pas commun ! Aurais-tu peur de céder à quelque inclination ? Tu as raison, je vais retrouver ma ménagerie afin que la nuit soit plus courte et les ombres moins pesantes.

Il lui fit un petit signe de la main et s'en retourna vers le petit salon.

Il y avait tant de lassitude dans ce geste qu'Alixe faillit le retenir.

Cela ne pouvait plus durer ! Il était temps qu'elle se libère de cette sujétion, de cet attachement dont elle souffrait en secret. Sa vie devait changer, quitte à prendre quelques risques. Elle s'enveloppa dans sa chaude cape brune, souffla les dernières bougies et disparut dans les escaliers menant à la rue de Richelieu.

3

En moins de deux jours, Claude Moët et Baptiste avaient réuni près de cinq cents bouteilles de vin mousseux de Champagne. Ils s'étaient entendus avec un batelier du port d'Épernay pour qu'elles soient rapidement transportées à Paris. Ce ne fut pas une mince affaire. Il avait fallu remettre une lettre de voiture passée devant notaire, avant de charger une flette – bateau de neuf toises[1]. Chaque grand panier d'osier dont le couvercle était fermé avec du fil d'archal contenait cent bouteilles. Baptiste s'était assuré qu'ils fussent soigneusement arrimés. Même si le transport par voie d'eau était plus sûr que par la route, il n'était pas question de risquer la moindre casse.

Comme l'avait prévu Baptiste, leur razzia sur les vins mousseux n'avait pas échappé aux marchands d'Épernay et les avait passablement énervés. C'était enfreindre gravement les usages, mais il n'en avait que faire. En cas de récriminations, son unique client, le Régent, saurait faire taire les mécontents. Ils avaient tout de même failli en venir aux mains avec Bertin du Rocheret, rencontré chez un vigneron d'Ay.

1. 9 toises = 18 mètres.

– J'ai compris votre manège, leur déclara-t-il. Vous avez raflé tout ce que vous pouviez. Bien joué ! Mais à l'avenir, ne comptez pas sur moi pour vous tirer d'affaire. Une chance pour vous que mes clients apprécient peu le mousseux, sinon je vous aurais cassé la tête.

Baptiste prit l'affaire à la légère et entraîna Claude Moët chez un autre vigneron où ils trouvèrent quelques dizaines de flacons supplémentaires.

Ils assistèrent à l'enterrement de frère René où étaient présents tous les vignerons de la Rivière de Marne et beaucoup de la Montagne de Reims. Un crachin glacial tombait sur l'église de Pierry. Les moines bénédictins des abbayes de Châlons et de Hautvillers, la coule rabattue sur le visage, remplissaient le chœur de l'église.

Frère Oudart rendit un vibrant hommage à son compagnon, rappelant son ardeur au travail, les soins attentionnés qu'il portait aux vignes et au cellier. Une fois frère René porté en terre dans le petit cimetière, frère Oudart se déchaîna contre les services de police qui avaient conclu à un crime de rôdeur. Le prieur de Hautvillers lui ordonna de se calmer et de faire preuve de la réserve propre aux bénédictins sinon il demanderait à ce qu'on le décharge de ses fonctions à Pierry. Le vieux moine fit amende honorable et se réfugia dans sa maison où Baptiste le suivit. Tripotant le bandage qu'il portait encore autour du cou, il demanda d'un ton rogue :

– Que me voulez-vous encore ? Je n'aurai pas de mousseux avant deux ans.

Tirant à lui une chaise branlante, Baptiste s'assit en face du moine.

— Je comprends votre colère. Ce crime ne doit pas rester impuni.

— Ils ne se rendent pas compte à Hautvillers qu'ils sont les prochains sur la liste. Des esprits malfaisants ont juré la perte du Champagne mousseux.

— Mais, vous nous aviez dit que l'on en voulait à votre secret…

Frère Oudart regarda Baptiste d'un air suspicieux.

— J'étais troublé, j'avais perdu la tête, je venais d'assister à l'assassinat de frère René. Qui me dit que vous ne faites pas partie de mes ennemis ?

Baptiste s'agita. L'affaire était mal engagée. Le pauvre vieux avait l'esprit qui battait la campagne. Il lui fallait, pourtant, à tout prix, obtenir sa confiance.

— Je veux vous aider à retrouver les coupables. Je crois que le mousseux est appelé à un brillant avenir et qu'il surpassera tous les autres vins de France.

— Vous n'êtes qu'un marchand cupide, gronda frère Oudart. Je ne fais confiance à aucun d'entre vous. Vous prenez un air patelin, vous me faites mille amabilités, mais par-derrière vous dégoisez à tire-larigot. Comme Bertin du Rocheret qui clame partout que le moussage ne convient qu'au chocolat, à la bière et à la crème fouettée. Il dit que c'est un poison vert pour cervelles frénétiques.

— Vous pensez qu'il pourrait y être pour quelque chose ?

— Allez savoir ! Ça m'étonnerait tout de même. S'il préfère vendre les vins tranquilles, il ne crache pas sur le mousseux quand il a une commande.

Dommage, se dit Baptiste. Il n'aurait pas été mécontent de lancer quelques accusations contre ce Bertin aux grands airs.

Se prenant la tête entre les mains, frère Oudart murmura d'un ton las :

– Sans mes bouteilles, je ne sais plus à quel saint me vouer. Il y a bien quelques travaux à faire comme aiguiser les échalas, mais je n'en ai pas le goût. Je ne suis même pas redescendu dans les caves. Il le faudra bien pourtant.

– Tout seul, l'épreuve est trop grande. Laissez-moi vous aider à la surmonter. Je suis prêt à vous accompagner.

Le moine regarda Baptiste d'un air radouci.

– C'est une offre bien aimable. Personne ne me l'a faite. Revenez dans quelques jours. Nous verrons… Je me dois de rester en prière pour ce pauvre frère René.

Affectant une profonde compassion, Baptiste exultait intérieurement. Sous des dehors ombrageux, le moine était une âme simple. Le manipuler ne serait pas difficile. Avec quelques cajoleries, il ne tarderait pas à lui livrer son fameux secret.

– N'oubliez pas, les ennemis du mousseux sont partout, reprit frère Oudart d'une voix caverneuse.

– Je serai prudent, assura Baptiste, mais il vous faudra m'en dire plus pour que je puisse être sur mes gardes.

– Hors de question ! Allez voir Godinot. Il sait tout ce qu'on doit savoir. Le reste m'appartient.

Baptiste n'insista pas. Il prit congé en promettant de revenir prochainement. Les sautes d'humeur du moine n'allaient pas lui faciliter la tâche. Pourtant, il lui fallait ce secret.

Il y a plusieurs mois, il s'était ouvert à Claude Moët de son désir d'acheter des terres exclusivement destinées à produire du mousseux. Son ami l'en avait dissuadé. Lui-même possédait des vignes et un pressoir à Cumières, mais ne s'était pas encore lancé dans la production de mousseux. Le travail était ardu et surtout, la production trop aléatoire. On ne savait jamais si le vin allait mousser et la casse pouvait détruire plus de la moitié des bouteilles. Baptiste en avait convenu et n'avait plus parlé de ce projet.

Au lendemain de la mort de frère René, un nouveau plan lui était clairement apparu. Si frère Oudart lui confiait son secret, il pourrait se lancer dans l'aventure avec des risques bien moindres. Il s'était livré à de fiévreux calculs. À Paris, un flacon se vendait jusqu'à huit livres. Il fallait un poinçon de vin[1] pour produire deux cents flacons. Un arpent donnait de trois à quatre poinçons. Il lui faudrait donc quatre arpents pour s'assurer un revenu de vingt mille livres. Bien sûr, il devrait acheter les flacons, soit environ seize livres les cent et les bouchons de liège qui ne coûtaient pas moins de soixante sols les cent si on les voulait bien solides, bien unis et non vermoulus.

L'affaire était sûre. Il investirait dans des terres, depuis le temps qu'il en avait envie ! Et avant que tout le monde ne se mette à faire du mousseux. L'argent ? Il avait sa petite idée pour l'obtenir sans trop de difficultés. Le plus dur serait d'extorquer son secret au vieux moine. Il avait passé la première étape : rentrer dans ses bonnes grâces. Il n'aurait plus qu'à prétendre mener l'enquête, quitte à lui raconter des fariboles. Le vin mousseux déchaînant les passions, trouver d'éventuels coupables ne serait pas trop compliqué. Qui ferait le mieux l'affaire ? Des vignerons de Champagne ?

---

1. Un poinçon = 200 litres.

Trop risqué. Les Anglais ? Frère Oudart n'y croirait pas, ils n'avaient aucun intérêt à détruire l'objet de leurs délices. Les Hollandais ? Les Allemands ? Ils étaient tout aussi demandeurs du divin nectar. En réfléchissant, Baptiste se souvint de la querelle qui avait fait rage ces dix dernières années entre Champenois et Bourguignons au sujet de leurs vins respectifs. Voilà qui ne serait pas mal ! Il lui fallait juste en savoir plus pour servir à frère Oudart une histoire un tant soit peu crédible. Le moine avait parlé de Godinot. Baptiste savait que ce chanoine de la cathédrale de Reims possédait des vignes à Bouzy. Ça ne coûtait rien d'aller le voir. Il éperonna son cheval, traversa une campagne désolée où les vignes se dressaient tels de misérables moignons. Mais Baptiste ne voyait rien de tel. Il imaginait sous les larges feuilles d'un vert éclatant de belles grappes aux grains charnus, mûrs à souhait. D'accortes vendangeuses s'empresseraient de les coucher avec délicatesse dans leur panier d'osier. Près de la voiture attelée à un mulet, il attendrait les hommes chargés des paniers mannequins regorgeant de près de deux cents livres de raisin. Il ferait d'ultimes recommandations au conducteur pour qu'il atteigne le pressoir sans que les précieux grains ne soient malmenés. Il entendait le martèlement des sabots, le crissement du gravier, les cris des voituriers se croisant. L'air sentait le moût, le sucre. Rien qu'à cette évocation, Baptiste se sentit enivré. Son arrivée à Bouzy le ramena au cœur de l'hiver. On lui indiqua la maison du père Godinot, une grosse bâtisse attestant de l'aisance matérielle du chanoine. Il se recommanda du frère Oudart. L'homme d'une soixantaine d'années, habillé d'une robe noire ornée d'un rabat comme son état ecclésiastique le voulait, le reçut chaleureusement. Il le conduisit dans son cabinet de travail où flambait un beau feu de sarments.

— Je m'inquiète pour frère Oudart, commença Baptiste. Il dit que des malveillants en ont après lui. D'après vous, qui peut lui en vouloir ?

— À lui, personne, mais après ce qui s'est passé, on ne peut lui reprocher d'être inquiet. Ce n'est qu'un moine bénédictin travailleur, bourru mais sans histoire. En revanche, le vin de Champagne suscite bien des convoitises et des controverses.

— Vous pensez aux Bourguignons et à la querelle qui les oppose aux Champenois ?

— Entre autres… C'est une vieille histoire mais qui renaît de ses cendres à la moindre occasion.

— J'en sais quelque chose. Parmi les douze marchands ayant le privilège de fournir la maison Royale et que, pour mon plus grand malheur, je suis amené à fréquenter, la plupart ne jurent que par le vin de Bourgogne.

Godinot hocha la tête et répondit en souriant :

— Ils y viendront, croyez-moi.

— Pouvez-vous m'en dire plus sur cette chamaillerie ? J'étais trop jeune pour l'avoir connue à ses débuts.

— Ah ! s'exclama Godinot, elle a commencé à flamber entre deux médecins du roi Louis XIV. Antoine d'Aquin lui avait prescrit du Champagne et Fagon affirma aussitôt que c'était là la cause des fièvres du roi. Avec l'aide de Madame de Maintenon, Fagon manœuvra tant et si bien que d'Aquin fut renvoyé en 1693. Pour venir à bout de ses crises de goutte, Fagon persuada le roi d'abandonner définitivement le vin de

Champagne malgré le goût qu'il en avait au profit du vin de Bourgogne, en particulier celui de Nuits[1].

– La question était réglée, hasarda Baptiste.

– Pas du tout. Dans ses écrits, Fagon eut des mots très durs contre le vin de Champagne repris par d'autres médecins. Il assénait que le sang engendré par le vin de Reims pinçait, picotait les parties nerveuses et rendait sujet aux débordements, aux fluxions d'humeur et à la goutte. La guerre était déclarée et ne devait plus cesser. À Reims, on s'agitait, essayant de trouver des contre-arguments. On publia une thèse où il était question de la longévité d'un vigneron de Hautvillers qui s'était marié à cent dix ans. Peu de temps après, les Bourguignons contre-attaquèrent, déclarant que faire l'éloge du vin de Champagne était d'une hardiesse indigne et qu'il fallait être pour cela d'une témérité plus que forcenée.

– Cela n'a pas dû plaire aux Champenois.

– À qui le dites-vous ! D'autant que cet écrit connut un succès tel qu'il fut réimprimé quatre fois. Un Rémois, Mimin, réagit en 1705 et publia une très jolie défense du vin de Champagne. Il écrivait que sa couleur est si vive que le diamant le plus pur ne brille pas davantage et que quelquefois, le rouge est si vermeil qu'on le prendrait pour des rubis distillés.

– L'affaire a donc continué…

– Elle est même devenue un enjeu national, voire international quand le *Journal des Savants* s'en est mêlé, rapportant le moindre épisode de la querelle. Ne bougez pas, je vais vous montrer.

Godinot alla chercher un opuscule dans la grande bibliothèque qui couvrait un mur entier de la pièce. Il

1. Nuits-Saint-Georges.

le feuilleta rapidement et le mit entre les mains de Baptiste.

– Lisez ce qu'a écrit le Bourguignon Salins :

« *Le vin de Reims n'a pas de force, n'est pas propre à nourrir le corps ; au lieu que le vin de Bourgogne est si plein d'esprits, qu'à peine est-il hors du pressoir qu'il se dégage de toutes ses impuretés ce qui le rend plus capable de se tourner en nourriture et de fortifier le corps.* » Oui, effectivement, ce n'est pas très aimable pour le vin de Champagne.

– Continuez…

– « *Le vin de Champagne n'enivre presque pas, dit l'auteur de la thèse soutenue à Reims, mais c'est en cela même, qu'on doit regarder ce vin comme un vin privé d'esprit, et par conséquent capable de produire des paralysies, des gouttes, des rhumatismes, et une infinité d'obstructions opiniâtres ; au lieu que le vin de Bourgogne, par la subtilité de ses sels, désobstrue les vaisseaux lymphatiques de la rate et des reins, et emporte même toutes les matières qui pourraient donner lieu à la génération de la pierre. Il est vrai qu'il porte à la tête, mais une tasse de thé ou de chocolat remédie bientôt à cet inconvénient. Le vin de Bourgogne rend l'esprit libre, fournit des pensées, fortifie la mémoire, ce qui est le propre de tous les bons vins.* »

Les Champenois ont dû devenir fous en lisant ça. Mais c'était il y a plus de dix ans. Cette querelle est-elle toujours d'actualité ?

– Tout a été dit. Les mots se sont usés, mais l'animosité demeure. Si la guerre continue à faire rage, c'est sur le plan commercial.

– Il se pourrait donc que les Bourguignons soient derrière l'assassinat de frère René.

– Voilà une conclusion bien hâtive ! Permettez-moi de ne pas la reprendre à mon compte. Je suis un homme d'études et à mes heures, un humble vigneron attentif à ses cuvées. Je ne saurais me mêler à des affaires criminelles.

Le ton de Godinot s'était fait plus dur. Baptiste, sentant que le chanoine allait bientôt mettre un terme à la conversation, se résolut à poser l'autre question lui tenant à cœur :

– Frère Oudart se dit détenteur d'un secret. Croyez-vous qu'il y a là quelque chose de vrai ?

Godinot éclata d'un rire sonore.

– On le disait aussi de dom Pérignon. Je m'en suis moi-même fait l'écho dans le petit livre que je viens de publier[1]. C'est un bruit qui court dans les vignes champenoises, mais je dois avouer que je n'en sais guère plus. Dom Pérignon avait-il un secret ? L'a-t-il transmis à frère Oudart ? Ce dernier a-t-il découvert quelque chose d'autre ? Je serais bien en peine de vous le dire. Lui seul pourrait éclairer notre lanterne.

Devant l'air dépité de Baptiste, Godinot continua :

– Le secret commence quand on plante les vignes et se termine quand vous mettez les paniers de bouteilles à bord d'une flette.

– Certes, certes, acquiesça Baptiste d'une voix éteinte.

1. *Manière de cultiver la vigne et de faire le vin en Champagne et ce qu'on peut imiter dans les autres provinces pour perfectionner les vins*, publié à Reims en 1718.

– Un soin méticuleux, une observation de tous les instants, un palais averti, reprit Godinot, voilà peut-être le secret. À l'image de la règle bénédictine qui enseigne d'avoir soin à tout et de ne rien négliger. Je pourrais vous en parler encore pendant des heures, mais ce serait au risque de vous lasser.

Le chanoine se leva, l'entretien était clos. Baptiste le remercia et s'en fut. Il ne savait plus que penser. Même s'il le mentionnait, Godinot ne semblait guère croire à l'existence d'un secret. À moins qu'il ne le détienne, auquel cas il ne s'en dessaisirait certainement pas. Il avait des vignes et semblait en tirer de grands bénéfices.

Seul point positif de cette rencontre : les Bourguignons faisaient des coupables parfaits. Baptiste n'avait plus qu'à se creuser la cervelle pour inventer une fable et la servir à frère Oudart. Il mettrait à profit les deux jours de voyage jusqu'à Paris pour imaginer le meurtre de frère René par un marchand de vin dijonnais. Il promettrait de se lancer à ses trousses et de le dénoncer aux services de police. Entre-temps, pour le remercier d'avoir trouvé le coupable, frère Oudart lui confierait son secret. Il n'aurait plus qu'à chercher de bonnes terres pour ses futures vignes, d'autant qu'il emploierait son séjour à Paris pour s'assurer l'argent nécessaire.

4

Depuis la mort de Louis Audiger, la boutique de la rue Neuve-des-Petits-Champs avait bien changé. Avec une partie de l'héritage, Alixe avait fait installer de belles étagères en bois des îles et avait acheté des bocaux de porcelaine, des flacons de verre de Bohème pour conserver les précieuses épices, les essences de fleurs et de fruits. Elle avait gardé en l'état la grande cuisine du premier étage. Audiger avait fait abattre toutes les cloisons et les gens du quartier s'étaient abondamment moqués de lui, disant qu'il tenait salon entre saucisses et oignons.

Alixe, qui y passait sa vie, était bien aise de bénéficier des deux grandes fenêtres donnant sur la rue plutôt que du petit réduit obscur et malodorant qu'on trouvait dans la plupart des maisons du quartier. Au deuxième étage, elle occupait l'ancienne chambre d'Audiger. Elle avait fait tendre les murs de taffetas aurore et choisi un brocart à cornes d'abondance et à fruits des Indes pour rideaux. Elle s'était ruinée pour une commode au placage en palissandre de Rio achetée à Cressent, un nouveau maître ébéniste. Il l'avait convaincue de prendre aussi une petite table de nuit en bois de citronnier et un guéridon marqueté en ailes de papillon. Avec le confortable cabinet de toilette qu'elle avait fait aménager, sa chambre était devenue un havre douillet et chaleureux. Les chambres du troisième étage où Baptiste et elle avaient passé leur enfance et qui avaient été celles de ses enfants étaient inoccupées. Le dernier niveau, sous les combles, servait à entasser un bric-à-brac de souvenirs dont elle n'arrivait pas à se débarrasser. Louison, sa petite bonne, y avait sa chambre. Sa maison était une des moins hautes de la rue où certaines atteignaient sept étages, mais au moins l'avait-elle pour elle toute seule.

Alixe continuait le commerce de limonadier de son parrain, mais ce n'était plus qu'une toute petite partie de ses activités. Elle avait appris de lui les secrets de la distillation et son eau de coriandre tout comme son rossoli de Turin, à la cannelle et au jasmin, faisaient accourir tout Paris.

Toute petite, elle s'était prise de passion pour les gâteaux. Sous la houlette du sieur Rolland, un autre ami de son parrain[1], elle était devenue une fine pâtissière. Ce cuisinier des princes lui avait prédit une grande carrière à ses côtés. Malheureusement, il était mort alors qu'elle commençait tout juste à travailler avec lui. À la demande pressante de Massialot qui ne supportait pas de voir un tel talent s'étioler dans la vente de limonade, elle revint à la cuisine. Leur collaboration était parfaite. Pourtant, depuis plusieurs mois, Massialot avait la tête ailleurs, ne pensant qu'à faire fortune dans le sillage de Law, cet Écossais qui se faisait fort d'apporter richesse et prospérité à la France. Massialot n'inventait plus de mets extraordinaires, se contentant de répéter ceux qui

1. Cf. *Meurtres au Potager du Roy*, Agnès Viénot Éditions, 2008 ; Le Livre de Poche n° 31762.

avaient fait sa gloire. Alixe s'ennuyait un peu. Aussi, quand Élise, l'épouse de son frère Baptiste, lui proposa de collaborer à la réédition du livre de son père, *Le Parfumeur royal*[1], elle accepta avec enthousiasme. Élise souhaitait remanier le chapitre sur les recettes de cuisine figurant à la fin de l'ouvrage. Elle voulait y inclure des recettes plus modernes et Alixe était la personne idoine pour ce projet. Le métier de parfumeur et celui de cuisinier avaient bien des points communs. C'est pourquoi les livres consacrés aux parfums contenaient des recettes de tourtes et de confitures et les livres de cuisine des recettes de crèmes et d'onguents !

Mais Élise voyait plus loin. Fille de Simon Barbe, célèbre gantier-parfumeur du siècle précédent, elle était à l'affût de toute nouveauté et entendait bien marquer son temps avec des créations que les Parisiennes s'arracheraient. En dégustant la fameuse crème brûlée à l'orange de Massialot, à la fragrance si suave, si acidulée, elle s'était demandé si elle ne pourrait pas en faire un parfum. Alixe lui avait rétorqué que l'idée était excellente mais l'entreprise hasardeuse. Par contre, trouver des recettes regorgeant de saveurs et parfums serait chose facile. Élise avait promis de rédiger les descriptifs d'eaux, essences, savonnettes, crèmes de beauté de la prochaine édition de l'*Instruction pour les confitures, les liqueurs et les fruits* de Massialot.

Élise venait d'arriver rue Neuve-des-Petits-Champs pour une de leurs séances de travail. Elle se défaisait de son manchon en velours bordé de fourrure en maugréant :

1. Paru en 1699.

– Il fait un froid de canard. Je me demande ce qui se passe dans le ciel. Espérons ne pas avoir à revivre un hiver aussi horrible qu'il y a dix ans.

– Dieu t'entende, soupira Alixe.

L'évocation de l'hiver 1708-1709 était le plus cruel des souvenirs, son mari et ses deux enfants étant morts de maladie pulmonique au mois de janvier 1709.

Sans attendre Élise qui se réchauffait les mains à la chaleur de la cheminée, Alixe s'était attaquée à la montagne d'oranges du Portugal trônant sur la table. Armée d'un petit couteau, elle détachait soigneusement de longues spirales d'écorce. Élise vint s'asseoir auprès d'elle. Alixe, le couteau en l'air, s'exclama :

– Laisse-moi deviner ton parfum. Ce n'est pas l'eau de la reine de Hongrie, ce n'est pas de l'eau d'Ange…

– Tu ne trouveras pas. J'ai mélangé de l'essence de cannelle, avec de l'essence de limoncelle et un peu d'eau de Cordoue.

– Cela me fait penser au fameux canard à la sauce douce que préparait Rolland quand il voulait se réconcilier avec Elizabeth, son irascible épouse.

– Tu n'as décidément que des références culinaires. Tu aurais pu me dire que c'était la plus subtile alliance que ton nez ait rencontrée, que la douceur de la cannelle…

– C'est justement ce que je dis, la douceur de la cannelle, l'acidité du citron vert, la suavité des dattes, le velouté des pistaches…

– Tiens, tiens. C'est peut-être une piste à suivre pour un parfum… sans le canard…

Alixe lui mit dans les mains un couteau en disant :

– Aide-moi plutôt à venir à bout de ce tas d'oranges. J'ai une grosse commande de confiture.

— Dommage ! Je croyais que tu me préparais ton ineffable crème brûlée.

— Hors de question. J'en ai fait hier pour le souper du Régent et je ne vais pas recommencer aujourd'hui.

Devant l'air farouche d'Alixe, Élise se mit à rire.

— Tout doux, ma belle. Je ne suis pas ton cher Philippe.

— Il n'y a pas de cher Philippe, aboya Alixe.

— Je vois qu'il y a de l'orage dans l'air. Que s'est-il passé ?

Alixe enroula une écorce d'orange autour de son doigt, la porta à ses lèvres et grimaça :

— Trop amère.

— C'est ton sentiment ?

— Que veux-tu dire ?

— Ce souper te rend amère ? Le Régent ne s'est pas comporté à ton goût ?

— Si, non… Comme d'habitude. Il joue de son charme. Il sait que je suis à sa merci. Mais c'est décidé, il ne régira plus ma vie.

— Je ne sais pas ce que tu lui trouves à ce gros bonhomme, court sur pattes, le teint rougeaud, un œil à moitié clos et l'autre qui ne voit pas grand-chose. L'amour est aveugle, dit-on ! Ne ferais-tu pas mieux de lui céder, une bonne fois pour toutes, à ton prince si peu charmant ? Tu en crèves d'envie. Et lui le sait. Ça fait vingt ans que ça dure.

Alixe bondit sur ses pieds et planta son couteau dans le cœur d'une orange.

— Ne dis pas ça. J'ai aimé Jean de tout mon cœur.

— Jean n'a rien à voir avec ça. Tu l'as aimé comme on aime un mari. Philippe, tu en rêves comme amant.

— Pourquoi me dis-tu ça ? répliqua Alixe d'une voix tremblante. Après la mort de Jean, j'ai eu des amants.

— Rien de bien méchant. Deux ou trois godelureaux sans beaucoup d'esprit ni de courage. Philippe, c'est autre chose. Tu ne cesses de vanter sa force d'âme, son intelligence, sa magnanimité…

— C'est faux, s'écria Alixe d'un ton rageur. Je dis de lui qu'il est dépravé.

— Et lumineux, je t'ai entendue le dire.

— Hypocrite, bas, lâche.

— Un esprit supérieur, ouvert au monde.

— Sans scrupule, sans volonté.

— Tendre et drôle, m'as-tu confié un soir.

— Tais-toi, je ne savais pas ce que je disais. Je t'en supplie, Élise, tu es mon amie. Soutiens-moi dans mes efforts pour lui échapper.

— Je le ferais volontiers si je pensais que c'était la meilleure chose à faire. Mais te voilà dans tous tes états ! Je ne voulais pas te faire de peine. Excuse-moi, je ne pensais pas que c'était si grave, dit Élise prenant dans ses bras Alixe qui pleurait à chaudes larmes.

— Je le déteste, hoqueta-t-elle.

— C'est bien, la rassura Élise.

— Je lui ferai payer tout ça.

— C'est encore mieux, murmura Élise en la berçant comme une enfant. Peut-être devrais-tu arrêter ces soupers qui, visiblement, te portent sur les nerfs.

— J'aimerais bien, mais Philippe compte sur moi.

— Alors, prends un amant ! Et du bon temps !

Alixe, essuyant ses larmes, esquissa un sourire.

— Rien en vue de ce côté-là. Et ce n'est plus de mon âge.

– Arrête tes bêtises. À trente-six ans, tu es aussi fraîche qu'une rose. Certainement grâce à mes crèmes et onguents, soit dit en passant.

Alixe se mit à rire de bon cœur. Elle, qui avait vécu son enfance et son adolescence entourée d'hommes, avait découvert avec Élise les artifices auxquels se livraient les femmes pour aviver et conserver leur beauté. Ce n'était pas la Palatine qui s'intéressait plus au poil brillant de ses chiens qu'à sa propre chevelure qui lui aurait appris l'usage de la poudre d'ambrette ou du lait virginal.

Quand Baptiste, son frère, avait annoncé son intention d'épouser la fille de Simon Barbe, Alixe s'était inquiétée. Qu'allait-il faire de cette jeune fille si pâle, si mince, si éthérée qu'un souffle de vent ferait s'envoler ? Et qui n'avait à la bouche que la préparation de poudres et de pommades. Certes, elle était jolie comme un cœur, mais ne semblait guère solide. N'allait-elle pas être emportée par la première épidémie venue ? Baptiste s'était entêté, les noces avaient eu lieu et Alixe n'avait pas tardé à adorer la blondinette qui se révéla dure à la tâche, d'une santé à toute épreuve et d'un caractère d'acier. Elles étaient devenues les meilleures amies du monde, partageant fous rires et confidences.

Après avoir épluché la montagne d'oranges, les deux femmes s'attelèrent à la rédaction de nouvelles recettes : cerises au caramel, crème de fraises, dragées de coriandre, eau de girofle glacée…

Avant qu'Élise ne reparte dans sa boutique du Pont Notre-Dame, Alixe lui proposa une tasse de chocolat. La jeune femme accepta avec enthousiasme.

Alixe prit dans la réserve deux onces de chocolat qu'elle prépara comme lui avait enseigné Audiger : du cacao d'Espagne, de la vanille, des clous de girofle, de la cannelle, du macis[1] et du sucre. Elle mit deux tassées d'eau dans une chocolatière, coupa le chocolat bien menu sur un papier et concassa un peu de sucre. Une fois l'eau bouillante, elle y jeta le chocolat, le sucre et les épices, s'empara d'un bâton en bois et fouetta vigoureusement le mélange jusqu'à ce qu'il mousse. Élise se pourléchait les babines. Quelques minutes plus tard, Alixe versait dans deux jolies tasses le subtil nectar. Elle sortit quelques biscuits à la pistache. Élise applaudit.

— Est-ce vrai que le Régent se contente pour dîner[2] de quelques tasses de chocolat ? demanda-t-elle.

— Il paraît, répondit laconiquement Alixe, regrettant que sa belle-sœur revienne sur le sujet.

— Il faut dire qu'il se rattrape le soir, continua Élise.

— Pour son plus grand malheur. Mais restons-en là si tu veux bien, dit Alixe d'un ton peu amène.

— Ça ne sert à rien de ne pas regarder les choses en face. Tu sais très bien que si ce monde te dégoûte, il te fascine aussi et tu ne saurais t'en passer.

Alixe sentit la colère monter en elle, même si Élise n'avait pas complètement tort.

L'arrivée de Baptiste interrompit leur échange aigre-doux. Sans prendre le soin de saluer sa sœur, il apostropha sa femme :

— Encore en train de perdre ton temps à vos chimères ! Tu ferais mieux de retourner à la boutique.

Posément, Élise vint se placer devant lui et déclara :

— Mon cher époux est de nouveau bougon. Prends donc une tasse de chocolat avec nous, cela te déridera.

1. Membrane entourant la noix de muscade.
2. Notre actuel déjeuner.

Baptiste lui jeta un regard noir. Ce qui n'était pas coutume ! Ce grand gaillard de près de six pieds[1] de haut avait pour habitude de filer doux devant sa blondinette.

– Il faut que je parle à Alixe, dit-il d'une voix où perçait la colère.

– Vous n'allez pas encore vous disputer au sujet de la boutique, l'implora Élise.

– Cela ne te regarde pas !

– Oh ! que si, mon bonhomme, riposta-t-elle.

Alixe fit un geste d'apaisement et déclara d'une voix très calme :

– Je crois savoir ce que veut Baptiste. Laisse-le parler.

En signe de désapprobation, Élise prit sa tasse de chocolat et alla s'asseoir près de la cheminée. Baptiste se débarrassa de sa veste et s'assit à la table, face à sa sœur.

– Ce n'est pas de gaieté de cœur, mais il me faut une nouvelle fois tenter de te ramener à la raison.

– Tu veux dire, faire en sorte que je parte d'ici.

– Ou bien payer ta part.

– Tu sais que je n'ai pas l'argent nécessaire. Depuis que le Palais-Royal est le cœur du pouvoir[2], tout le quartier est devenu inabordable.

– Ce n'est pas mon problème ! Moi aussi, j'ai besoin d'un emplacement de choix et je ne vois pas pourquoi toi seule en bénéficierais.

1. Un pied = 32 cm.
2. Sur l'insistance du Régent qui souhaitait retrouver son cher Palais-Royal, le jeune Louis XV quitta Versailles en septembre 1715 pour s'installer à Vincennes puis au Louvre.

C'est reparti, se dit Alixe, frémissante de colère. À sa mort, Audiger avait légué ses biens à Alixe et Baptiste. Pendant des années, tout s'était fort bien passé. Alixe, très proche de son parrain, avait repris la boutique. Baptiste n'y avait rien trouvé à redire, bien au contraire, s'empressant de dépenser l'argent sonnant et trébuchant de l'héritage. À l'époque, il se réjouissait des succès de sa sœur et, à l'occasion, venait lui donner un coup de main. Après avoir longuement cherché une direction à donner à sa vie, il avait finalement opté pour le commerce des vins. Depuis qu'il s'était spécialisé dans la vente de mousseux, la nouvelle boisson que s'arrachaient les riches, sa fortune allait grandissant. Alixe en avait été très heureuse et, grâce à elle, il était devenu le fournisseur du Régent. L'année précédente, sans qu'elle s'y attende, il lui avait signifié une première fois qu'il souhaitait récupérer la boutique de la rue Neuve-des-Petits-Champs. Alixe ne s'en était guère préoccupée, se disant que la tête lui avait enflé mais que cela lui passerait. Hélas, il était plusieurs fois revenu à la charge. Leurs rapports s'étaient dégradés. Chaque fois qu'elle le voyait, Alixe redoutait qu'il ne remît le sujet sur le tapis, ce qui ne manquait jamais. Elle s'en était ouverte auprès d'Élise qui se désolait de cette mésentente.

Aujourd'hui, il avait l'air plus décidé que jamais.

– Tu sais que je me suis associé à Claude Moët qui a acquis une charge de commissionnaire en vins à Épernay. Nous avons besoin d'un lieu de prestige pour vendre notre vin.

– Peut-être pourrions-nous partager la boutique. Tu aurais ta place…

– Hors de question. Je ne peux pas faire cohabiter cette boisson des dieux avec de vulgaires limonades.

Le ton de Baptiste était tellement méprisant que des larmes montèrent aux yeux d'Alixe.

– En outre, il me faut toute la place. J'ai acheté plusieurs centaines de flacons que je dois entreposer en attendant de les vendre. Il y a ici une excellente cave.

– Mais le commerce des bouteilles est interdit, déclara Élise d'un ton étonné. Tu vas t'attirer des ennuis.

– Hier, à mon retour de Champagne, je t'ai expliqué que je ne pouvais plus me fournir à Pierry. Avec l'aide de Claude Moët, j'ai raflé tous les flacons disponibles. Ils arrivent dans quelques jours par voie d'eau. Et mêle-toi de ce qui te regarde.

Élise faillit lui répondre vertement. Pour ne pas envenimer les choses, elle préféra se taire.

– Tu dois déguerpir, reprit Baptiste à l'intention de sa sœur. Si tu ne te décides pas, je serai obligé d'en passer par des hommes de loi.

– Mais que veux-tu que je fasse ?

– Si tu n'as pas les moyens de payer ce qui me revient, pars d'ici et cherche une plus petite boutique dans un quartier moins cher.

Voilà, c'était dit. Alixe n'en revenait pas. Son petit frère, qu'elle avait protégé, se retournait contre elle de la pire manière. Leur mère était morte en le mettant au monde et Benjamin, leur père, n'avait guère su s'occuper d'eux. Il les avait confiés à une nourrice choisie par la Palatine. Quand il quitta le Potager du Roy à Versailles pour le Jardin Royal des plantes médicinales à Paris, Alixe et Baptiste vinrent habiter chez Louis Audiger, ravi d'avoir ces enfants à aimer et à gâter.

Benjamin ne tarda pas à réaliser son rêve le plus cher : s'embarquer pour des expéditions botaniques, les laissant de longs mois seuls, aux bons soins d'Audiger. Et de la Palatine, qui avait toujours veillé sur eux en souvenir de son amitié avec leur mère, Ninon, sa fleuriste préférée.

— Et puis, il faut que je pense à mes enfants, rajouta Baptiste.

La phrase était cruelle. Alixe avait perdu les siens et n'enfanterait certainement plus jamais. D'une voix blanche, elle déclara :

— Mais tout ce que j'ai ira à tes enfants. Laissons faire la vie. Ne précipitons rien.

— J'ai besoin de la boutique maintenant et je saurai t'y contraindre.

De saisissement, Élise laissa tomber sa tasse de porcelaine qui se brisa par terre. Elle apostropha son mari :

— Es-tu devenu fou ? Tu trouveras une boutique à ta convenance, mais cesse de harceler ta sœur.

— Arrête de prendre sa défense. Elle te farcit la tête avec ses idées de parfums et de cuisine. C'est de la foutaise. La seule chose qui l'intéresse c'est de briller en société, en compagnie de ce maudit Régent. Elle se vautre dans la fange de ces roués, de ces stipendiés qui font le malheur de la France.

Alixe resta silencieuse. Baptiste ne supportait pas l'amitié qui la liait à Philippe qu'il avait connu, lui aussi, tout enfant et qu'il appréciait autrefois. Quelques mois auparavant, grâce à son commerce de mousseux, il s'était retrouvé dans l'entourage de la duchesse du Maine, la pire ennemie du Régent. Élise taquinait son mari, qui, à chacun de ses retours de Sceaux ou de l'Arsenal, se répandait en éloges dithyrambiques sur la duchesse. Il participait aux fêtes, les fameuses nuits de Sceaux, et se targuait de faire partie des familiers de la cour. Louise-Bénédicte de Bourbon-Condé, mariée au duc du Maine, bâtard légitimé de Louis XIV, n'avait pas supporté que le Régent, à son accession au pouvoir, écarte son époux du conseil de Régence. Et surtout qu'il fasse casser le testament de Louis XIV qui accordait la préséance sur les princes du sang à ses enfants légitimés. Ses prétentions au trône de France s'étaient évanouies. Elle avait juré la perte de Philippe d'Orléans et s'était promis de rétablir son mari dans ses droits.

La duchesse, paraît-il, confiait des missions à Baptiste. Y avait-il quelque chose de vrai? Sans doute, car son attitude avait changé. Il se piquait de discours sur l'état du pays qui ennuyaient profondément Élise. Ainsi la politique divisait la famille Savoisy comme elle divisait la France.

— Tu vois, elle ne dit rien. Elle sait très bien qu'elle pactise avec des malfaisants, reprit-il. Mais très bientôt, les choses vont changer. Nous allons nous débarrasser de ce scélérat et là, ma chère Alixe, tu seras bien contente de venir me demander aide et protection.

— Ça suffit, Baptiste, s'écria Élise. On rentre à la maison. Alixe, je suis désolée de ce qui vient de se passer. Ton frère ne sait plus ce qu'il dit. Et quoi qu'il raconte, je viens te voir demain.

Elle se couvrit hâtivement de ses châles, enfila ses gants et son manchon, ramassa la veste de son mari et poussa ce dernier vers la porte. En sortant, Baptiste gronda :

— Je repars demain en Champagne pour une affaire de la plus haute importance. À mon retour, nous réglerons définitivement cette histoire. Nous mettrons en vente la boutique si tu n'as pas trouvé l'argent.

Alixe leur fit un petit signe d'adieu et se prit la tête entre les mains, de grosses larmes coulant sur ses joues.

La querelle avec Baptiste prenait des proportions qu'elle n'aurait pu soupçonner. Il avait toujours été un peu jaloux d'elle. Audiger et la Palatine lui avaient prodigué plus d'attentions. Leur père l'avait davantage gâtée. Elle était une petite fille gracieuse et lui, un petit garçon pataud. Elle avait très vite su ce qu'elle voulait faire de sa vie, alors que lui traînassait, perdait son temps aux tables de jeu, gaspillant son argent. Son mariage avec Élise lui avait fait le plus grand bien. Il faisait preuve de plus d'assurance, d'ouverture et d'amabilité. Il ne fallait pas que cette sotte divergence politique ne ruine leur entente. D'autant que si Alixe était loyale envers le Régent, elle s'intéressait fort peu aux affaires du pays. Qui, à ses yeux, allaient fort bien. Pour la première fois, la France n'était pas en guerre, la prospérité semblait revenue. Il n'y avait jamais eu autant de gens riches. Pour preuve, tous ces commerces de luxe qui s'ouvraient. Paris s'amusait, le théâtre des Italiens avait réouvert, le bal de l'Opéra se tenait trois fois par semaine, de onze heures du soir à quatre heures du matin. Les élégantes paradaient Cours-la-Reine, faisant admirer leurs toutes nouvelles robes à paniers, ces drôles de cages formées de trois rangées de fanons de baleine ou de cerceaux de corde tressée. Cet attirail faisait joliment danser les satins, soies et brocarts, donnant aux femmes des airs d'oiseaux des îles.

Et voilà Baptiste tombé dans ce nid de comploteurs qu'était la cour de la duchesse du Maine ! Il se rendrait vite compte qu'on se servait de lui sans vergogne. Du moins, c'était le souhait d'Alixe. Les propos de son frère démentaient cette espérance. Élise arriverait-elle à le faire changer d'avis ? Alixe en doutait. Il lui faudrait donc affronter cette haine tenace, temporiser, et empêcher Baptiste de mettre ses menaces à exécution. Elle n'avait nulle part où aller. La boutique était tout pour elle.

Perdue dans ses réflexions, Alixe entendit frapper. Son commis devait avoir besoin d'elle à moins qu'un client ne la réclamât. Elle n'était guère présentable. Elle cria :

– Une seconde, j'arrive.

Devant un miroir, elle arrangea ses cheveux, puis passa son visage à l'eau claire, s'essuya soigneusement et se parfuma avec l'eau de Mille-Fleurs laissée par Élise.

Quand elle ouvrit la porte, elle ne reconnut pas son interlocuteur qui s'inclinait profondément en disant :

– Madame, je suis venu vous remercier.

Quand il se releva, elle reconnut l'homme que Richelieu s'amusait à humilier lors du souper de la veille. Muette, elle le laissa entrer. Embarrassé, il s'avança vers la cheminée, tenant son large chapeau de feutre à la main. Il se tourna vers elle et déclara d'une voix affable :

– Je me présente : Pierre de Trescoat. Vous êtes la seule à avoir fait preuve d'humanité à mon égard. Malgré ma honte d'être apparu à vos yeux dans une situation aussi abjecte, je tenais à vous rendre grâce.

– Je réprouve la cruauté. C'était un geste naturel.

– Laissez-moi vous expliquer ce qui...

– Cela ne me regarde pas, l'interrompit-elle. Je ne veux rien savoir.

– Madame, j'ai une dette envers vous.

– N'en croyez rien. Ce qui se passe aux soupers du Régent n'existe plus le lendemain matin. Tout est effacé.

– Je ne puis oublier. Si un jour, vous avez besoin de mon aide, elle vous est acquise.

Alixe ne répondit pas et raccompagna son visiteur à la porte. Il la salua avec le plus grand respect.

Poussant un profond soupir, elle avisa la montagne d'oranges sur la table. Elle avait son comptant d'émotions. Pour rien au monde, elle n'aurait voulu entendre les confidences de cet homme. Sa courtoisie et sa démarche pleine de délicatesse parlaient en sa faveur, mais elle ne souhaitait aucun commerce avec ce monde de noirceur. Alixe alla chercher un pain de sucre, des pots de grès et se lança dans la préparation de sa confiture d'oranges. Elle caressa du regard la grosse fontaine de cuivre rouge qui lui assurait trois voies[1] d'eau potable, les poêles à long manche accrochées au mur, les tourtières, les poissonnières, les cloches à cuire les fruits, les daubières étincelantes de propreté et rangées sur les étagères dans un ordre parfait. Entourée de tous ces objets familiers, elle se sentait en sécurité. Pour combien de temps ?

1. Une voie = 30 litres.

5

Les jours suivants, Alixe s'enferma chez elle, ne répondant à aucune sollicitation. Par chance, le Régent dîna tous les soirs chez sa fille, au palais du Luxembourg. Élise passa en coup de vent, rue Neuve-des-Petits-Champs. Elle essayait de faire entendre raison à Baptiste et remettait à plus tard leurs travaux. Pour se faire pardonner cette défection, elle lui avait apporté tout un assortiment d'onguents. Alixe retourna à ses confitures. Elle était partagée entre colère, tristesse et amertume. Baptiste était sa seule famille. Se déchirer pour des questions d'argent lui semblait abominable. D'autant que son frère ne manquait de rien. Elle retournait dans sa tête les solutions qui s'offraient à elle. Demander de l'argent au Régent? Il ne lui refuserait pas, bien au contraire. Il ne cessait de couvrir ses proches de cadeaux. Ne venait-il pas d'offrir le château d'Asnières à la Parabère et une immense corbeille de pierreries à Madame de Prie? Mais ce serait faire acte de reddition et Alixe ne voulait en aucun cas lui être redevable.

Pourquoi ne pas confier ses économies à Massialot? Le système de Law lui paraissait aussi peu fiable qu'une loterie, mais le cuisinier avait gagné beaucoup d'argent, elle le savait. Avec un peu de chance, elle pourrait réunir une partie de la somme demandée par Baptiste et le faire patienter. Cette idée la réconforta un peu. Elle s'apprêtait à partir à la recherche de Massialot quand un messager du Palais-Royal se présenta à la boutique. La princesse Palatine la sommait de lui rendre visite sur-le-champ.

La mère du Régent avait quitté Saint-Cloud où elle se réfugiait de longs mois pour échapper à Paris qu'elle détestait. Redoutant ses jérémiades, la jeune femme n'était pas allée la saluer à son retour. En soupirant, elle fit le court trajet jusqu'à l'aile est du Palais-Royal où Madame occupait un appartement vieillot, véritable capharnaüm sentant le chien mouillé. Ce n'est pas là qu'on trouverait les meubles à la mode comme les pendules marquetées d'acajou d'Antoine Vassé, les consoles sur pied doré de Germain Boffrand avec des enroulements de coquilles, de fleurs et de feuilles, les commodes à pattes de chien de Noël Gérard, les lambris de Claude Gillot peints de délicates scènes d'amoureux se rencontrant sous des treilles ou ceux de Claude Lancret figurant des personnages de la comédie italienne. La Palatine restait obstinément fidèle aux formes pesantes du siècle précédent.

Attablée devant un chou fumant couvert de saucisses, Madame fit signe à Alixe de s'asseoir à ses côtés. Elle fulminait. Ses bajoues tremblotaient.

— Philippe a frôlé la mort, déclara-t-elle de sa grosse voix au fort accent allemand.

Alixe ne put s'empêcher de porter une main à son cœur.

— Il a fait un nouveau malaise, hier soir au Luxembourg.

Alixe fronça les sourcils, mais ne dit rien. Elle savait, par expérience, que Madame ferait les questions et les réponses.

– Je te rassure, il va mieux. Il recevait ce matin, dès huit heures, Lord Stair, l'ambassadeur d'Angleterre accompagné de ce maudit Dubois.

Après l'avoir beaucoup apprécié, la Palatine détestait l'ex-précepteur de son fils, devenu son ami et son plus proche conseiller.

– Ils cherchent encore un moyen d'éviter la guerre avec l'Espagne. À mon avis en vain : ce pauvre fou de Philippe V et sa folle de femme vont s'entêter, ne voyant pas le désastre qui attend leur pays. Toujours est-il que mon fils se tue au travail et j'ai bien peur que ses excès de table ne le fragilisent encore plus. Je t'avais pourtant chargée de le surveiller. C'est bien toi qui prépares ses soupers.

Alixe fit un petit geste de dénégation.

– Ah ! oui, c'est vrai que tu ne mets pas les pieds au Luxembourg. Je ne peux pas te donner tort. Les folies de ma petite-fille Berry vont en empirant. Je me demande ce qu'elle a dans la tête, celle-là. Très mal élevée, cette petite ! Sa mère s'en moque et son père lui passe tout. Depuis qu'elle est enfant, elle se comporte comme un cheval échappé. Et la voilà maintenant sous la coupe de cette horrible Mouchy, sa dame d'honneur, et de cet imbécile de Rions. Je me demande ce qu'elle lui trouve. Il a l'air d'un fantôme des eaux avec son visage vert et jaune. Il a la bouche, le nez et les yeux comme les Chinois. Saint-Simon dit qu'il ressemble à un abcès. Il est fat et n'a aucun esprit. Mais il paraît qu'il est monté comme un âne.

Elle avala une grande lampée de soupe à la bière.

– Là n'est pas le sujet. Cette pauvre fille creuse sa tombe avec ses dents et y entraîne son père. Il faut que tu fasses quelque chose, Alixe.

La jeune femme eut un geste d'impuissance.

– Je sais. Philippe est incontrôlable, mais il est en danger. Il est haï dans toute la France. La vieille Maintenon, le duc du Maine et sa femme, ainsi que tout le parti espagnol envoient leurs agents de maison en maison, dépeignant mon fils comme un monstre, comme un empoisonneur, comme un voleur, alors qu'il est le plus désintéressé des hommes et qu'il ne saurait faire de mal à un animal.

Alixe fit un signe d'acquiescement. Le jugement maternel était sans appel.

– La duchesse du Maine, cette naine, a dit qu'elle tuerait mon fils de sa main en lui enfonçant un clou dans la tête. Tu te rends compte ? Philippe ne se tracasse en rien de ces menaces. Quand je lui dis de se tenir sur ses gardes, il se met à rire et secoue la tête comme si je lui racontais des contes.

Ne s'embarrassant guère de couverts, la Palatine mordait à belles dents une énorme saucisse qu'elle tenait entre ses doigts graisseux.

– Prends un peu de ces saucisses au cumin, elles sont excellentes.

Alixe avait bien essayé de convertir Madame à une nourriture plus délicate, mais rien n'y fit. Elle restait fidèle aux mets rustiques de son Palatinat natal. Son fils avait, lui aussi, quelques faiblesses pour la choucroute et le jambon de Mayence.

Entre deux bouchées, la Palatine déclara :

– Il y a quelque chose qui me chiffonne. On m'a appris la mort d'une jeune comédienne des Italiens qui, semble-t-il, a eu les faveurs de mon fils après le dernier bal à l'Opéra. Saurais-tu quelque chose à ce sujet ?

– Madame, vous savez comme moi combien il est difficile de tenir le compte des conquêtes du Régent. Il y a près d'une semaine que je n'ai préparé de souper. Ce devait être effectivement après l'Opéra. Il y avait bien une jeune fille, mais je n'ai rien noté de particulier.

L'humiliation que Richelieu avait fait subir à Trescoat lui revint en mémoire, mais cela n'avait rien à voir avec la jeune comédienne.

– Il semblerait que la pauvre soit morte dans des douleurs faisant penser à un empoisonnement.

– Dans ce cas, les services de Monsieur d'Argenson doivent mener l'enquête.

– Peut-être, mais ils sont si lents ! Avant qu'ils ne trouvent le coupable, mon fils a le temps de mourir dix fois. Je suis inquiète. Je m'en suis même ouverte à Dubois, malgré tout le déplaisir que j'ai à parler à ce fourbe. Il m'a répondu que toutes ses mouches[1] étaient fort occupées à déjouer un complot menaçant mon fils. Il a eu le culot de me dire de ne pas me faire de souci : Philippe trouverait sans mal une autre comédienne à lutiner. L'impudent personnage ! Voilà pourquoi je te charge de tirer cette affaire au clair. Et, à partir de maintenant, je te demande de contrôler absolument tout ce que Philippe porte à sa bouche.

L'espace d'un instant, Alixe vit défiler devant ses yeux des farandoles de plats et de bouteilles auxquels se mêlaient tétons offerts et cuisses largement ouvertes. Elle blêmit à cette évocation. S'apercevant de son trouble, la Palatine agita une saucisse menaçante :

– Je te trouve bien éteinte, ma fille. Aurais-tu quelque souci ? Tu sais que tu es la seule sur qui je puisse compter.

1. Espions.

73

Ça n'allait pas recommencer ! Le Régent puis sa mère voyaient en elle le seul rempart contre les dangers menaçant le maître de la France. Risible ! Et elle, pouvait-elle leur confier ses soucis de famille, l'ultimatum de Baptiste ? Ils l'aimaient beaucoup, certes, mais comme un petit animal domestique, toujours prêt à manifester son obéissance et sa gratitude. Que pesaient les Savoisy, leur boutique, leurs différends face à ce clan où tous se déchiraient pour le pouvoir ? Si elle faisait part de ses ennuis à Madame, elle serait navrée, lui tapoterait la main et retournerait à ses chères médailles qu'elle collectionnait avec frénésie ou aux jeux de ses chiens. Et elle, Alixe, sur qui pouvait-elle compter ?

Tout aussitôt, elle s'accusa d'ingratitude. La Palatine et, bien sûr, Philippe lui apporteraient leur soutien et n'hésiteraient pas à faire tomber dans son escarcelle ce dont elle avait besoin. Un sentiment de fierté l'empêchait de leur demander. Peut-être, était-ce stupide. Mais elle était lasse des drames permanents de la famille royale. Elle détestait la duchesse de Berry, qu'en son for intérieur elle appelait la grosse vache, terme beaucoup moins poétique que le surnom de *Joufflotte* dont le peuple de Paris l'avait affublée. Que cette fille de vingt-quatre ans, noyée dans sa graisse, se prenne pour la reine du monde et se vautre dans les pires turpitudes, elle n'en avait que faire. Si des rumeurs d'inceste réapparaissaient régulièrement, Philippe n'avait qu'à s'en prendre à lui-même. La complicité qui l'unissait à sa fille dans les beuveries et les coucheries était bien réelle. Ne disait-on pas que Joufflotte se faisait un plaisir de fournir des maîtresses à son père ? Quand, ivres morts, ils roulaient sous les tables, comment ne pas imaginer les pires échanges ? Alixe avait assisté à de tels débordements. Honoré le Mirabalais lui en avait rapporté de pires encore, mais elle ne croyait pas une seule seconde qu'ils aient commis le péché de chair. Ces deux-là s'entendaient comme larrons en foire dès qu'il s'agissait de vider des flacons de Champagne et de liqueurs, de manger comme des ogres, de jurer comme des soudards, mais Philippe n'avait pas l'âme vicieuse. Ce « fanfaron du vice », comme l'appelait son oncle, Louis XIV, aimait vivre à sa guise, ne se souciait ni de provoquer ni de choquer, mais une sorte de paresse d'esprit le préservait de la perversité. Ce n'était pas le cas du duc de Richelieu, alliant méchanceté et noirs desseins, dont il y avait tout à redouter.

Alixe promit à la Palatine de se renseigner sur cette jeune comédienne et de faire son possible pour modérer la gourmandise de Philippe. La première tâche serait aisée, la seconde irréalisable.

La mort de la jeune fille l'attristait. Elle n'avait fait que l'entrevoir mais elle lui avait paru fraîche et enjouée. Alixe préférait savoir le Régent dans des bras innocents que dans ceux, avides et infidèles, de ses maîtresses habituelles. Elle se reprocha cette pensée qui révélait à quel point la vie amoureuse de Philippe ne la laissait pas indifférente. Élise avait raison : il lui fallait un amant. Les ébats du corps masqueraient les émois du cœur. Malheureusement, elle ne voyait personne qui pourrait lui rendre cet estimable service et n'avait guère de temps pour courir le guilledou.

La mission confiée par la Palatine tombait mal à propos. Plutôt que d'aller s'enquérir auprès de Massialot des gains possibles grâce au merveilleux système de Monsieur Law, elle se rendit chez Honoré. Il aurait certainement quelques informations sur la triste fin de la jeune comédienne. Quoique passant une grande partie de sa vie dans le luxe du Palais-Royal, le Mirabalais louait un petit grenier rue de Richelieu. Il s'y réfugiait la journée pour s'adonner à sa passion : les plantes à parfum. Il dévorait tous les livres sur le sujet, rédigeait des fiches sur les fleurs les plus intéressantes et tirait des plans sur la comète. Natif de Grasse, il n'avait qu'une idée : amasser assez d'argent et repartir dans son pays pour y cultiver tubéreuses, jasmin, lavande, romarin… Élise lui avait promis d'acheter sa production. Honoré piaffait d'impatience. Quelques mois encore au service souvent défaillant du Régent et il rejoindrait ses collines embaumées.

Alixe était sûre de le trouver le nez plongé dans un livre ou écrivant fiévreusement une note sur les violettes. Mais l'oiseau n'était pas au nid. Elle alla jusqu'au libraire du coin de la rue Vivienne où Honoré dépensait la plus grande partie de ses gages. Il n'y était pas. Furieuse d'avoir perdu son temps, Alixe rentra à la boutique. Il était presque midi et elle n'avait rien fait de sa matinée. À peine s'était-elle débarrassée de ses lourds vêtements d'hiver que le carillon tinta. Massialot apparut, accompagné de son ami Marivaux, un jeune auteur de théâtre qu'Alixe aimait bien. Elle leur offrit des tailladins d'orange tout juste confits que Marivaux dégusta avec des soupirs d'aise.

– Nous ne faisons que passer, déclara Massialot. Le Régent m'a fait prévenir qu'il souhaitait notre présence demain soir au Palais-Royal. Je compte sur toi pour dresser la liste des mets et prévoir l'approvisionnement. Ils seront une dizaine comme d'habitude.

Voyant Alixe froncer les sourcils, le cuisinier ajouta d'un air penaud :

– Je sais, une fois de plus, je te laisse te débrouiller toute seule. Ne m'en veux pas, je dois suivre de près ce qui se passe dans le monde de la finance. De grandes choses se préparent.

Marivaux tournicotait, soulevant le couvercle des bocaux, chipant au passage un morceau de sucre candi.

– Votre boutique est un vrai coupe-gorge pour les bonnes gens qui, comme moi, n'ont pas la force de dire non, déclara-t-il. Vous me garderez de ces confitures dont l'odeur donne un avant-goût de paradis. Auriez-vous des biscuits à la pistache, ou encore mieux, un de vos célèbres biscuits de Savoie ? J'en rapporterais volontiers un à mon épouse qui les aime à la folie.

– Repassez dans l'après-midi, j'en préparerai spécialement pour vous. Je regarderai s'il me reste des dragées de violette et des amandes à la siamoise, je sais que Colombe les apprécie.

De plus en plus pressé, Massialot tenta d'accélérer la commande de son ami.

– On nous attend à l'hôtel de Mesmes.

– La compagnie du Mississippi ne va pas s'envoler.

– Il vaut toujours mieux être dans les premiers pour bénéficier des bonnes affaires.

– Je prends des forces avant d'affronter ces gens de finance. Et laisse-moi raconter à Alixe ce que j'ai écrit sur les marchandes, l'année dernière, dans le *Mercure*. Je les ai comparées à des chirurgiens qui, avant de vous transpercer la veine, passent longtemps la main sur votre bras pour l'endormir : pour tirer l'argent de votre bourse, elles endorment aussi votre intérêt à force d'empressement et de discours. Quand le bras est en état, je veux dire, quand elles ont tourné votre esprit à leur profit, le coup de lancette vient ensuite, elles vous arrachent votre argent, et vous ne vous sentez blessé que quand la saignée est faite.

Devant l'air décontenancé d'Alixe, il éclata de rire :

– Ne le prenez pas pour vous, ma chère Alixe. Vous n'avez pas à user de tels artifices. Les odeurs qui règnent ici parlent pour vous. On se saignerait aux quatre veines rien que pour baigner dans cet océan de senteurs. N'avez-vous jamais pensé à en faire des parfums ? Je serais capable de suivre au bout du monde une femme qui embaumerait la dragée de cannelle.

Marivaux lui lança un regard gourmand qui la fit rougir. Elle n'était pas indifférente à la belle prestance de cet homme de trente-deux ans, à son sourire à fossette et à sa voix chaude. Toujours élégant, il portait ce jour-là une veste ornée de grosses fleurs brodées en fil d'argent sur un damas chamois.

Massialot, impatient, frappa le sol de sa canne et vociféra :

– Dois-je rappeler que la nouvelle monnaie de papier a un délicieux parfum de richesse et de fortune, et que si nous voulons y goûter, nous devons, derechef, aller à l'hôtel de Mesmes.

Marivaux lui lança un regard de pitié feinte.

– Mais quel rustre ! Nous naviguons dans la pensée éthérée et tu viens nous rappeler à nos sordides besoins terrestres.

– Je te signale que c'est toi qui me tirais par le bras pour courir plus vite. Tu me disais qu'il te fallait absolument faire fructifier l'argent de ta femme pour écrire en paix tes pièces de théâtre.

– Je te l'accorde, dit l'auteur en riant. Et si je veux acheter à Alixe des massepains, des gimbelettes, des marrons confits, des crèmes glacées et des clarequets, il me faut faire fortune.

Alixe se tourna vers Massialot, toussa pour s'éclaircir la voix et déclara :

— À propos de faire fortune, pourrais-tu m'expliquer comment fonctionne ce fameux système.

— Toi qui disais pis que pendre de John Law ! Je suis bien aise de te voir t'intéresser à ce magicien qui va nous apporter la prospérité.

— À des tours de magie, je préférerais quelques assurances.

Massialot la regarda avec commisération, tira une chaise et, oubliant sa hâte, lança d'une voix vibrante :

— Tu sais qu'à la mort de Louis XIV, la France était exsangue, les coffres vides…

— Mais comment ce Law peut-il les remplir ?

— En utilisant du papier-monnaie qui circule facilement et qui va permettre de créer des richesses.

— Tu veux dire qu'on va payer mes pastilles au chocolat avec des morceaux de papier ? Je ne les prendrai pas.

— Bien sûr que non, mais depuis l'année dernière, on peut payer ses impôts avec ces billets. Écoute plutôt ce que j'ai fait : quand Law, en 1716, a créé une banque privée, la Banque Générale, j'ai acheté des actions que j'ai déjà revendues et qui m'ont rapporté de l'argent car elles avaient grimpé comme un singe à son arbre. L'année d'après, Law a racheté la Compagnie de Louisiane et en a créé une nouvelle, qu'on a appelée Mississippi, pour exploiter les colonies d'Amérique. J'ai acheté des actions Mississippi et comme, là-bas, ce sont des pays de Cocagne, ça va ne faire que croître et embellir.

— À Dieu plaise ! En embarquant tous les filous, vagabonds et prostituées qui traînent dans les rues ? rétorqua Alixe dubitative. Personne ne veut aller de son plein gré dans ce pays de sauvages.

— Ce n'est qu'un début. La Louisiane sera bientôt peuplée et rapportera gros, tu peux me croire.

— Tout cela me semble bien risqué, répliqua Alixe. Ne peut-on attendre un peu pour voir si cela marche vraiment ?

Massialot ricana.

— La fortune sourit aux audacieux. La rumeur dit que dans les jours qui viennent, la Banque Générale va devenir Banque Royale. Un nouveau tirage de papier-monnaie va avoir lieu, mais il n'y en aura pas pour tout le monde. Avec Marivaux, nous rôdons autour de l'hôtel de Mesmes pour être les premiers. L'argent engendre l'argent. Si tu veux ta part de gâteau, suis-nous, tu n'auras pas meilleurs guides.

— J'irai avec vous une prochaine fois. Je ne suis pas convaincue. Je dois réfléchir. Monsieur de Marivaux, repassez en début d'après-midi, vos biscuits seront prêts.

Marivaux partit les poches bourrées de dragées de girofle et Massialot, le menton haut et l'air conquérant.

Elle monta s'enfermer dans sa cuisine, priant son commis de ne laisser entrer personne.

Pour les biscuits à la pistache[1], elle prit une demi-livre de pistaches bien vertes et deux douzaines d'amandes qu'elle échauda et passa ensuite à l'eau fraîche. Dans un mortier, elle les pila avec un morceau d'écorce de citron vert. Elle fouetta huit blancs d'œufs en neige, y

1. Recette page 348.

ajouta trois jaunes d'œufs, une demi-livre de sucre en poudre, une cuillerée à bouche de farine. Elle mélangea le tout et dressa la pâte dans des moules de papier carrés. Elle les mit à cuire au four avec plus de feu dessous que dessus. Une fois qu'ils furent bien montés, elle rajouta de la braise dans la partie haute du four de manière à ce qu'ils prennent une belle couleur.

Les cloches du couvent des Nouvelles Catholiques sonnaient la deuxième heure après midi quand Marivaux fit son entrée.

– Déjà vous? Je viens tout juste de retirer les biscuits du four.

– Leur délicieuse odeur a dû arriver jusqu'à mes narines! J'ai laissé Massialot se délecter de la fièvre régnant aux alentours de la Banque, pour venir goûter à d'autres plaisirs.

– Je n'ai pas eu le temps de vous préparer un biscuit de Savoie, mais, c'est juré, je vous en fais un pour demain, déclara Alixe précipitamment.

– Je ne résiste pas à tant d'attentions. Combien vous dois-je, chère Alixe?

– Rien, car j'ai un service à vous demander.

– Tout ce que vous voudrez.

– Vous connaissez bien les comédiens italiens?

– Certes. Je travaille avec eux, ils m'inspirent. Que souhaitez-vous?

– Je recherche des informations sur une jeune personne qui, hélas, vient de mourir. Je dois rencontrer ses proches.

– Il doit s'agir de Catarina Fiorilli. Vous la connaissiez? Elle était de vos clientes?

– Pas du tout. Je crois qu'elle est morte de manière étrange.

– Mourir à seize ans est, si l'on veut, étrange. Ces filles sont bien souvent en mauvaise santé. Je ne sais rien des conditions de sa mort, mais si vous le voulez, accompagnez-moi, c'est sur mon chemin.

Alixe accepta l'invitation, emballa soigneusement les biscuits et suivit Marivaux. À peine sortie, elle crut reconnaître la silhouette de Trescoat se dirigeant vers la boutique. Elle pressa le pas et s'accrocha au bras de son compagnon. Elle n'avait nulle envie que cet homme vînt lui raconter ses malheurs, les siens lui suffisaient. Marivaux, le premier instant de surprise passé, se pencha vers elle en souriant et l'entraîna bras dessus, bras dessous vers le théâtre. Il ne fallait guère qu'un quart d'heure de marche en passant par la place des Victoires, la rue du Reposoir, la rue Verderet et la rue Tiquetonne.

En chemin, Marivaux lui dit qu'elle avait été sa joie quand, en 1716, le Régent avait annoncé le retour sur scène des Italiens. Leur théâtre avait été fermé en 1697, sur ordre de Louis XIV, après l'annonce de leur prochaine pièce *La Fausse Prude* mettant ouvertement en cause Madame de Maintenon. Les comédiens s'étaient dispersés mais avaient immédiatement répondu à l'appel de Luigi Riconbini, leur directeur, et repris leur place à l'hôtel de Bourgogne. Ils étaient meilleurs que jamais et projetaient même de jouer des pièces en français. Marivaux se faisait fort d'être le premier à leur proposer des textes de qualité. Il y travaillait d'arrache-pied.

Alixe l'écoutait d'une oreille distraite. Elle espérait que la Palatine, victime de son inquiétude forcenée pour Philippe, se fût trompée sur les causes de la mort de la jeune comédienne.

6

– Arsenic ! s'exclama Alixe, épouvantée. En êtes-vous sûr ?

Angelo, le frère de Catarina, la regarda avec colère.

– Le médecin a été formel. Pourquoi voudriez-vous qu'à la peine j'ajoute le mensonge ? Et qui êtes-vous pour venir nous importuner dans notre deuil ?

Riconbini, qui dirigeait une répétition, leur hurla d'aller régler leurs problèmes ailleurs. Marivaux entraîna le jeune homme suivi d'Alixe dans les coulisses et dit à voix basse :

– Angelo, je vous ai présenté Madame comme une amie qui, ayant appris la mort de votre sœur, souhaite vous venir en aide.

– Ma seule attente est de me venger de ce maudit Régent. Si Catarina n'était pas allée à ce souper, elle serait encore en vie.

– Mais on dit que parfois, il faut des mois avant que le poison n'agisse, continua Marivaux. Peut-être l'avait-elle absorbé avant… Et n'oubliez pas que le Régent est votre protecteur.

Voyant Angelo serrer les poings et sur le point d'exploser, Alixe proposa à Marivaux de les laisser seuls. Plus attiré par les voix mélodieuses des comédiennes que par cette ténébreuse histoire de poison, il s'éloigna.

— Je vous crois, dit Alixe précipitamment. Si je suis ici, c'est bien parce que la mort de Catarina ressemble à un assassinat prémédité.

— Je suis bien aise de vous l'entendre dire. C'est ce que j'ai déclaré à la police sans omettre de signaler que je connaissais le coupable : le Régent.

Alixe n'eut pas le cœur de lui dire que la seule manière dont le Régent désirait faire mourir les jeunes femmes, c'était d'amour.

— La police a-t-elle procédé à l'ouverture du corps de votre pauvre sœur ?

— Il semblerait que ce soit en cours, mais ça ne changera rien. Catarina ne reviendra pas, elle qui était promise aux plus grands succès. Mourir dans la fleur de l'âge…

Alixe prit doucement le jeune homme par le bras, le fit asseoir sur une grosse malle d'osier d'où s'échappaient des rubans de soie et lui demanda :

— Vous a-t-elle dit ce qu'elle avait mangé ?

L'idée que du poison ait pu être versé dans un de ses plats la révulsait.

— Rien, elle n'a rien pu manger. C'est la première question que je lui ai posée quand elle est rentrée et qu'elle a dit se sentir mal. Elle m'a avoué être trop impressionnée par ce damné Régent. Pour se donner du cœur au ventre, comme elle a dit, elle n'a bu que du Champagne.

Alixe se souvenait parfaitement que le Régent lui avait dit avoir laissé sa bouteille à la jeune fille. Un horrible doute s'insinua dans son esprit. Baptiste ! Qui dit Champagne dit Baptiste. Et n'avait-il pas clamé sa haine de Philippe d'Orléans et annoncé que la France en serait bientôt débarrassée?

– Vous a-t-elle parlé de ce vin? demanda Alixe d'une voix altérée.

– C'était la première fois qu'elle buvait du mousseux. Elle n'a pas trouvé ça très bon.

– Et après?

– Ça lui a donné si mal à la tête qu'elle a dû quitter la fête au grand déplaisir du Régent.

Alixe imaginait sans peine le mécontentement de Philippe de ne pouvoir étrenner sa nouvelle conquête.

– Arrivée à la maison, elle a eu des étourdissements. Inquiète, elle est venue me réveiller. Puis elle a été prise de violentes douleurs dans le ventre et s'est mise à vomir des matières verdâtres pleines de sang. J'ai couru avertir le médecin de la troupe. Quand il a vu le flot de salive s'échappant de sa bouche, ses yeux rouges et brillants, ses traits tirés, ses mains et ses pieds livides, il lui a demandé si elle avait la gorge sèche et contractée. D'une voix épouvantablement rauque, elle a répondu que « oui ». Le médecin m'a dit qu'elle était perdue, qu'il était trop tard pour tenter de lui administrer un contrepoison. Je l'ai supplié. Il avait hélas! raison. Prise de convulsions et de sueurs froides, elle est entrée dans un délire effrayant. Elle est morte une heure plus tard.

L'odeur pesante des fards, des crèmes, des chandelles devint insupportable à Alixe. Elle étouffait. Elle posa la main sur le bras du jeune homme qui pleurait silencieusement.

– Il faut que le Régent paye pour nous avoir volé cette fleur à peine éclose, déclara Angelo en essuyant rageusement ses larmes.

– Je comprends votre colère et votre désir de vengeance. Mais ne commettez pas cette folie. Si vous vous attaquez au Régent, vous risquez la prison. Ne condamnez pas vos parents à perdre deux enfants en si peu de temps.

– C'est une question d'honneur, poursuivit Angelo d'un ton farouche.

– Laissez-moi vous aider à trouver le coupable.

– Pourquoi le feriez-vous ? Quel est votre intérêt ? Vous ne connaissiez pas Catarina.

Alixe ne pouvait lui dire qu'elle soupçonnait son propre frère d'être à l'origine de ce drame. Par contre, l'enquête de la police arriverait bien vite à cette conclusion. Elle devait agir rapidement. Lui faudrait-il trahir son sang pour protéger le Régent ?

– Disons que je risque, moi aussi, de perdre un être cher dans cette affaire. Faites-moi confiance.

Angelo la regarda d'un air dubitatif et lâcha d'une voix sourde :

– C'est bien parce que vous êtes une amie de Monsieur de Marivaux que j'ai accepté de vous parler. Je ne crois pas que vous m'aiderez, pas plus que la police. Je n'ai plus qu'à me débrouiller seul.

Il tourna les talons et s'enfonça dans l'obscurité de l'arrière-scène.

Alixe rejoignit Marivaux en pleine discussion avec Silvia, la comédienne la plus en vue de la troupe. Si Alixe ne l'avait su profondément épris de son épouse, Colombe, elle aurait pu croire qu'il lui contait fleurette, tant son visage s'illuminait au contact de la troublante créature. Était-il homme à vouloir que toutes les femmes l'aiment ? Ne voulant interrompre cet échange, elle s'esquiva. Sur la scène faiblement éclairée par quelques quinquets, une Colombine envoyait de fervents baisers à son Arlequin. Comme elle aurait aimé s'asseoir et oublier ses sombres interrogations en regardant les excentricités des comédiens !

En sortant du théâtre, un homme enveloppé dans une grande cape noire, le chapeau rabattu sur les yeux, la bouscula.

— Vous pourriez faire attention !

— Je suis désolé... Mon Dieu, Alixe, que fais-tu là ? Je ne savais pas que tu étais une habituée des Italiens.

— Francesco ! C'est incroyable ! Tu es à Paris et je ne le savais pas.

L'homme la prit dans ses bras, la regarda attentivement et déclara :

— Tu n'as pas changé. Toujours aussi belle et élégante.

Alixe rougit, resserra les pans de sa mante à coqueluchon et s'éloigna de lui.

— Hélas ! les années ont passé et laissé leurs marques.

— J'ai appris pour ton mari et tes enfants, reprit-il, j'aurais aimé être près de toi dans ces moments de souffrance...

Elle l'interrompit d'un geste de la main.

— N'en parlons pas, si tu le veux bien. Dis-moi plutôt ce qui t'amène à Paris.

— Je suis au service du prince de Cellamare, un compatriote napolitain.

— L'ambassadeur d'Espagne ? C'est un comble, son hôtel est à deux pas de chez moi. Pourquoi n'es-tu pas venu me voir ? Tu es là depuis longtemps ?

Ce fut au tour de Francesco de rougir. Il passa une main dans ses boucles brunes.

– Je n'ai pas osé, dit-il. Je ne savais pas si tu aurais plaisir à me revoir. J'ai pris mes fonctions de maître d'hôtel il y a trois mois. Cellamare est un homme charmant mais vu les relations entre la France et l'Espagne, je m'attends d'un jour à l'autre à ce que nous pliions bagage. Il y a d'étranges allées et venues à l'ambassade. Je crois même un soir avoir aperçu ton frère. On dit que la guerre est sur le point d'être déclarée.

– En attendant, tu viens te divertir auprès des jeunes comédiennes italiennes ?

Alixe regretta aussitôt ces paroles. Francesco, mélancolique, murmura :

– Si tu ne m'avais pas dédaigné, je n'irais pas me consoler dans leurs bras accueillants.

Il reprit sur un ton léger :

– Non, sérieusement, je sers de traducteur pour les spectateurs. La plupart ne parlent pas italien. Je viens de prendre connaissance de la nouvelle pièce montée par Riconbini : *Arlequin et Lelio valets du même maître.*

Francesco lui avait pris le bras. Alixe n'avait aucune envie de rester plus longtemps. Elle se dégagea doucement.

– Ne m'en veux pas, je n'ai guère de temps à te consacrer mais passe un jour à la boutique, nous évoquerons les jours anciens.

Francesco lui sourit, l'embrassa sur les deux joues et acquiesça.

– Ton invitation me fait le plus grand plaisir.

Elle s'éloigna sans se retourner car elle savait que Francesco ne la quittait pas des yeux. La vie réservait de bien étranges surprises. Alors qu'elle se débattait dans les pires difficultés, resurgissait un épisode tumultueux de son passé.

Francesco était un lointain cousin, du côté de son père. Installé à Genève[1] plus de cent cinquante ans auparavant, François, l'ancêtre de la dynastie Savoisy, avait donné naissance à une ribambelle d'enfants dispersés depuis dans l'Europe entière. Benjamin, le père d'Alixe, avait retrouvé à Londres sa cousine Virginia[2]. Ensemble, ils avaient retracé les itinéraires des différents rejetons Savoisy. Peu enclin aux rigueurs du calvinisme genevois, l'un d'entre eux avait émigré à Naples où il avait fait souche. Benjamin, au retour de l'expédition botanique au Levant menée en 1700 par Tournefort, avait fait escale à Naples. Ses recherches des rameaux de cette branche de la famille le conduisirent à Antonio Latini, cuisinier en vogue à la cour du vice-roi de cette possession espagnole. Il avait écrit un livre à succès, *Scalco alla moderna*[3] et son fils, Francesco, alors âgé de dix-sept ans, suivait ses traces. Antonio et Benjamin s'étaient juré de renouer les liens familiaux. Quelques mois plus tard, Francesco partait pour Paris parfaire ses connaissances culinaires auprès des amis cuisiniers de Benjamin. À peine arrivé, le jeune homme tomba fou amoureux d'Alixe qui avait le même âge que lui. La jeune fille le trouva très beau, drôle et délicat mais ne lui prêta qu'une attention amusée. Un adolescent, si charmant fût-il, ne pouvait rivaliser avec Philippe d'Orléans dont elle était tant éprise. Francesco ne chanta plus, devint triste, dépérit et dans un élan de désespoir la demanda en mariage. Alixe lui rit au nez, regretta aussitôt cet affront, essaya de le consoler. Francesco quitta

1. Cf. *Natures mortes au Vatican*, Agnès Viénot Éditions, 2007 ; Le Livre de Poche n° 31499.
2. Cf. *Meurtres au Potager du Roy, op. cit.*
3. Publié en 1694.

la maison de la rue Neuve-des-Petits-Champs, galopa jusqu'à Marseille et réembarqua pour Naples, le cœur brisé. Deux mois plus tard, le jour de ses dix-huit ans, Alixe épousait Jean.

Dix-huit ans plus tard, dans la pâleur glacée de ce jour de décembre, sourde aux bruits de la ville, Alixe imaginait sa vie si elle avait dit « oui » à Francesco. Serait-elle à Naples entourée d'une nombreuse marmaille, avec cet homme devenu mûr, toujours aussi charmant et prévenant ? L'heure n'était pas aux regrets mais à la recherche d'une vérité qu'elle redoutait.

Cet empoisonnement, puisque empoisonnement il y avait, était une terrible nouvelle. Mille doutes et suppositions l'assaillaient. Que Philippe fut en grand danger, cela était certain. Mais se pouvait-il que Baptiste ait manigancé un tel acte criminel ? Alixe était la première à savoir qu'il fournissait les soupers du Palais-Royal. Comment cette bouteille avait-elle pu arriver entre les mains du Régent ? Par qui avait-elle été introduite ? Elle se prit à espérer qu'il y eut d'autres fournisseurs. Massialot et elle ne s'occupaient que de la cuisine, la commande des vins passait par le maître d'hôtel et ses services. Il lui fallait en avoir le cœur net. Elle décida d'aller rendre visite sur-le-champ à Joseph Dambret qui tenait les comptes des fournisseurs de la maison du Régent.

Le vieil homme, lunettes cerclées de fer sur le bout du nez, aussi racorni que les piles de papier qui envahissaient l'espace, la reçut dans son petit bureau du rez-de-chaussée de l'aile gauche du palais. Elle l'avait toujours connu assis derrière la grande table en bois, ses plumes d'oie bien taillées, disposées devant lui en un ordre tout militaire.

À son arrivée, il se leva précipitamment et s'exclama, ravi :

— Alixe ! Ça fait bien longtemps que je ne t'ai vue. Depuis cette malheureuse histoire de crème normande. As-tu de nouveaux ennuis avec ce mauvais coucheur ?

La jeune femme lui sourit et l'embrassa sur les deux joues.

— Vous avez dû remarquer que je me fournis dorénavant chez un autre marchand d'Isigny qui, lui, ne me réclame pas le prix d'une vache pour une pinte de crème.

— Alors, que me vaut le plaisir de ta visite ? Le Régent s'est-il entiché de quelque nouveau produit ? Il te faut davantage d'huîtres et de chapons ? C'est incroyable ce qui peut s'engloutir lors de tes soupers.

— Ce ne sont pas mes soupers ! s'exclama Alixe en riant. S'il ne tenait qu'à moi…

— Je sais bien, ma belle ! Alors dis-moi.

— J'aimerais juste vérifier les arrivages de vin mousseux de Champagne. Comme vous l'avez remarqué, sa consommation va en augmentant.

— Mais, l'interrompit Dambret, pourquoi ne demandes-tu pas à ton frère ? C'est lui qui fournit le Régent, officieusement.

— Justement, je me demandais s'il était vraiment le seul.

— Pour le moment, il me semble bien. Au grand déplaisir d'autres marchands ! Ils nous vantent les qualités de leur vin à bulles et aimeraient bien toucher leur part du gâteau ! Moi, ces bulles m'indisposent. Elles piquent la langue, envahissent le gosier, à tel point qu'on en a le souffle coupé. J'ai failli plus d'une fois m'étrangler. Je préfère un bon vin de Beaune, bien charnu, bien gras à cette piquette au goût acide.

Alixe le laissait parler, redoutant qu'il ne posât trop de questions sur sa démarche.

– Je te parie que ça ne durera pas. Je ne vois pas ce qu'on peut trouver d'agréable à un vin qui mousse comme un crapaud. Il y a de si bons vins tranquilles en Champagne. Ils ont toujours été sur la table des rois de France. Pourquoi s'enticher de nouveautés, surtout quand on sait que ce sont les Anglais qui, les premiers, en ont eu le goût.

– Vous avez raison, Joseph, mais me laisseriez-vous jeter un œil sur vos registres d'entrée de vins ?

– Si cela te fait plaisir ! Tu sais bien que je ne peux rien te refuser.

Il farfouilla au pied de son bureau et lui tendit un grand cahier relié de toile noire.

– Tu as là tous les arrivages du mois de novembre.

Alixe le feuilleta rapidement, releva à plusieurs reprises la mention de Baptiste Savoisy. En date du 25 novembre était notée la livraison de cinquante bouteilles, celles bues lors du souper fatal à Catarina. Juste au-dessus, une ligne mal écrite et raturée attira son attention.

– Joseph, arrivez-vous à lire ? demanda-t-elle en tendant le cahier au vieil homme. S'agit-il d'une autre livraison de Champagne ?

Joseph rajusta ses lunettes, fronça le nez et déclara :

– C'est Antoine, mon aide, qui a écrit ça. Comme un cochon, évidemment. J'ai dû garder le lit quelques jours, toussant comme un malheureux, n'arrivant même plus à respirer. Il m'a remplacé mais le pauvre sait à peine écrire. Je suis bien incapable de te dire ce qu'il a marqué. Je lui demanderai à son retour de Dijon, dans quelques jours.

– J'aurais bien aimé avoir la réponse maintenant.

– Si tu y tiens vraiment, tu n'as qu'une chose à faire : va voir Nicolas Robineau, l'un des douze marchands suivant la Cour. Il te dira qui aurait pu fournir du mousseux. Mais que se passe-t-il ? Le Régent s'est plaint de quelque chose ? demanda le vieil homme, soudain inquiet.

– Pas du tout, mais j'ai quelques idées de nouvelles recettes et je cherche le vin le plus adéquat pour les réaliser.

– Tu n'oublieras pas de me les faire goûter !

Alixe le remercia chaleureusement et lui promit de repasser le lendemain avec un biscuit de Savoie.

Pour la deuxième fois dans la journée, elle était confrontée à son passé, heureux et malheureux. Elle connaissait bien le chemin menant à la Halle au Vin, au coin de la rue des Fossés-Saint-Bernard. Elle l'avait souvent parcouru pour retrouver Jean, son mari, au Jardin Royal des plantes médicinales. Seule ou avec Joseph et Élisabeth, ses petits, qui adoraient y aller, malgré l'interdiction faite aux enfants. Joseph avait pour parrain le grand maître des lieux, Joseph Pitton de Tournefort. Sans enfant, ce dernier l'adorait et le laissait grimper aux arbres, au grand dam des démonstrateurs et des jardiniers. Ils finissaient toujours par lui pardonner car l'enfant montrait de surprenantes dispositions pour la botanique. Il avait de qui tenir !

Parcourant ce chemin, tant de souvenirs lui revenaient à l'esprit qu'Alixe se sentit aspirée dans la spirale des chagrins passés. Ses petits lui manquaient tant ! Joseph avait cinq ans et Élisabeth quatre quand la maladie les emporta, un soir de janvier 1709. Jean les avait suivis dans la tombe le lendemain. Ne plus tenir la menotte d'Élisabeth et ne plus voir ses boucles danser dans le soleil, ne plus entendre le rire de Joseph et subir ses colères de petit garçon l'avait rendue folle de douleur. Elle avait erré dans la maison de la rue Neuve-des-Petits-Champs, enfouissant son nez dans leurs petits vêtements, les cherchant partout, entendant leurs pas, ouvrant les portes pour qu'ils se jettent dans ses bras. Elle s'était mise en cuisine, préparant des monceaux de gâteaux, les décorant joliment pour retrouver leurs mines de chatons gourmands et leurs gloussements de plaisir.

Craignant qu'elle ne sombrât dans la démence, Baptiste et Élise étaient venus la chercher. Assise, immobile parmi les jouets de ses enfants, ils l'avaient trouvée, perdue dans une rêverie dont elle ne semblait jamais devoir sortir. Ils l'avaient gardée plusieurs mois chez eux, demandant à leurs enfants de se faire aussi petits que possible pour ne pas raviver son chagrin. Pourtant ce furent eux qui tirèrent Alixe de son enfermement. François et Louise, les premiers-nés de Baptiste et Élise, à force de lui réclamer des biscuits, réussirent à la ramener à la vie.

Alixe avait pris une chaise à porteur, la manière la plus rapide de se déplacer dans les embarras de Paris. Les porteurs avançaient rapidement le long des quais, laissant à leur droite la Samaritaine, cette grosse pompe qui alimentait en eau le quartier du Louvre, continuant par la Vallée de Misère, le quai de Gesvres puis celui des Haudriettes, passant devant l'Hôtel de Ville. Après la place aux Veaux, ils prirent le Pont-Marie, traversèrent au petit trot l'Isle Notre-Dame puis le Pont des Tournelles et arrivèrent à la Porte Saint-Bernard. Les deux bâtiments de la Halle au Vin se dressaient juste derrière. Les porteurs ne purent dissimuler leur inquiétude :

– Madame, vous êtes sûre de vouloir vous rendre dans ce coupe-gorge ? Ces gens ne sont pas très recommandables.

Alixe les remercia de leur sollicitude. Elle avait l'habitude de ce milieu mais elle serait très heureuse s'ils voulaient bien l'attendre. Elle était beaucoup moins rassurée qu'elle ne le paraissait. Ce qu'elle allait découvrir pouvait changer le cours de sa vie et celle de sa famille.

7

Lancé à grande vitesse dans la rue des Fossés-Saint-Bernard, un haquet – longue charrette étroite dont se servaient les tonneliers-déchargeurs – faillit la renverser. Elle se plaqua contre un mur et entendit le ricanement du meneur. L'odeur de vinasse prenait à la gorge. Alixe s'aperçut qu'elle pataugeait dans une boue couleur lie-de-vin. Ses souliers en cuir chamois n'allaient pas résister longtemps à ce traitement. Elle continua vaillamment, ne croisant que des hommes, dont certains à la trogne bien allumée. Elle demanda à l'un d'eux si Nicolas Robineau était là. On lui répondit qu'il surveillait l'arrivage de vin de Vouvray, tout au fond du deuxième bâtiment. Dans les allées, circulaient les charrettes où s'entassaient fûts et tonneaux à livrer chez les marchands de vin.

Elle connaissait Nicolas Robineau de vue, l'ayant rencontré chez Baptiste du temps où son frère débutait dans le commerce des vins. Elle ne tarda pas à le repérer grâce à sa haute taille et à sa crinière blanche. Il était entouré d'une dizaine de cabaretiers et taverniers venus acheter de quoi réjouir le gosier de leurs clients. Elle attendit que les négociations soient finies, attirant les regards des uns et des autres. Robineau s'approcha d'elle :

– Je vous connais, vous ! Si c'est votre frère qui vous envoie, vous perdez votre temps, je n'ai plus rien à dire à ce brigand. Prévenez-le qu'il n'a pas intérêt à se retrouver sur mon chemin.

Voilà qui n'allait pas faciliter la discussion ! Alixe ignorait tout du conflit entre son frère et Robineau.

– Pas plus que sur celui des autres marchands, continua le géant. Il veut nous faire cocus, sous prétexte qu'il connaît personnellement le Régent, mais ça ne se passera pas comme ça. Nous allons les lui faire ravaler, ses flacons de Champagne !

– Je suis moi-même en délicatesse avec Baptiste, déclara Alixe, regrettant de dévoiler leur mésentente familiale.

L'homme s'était appuyé contre une immense futaille et la regardait avec intérêt.

– Je trouve son attitude tout à fait regrettable, continua-t-elle. Il n'aurait jamais dû se conduire ainsi avec vous.

Elle n'avait pas la moindre idée du comportement de Baptiste envers les marchands de vin, mais Robineau mordit immédiatement à l'hameçon :

– Qu'est-ce qu'il croit ce blanc-bec ? Pouvoir nous doubler, nous les fournisseurs officiels de la Cour ? Il ne fait même pas partie de la communauté des marchands de vin en gros. On l'aurait reçu avec plaisir s'il avait respecté les règles. Pas du tout, il traite directement avec Claude Moët à Épernay. Ils ont les dents longues, les gaillards. Passe encore que votre frère fournisse le Palais-Royal en flacons de Champagne, mais il veut aller plus loin : avoir pignon sur rue et vendre cette satanée boisson à tout un chacun en faisant fi de nos privilèges. Où va-t-on si on commence à débiter du vin en bouteilles aux bourgeois de Paris ? Le vin est toujours arrivé en fûts, c'est nous qui le vendons aux cabaretiers, taverniers, hôteliers qui ensuite le détaillent à pot et à pinte à leurs clients. On ne va pas changer le système à cause de ce vin revêche qui vous fait tordre le nez. De toute manière, ils n'y arriveront pas. Chacun sait que la moitié de leurs bouteilles leur pètent à la gueule. En attendant, votre frère nous énerve. Ne vous étonnez pas s'il lui arrive des bricoles.

Dans quel guêpier Baptiste s'était-il fourré ?

– Je comprends votre mécontentement et vous avez raison : le Champagne n'est qu'une mode éphémère. Il paraît même que le Régent et ses amis s'en lassent déjà.

Ce mensonge ne coûta guère à Alixe. Elle continua :

– Mais vous, Monsieur Robineau, en avez-vous déjà fourni au Régent ?

– Puisque je vous dis que je déteste cette pisse d'âne, tonna-t-il. Pourquoi voudrais-je empoisonner mes clients alors que je dispose des meilleurs vins de Bourgogne ? Ne bougez pas, ma petite dame, vous allez me dire des nouvelles de mon Chambertin.

D'un pas pesant, Robineau se détacha de la futaille et passa derrière. Il revint avec un pichet rempli d'un liquide sombre et deux verres qu'il remplit à ras bord.

– Goûtez-moi ça ! C'est autre chose, c'est fort, moelleux, c'est du vin !

Le Chambertin était divin. Alixe se répandit en compliments sur sa saveur charnue qui se diffusait à toutes ses papilles et revint à la charge :

– Cet avis négatif sur le Champagne est-il partagé par vos confrères ?

– Certains y viennent, séduits par je ne sais quoi, mais très peu. Et ces flacons ridicules en forme de pomme ! J'ai même entendu dire qu'il en existait de nouveaux ressemblant à des poires ! Autrefois, on allait tirer du vin à la cave et on le mettait en bouteilles pour le servir à table. Rien ne vaut un bon vieux pichet, croyez-moi. Et quel ennui à ouvrir ! Il faut détacher la ficelle de chanvre autour du bouchon et tournicoter ce dernier jusqu'à ce qu'il veuille bien lâcher prise.

Alixe n'avait pas pensé à ça : tous les flacons de Champagne arrivaient hermétiquement clos avec ce fameux bouchon de liège qui faisait son originalité. Il fallait donc que le Champagne ait été empoisonné avant sa mise en bouteille, à moins que l'introduction du poison n'ait eu lieu une fois la bouteille ouverte. Baptiste disposait-il d'un complice dans l'entourage du Régent ? Rien n'était impossible dans ce nid de vipères.

Elle se décida à poser la question cruciale :

– À votre connaissance, y a-t-il d'autres marchands, hormis mon frère, qui fournissent le Palais-Royal en vin mousseux ?

– Sur quel ton faut-il que je vous le dise ? Oui, oui et encore oui, votre frère, pour son plus grand malheur, est le seul. Car ça ne va pas durer, je peux vous l'affirmer. Déjà à Pierry, il n'y a plus de bouteilles et je ne souhaite qu'une chose : que la casse continue, conclut-il en ricanant.

Baptiste avait parlé de Pierry lors de leur dernière rencontre. Alixe demanda :

– Que s'est-il passé ?

– Un frère bénédictin a été retrouvé assassiné sur une montagne de flacons fracassés. Dommage que frère Oudart s'en soit sorti. Il aurait retrouvé en enfer son grand ami, dom Pérignon.

Ces noms ne disaient rien à Alixe mais Robineau ne semblait pas les porter dans son cœur. Elle se moquait bien de la haine du marchand de vin pour le Champagne mousseux ; par contre, la violence qui semblait se déchaîner dans le petit monde des producteurs et des marchands de vin ne lui disait rien qui vaille. Elle était en proie à un profond dilemme. Sa loyauté envers son frère lui dictait d'aller le voir et de le prévenir des menaces proférées contre lui. D'un autre côté, tout indiquait qu'il était impliqué, de près ou de loin, dans l'empoisonnement de la jeune comédienne. Cette certitude l'étourdit. Elle vacilla légèrement. Robineau la saisit par le bras et s'exclama :

— Je n'aurais pas dû vous faire boire autant de Chambertin. Vous m'avez l'air toute chamboulée. Avez-vous besoin d'aide ?

Alixe reprit ses esprits et l'assura qu'elle allait bien. Le froid devait être la cause de son malaise, déclarat-elle. Elle allait rentrer et se mettre au chaud sous sa courtepointe. Elle remercia Robineau qui la regardait d'un air circonspect et partit au pas de course rejoindre les porteurs qui l'attendaient, battant la semelle pour se réchauffer. Le balancement irrégulier de la chaise lui donna la nausée. Elle se sentait abandonnée de tous, sans recours, sans ami à qui se livrer. Élise, sa confidente depuis tant d'années, était la dernière personne avec qui partager ses doutes. Son franc-parler, son sens des réalités et son inépuisable bienveillance l'auraient tellement aidée en cet instant où tout se brouillait dans son esprit. Marivaux ? Alixe ne le connaissait pas assez, même si elle devinait chez lui une grande attention aux tourments de l'âme humaine.

Fugitivement, elle pensa à Francesco. Elle avait bien vu son trouble. Il l'aimait encore. Elle n'aurait aucun mal à le rallier à sa cause. Aller se jeter dans ses bras, lui demander de la protéger, de l'aider à oublier ses tracas ? C'était impossible. Elle ne pouvait divulguer le secret dont elle croyait détenir la clé sans causer la perte de son frère. L'espace d'une seconde, elle envisagea d'accuser Baptiste. Cela résoudrait les problèmes liés à la boutique. Elle rejeta aussitôt cette terrible pensée, effrayée par la tentation de trahir son frère. C'est ainsi que tous les malheurs du monde arrivent, pensat-elle. Par facilité, pour ne pas souffrir ou oublier qu'on souffre, on choisit d'abattre l'autre, celui qui vous est si proche. Elle se rendit compte, au fil de ses pensées, que son attachement pour le Régent reprenait une vigueur insoupçonnée. Si la menace se portait sur un autre que lui, hésiterait-elle à protéger Baptiste ? Bien sûr que non. Elle tenait entre ses mains le destin des deux hommes qu'elle aimait. Si elle condamnait son frère, elle écartait une menace pouvant s'avérer fatale pour Philippe. Comment vivrait-elle avec cette trahison familiale ? Le Régent lui ferait horreur. Mais si Philippe venait à mourir de la main de Baptiste, elle ne se le pardonnerait jamais. Elle se prit à espérer que tout cela n'était qu'un cauchemar, qu'elle allait se réveiller dans sa boutique, Massialot jacassant à ses côtés sur les actions *Mississippi*.

Elle se sentait si misérable qu'elle faillit arrêter les porteurs pour qu'ils la laissent là, sur les bords de la Seine. Elle pleurerait tout son saoul et s'en remettrait au jugement de Dieu.

Se reprenant, elle examina les issues possibles. Rapporter à la Palatine les premiers éléments de son enquête serait bien trop dangereux. La vieille dame ferait un tel remue-ménage que Baptiste se retrouverait sans tarder derrière les barreaux. Après tout, se dit-elle, aucune preuve formelle n'accusait son frère. Bouleversée par le conflit qui les opposait, peut-être avait-elle tiré des conclusions trop hâtives. L'assassinat du moine en Champagne avait-il un lien avec le meurtre de la jeune comédienne? Improbable. Pourtant, l'attitude haineuse de Robineau cachait peut-être de plus noirs desseins. De toute évidence, les marchands de vin parisiens avaient déclaré la guerre au vin mousseux de Champagne. Et à son frère, par la même occasion. Il lui fallait en savoir plus sur ce conflit. Malheureusement, la personne la mieux renseignée n'était autre que Baptiste. Inutile d'aller le voir. Il ne l'écouterait pas, ne répondrait pas à ses questions.

Peut-être suffisait-il d'attendre? Il lui faudrait, alors, faire preuve d'une grande prudence et surveiller attentivement les soupers du Régent. Solution illusoire puisque tout ce qui se passait hors du Palais-Royal lui échapperait. Sauf si elle mettait Honoré le Mirabalais dans la confidence, du moins jusqu'à un certain point. Il observerait les faits et gestes de chacun. Pour l'heure, rassurée par cette perspective, elle devait se mettre sans plus tarder à la préparation du souper du lendemain. Elle passerait sûrement une partie de la nuit en préparatifs, alors qu'elle n'avait qu'une envie : se glisser sous ses couvertures et sombrer dans un sommeil réparateur.

La course était longue, ses mains et ses pieds lui faisaient l'effet de glaçons. Elle avait hâte d'arriver. Elle paya généreusement les porteurs et poussa un soupir de soulagement en introduisant sa clé dans la petite porte jouxtant la boutique. Une ombre se détacha du mur, elle sursauta, prête à hurler à l'aide quand elle reconnut Trescoat.

– Vous m'avez fait une belle frayeur. Quelle idée de vous cacher ainsi ! Ne me dites pas que vous m'attendez depuis le début d'après-midi.

– J'avais à faire dans le quartier et je suis revenu plusieurs fois. J'ai fini par m'inquiéter. Aussi ai-je décidé de vous attendre.

– C'est fort aimable à vous mais bien inutile.

– Vous avez l'air défaite. Êtes-vous souffrante ?

– Je vais très bien, répliqua Alixe avec agacement. Juste un peu de fatigue qu'une bonne nuit de sommeil effacera. Je vous souhaite le bonsoir, Monsieur.

Sa vue se brouilla, sa main laissa échapper la clé et un voile noir l'engloutit.

Quand elle reprit connaissance, elle était installée dans le grand fauteuil à oreillettes qu'affectionnait tant son parrain Audiger. Sa vision était encore brouillée. Elle ne distinguait qu'un habit d'homme en drap couleur noisette doublé de taffetas jonquille. Elle tressaillit. Trescoat approchait un verre d'eau de ses lèvres.

– Buvez, cela vous aidera à reprendre vos esprits.

– Mon Dieu, j'ai perdu connaissance.

– Je le crains. Vous semblez épuisée. Avez-vous une servante qui puisse prendre soin de vous ?

– Louison. Mais ne la dérangez pas. Je me sens bien mieux. Je vous remercie de m'avoir secourue. Vous pouvez me laisser, je dois travailler une partie de la nuit.

– Êtes-vous folle? Vous ne tenez pas sur vos jambes.

– Il le faut, le Régent nous a commandé un souper pour demain.

Trescoat, la mine assombrie, murmura :

– Ah! un souper… Le Régent… C'est vrai… mais laissez-moi vous aider, je vous le dois bien.

Avec un sourire, il ajouta :

– Cette fois, vous ne me chasserez pas. Dites-moi ce qu'il y a à faire. Je suis à vos ordres.

Pour la première fois de la journée, Alixe se sentit réconfortée. Elle ne connaissait pas cet homme, mais il émanait de lui une telle gentillesse, un tel désir de lui être agréable qu'elle n'eut pas le cœur de le rabrouer. Un peu de compagnie lui ferait du bien et l'empêcherait de broyer du noir.

– J'accepte, dit-elle en esquissant un sourire. Mais d'abord, allons à la cuisine faire réchauffer un peu de bouillon. Je n'ai rien avalé de la journée, ce qui ne doit pas être étranger à mon malaise.

Alixe s'empressa de recueillir des braises dans la cheminée pour les mettre dans le foyer d'un des fourneaux. Audiger en avait fait installer cinq dans l'embrasure de la fenêtre ainsi qu'un grand four jouxtant la cheminée, elle-même équipée d'un sollier[1] permettant au cuisinier de travailler debout. Elle posa sur la plaque de fonte une petite marmite.

Sur la table, elle disposa deux assiettes creuses, une miche de pain, un pichet de vin, des poires qu'elle alla chercher dans la resserre ainsi qu'une assiette de biscuits à la pistache.

---

1. Maçonnerie surélevant l'âtre.

Devant Trescoat, elle installa un encrier, une plume et une feuille de papier.

– En attendant que la soupe chauffe, vous allez noter les plats que je servirai demain au souper.

Sur une étagère, elle prit un livre à la couverture noircie dont les pages avaient été tournées des milliers de fois.

– Le fameux livre de Massialot ? demanda Trescoat.

– *Le Cuisinier royal et bourgeois.* Ma bible, comme j'ai l'habitude de dire. Il appartenait à mon parrain. Massialot le lui avait offert. Il y a eu, depuis, je ne sais combien de rééditions. Vous êtes prêt ?

Trescoat se mit au garde-à-vous et se saisit de la plume.

– Potage de cailles aux champignons, potage de gigot de veau farci et peut-être un de chapon aux huîtres. Ça ira pour les potages. En entrée, je verrais bien une daube de veau haché et piqué, une pièce de bœuf bardée de gros lard et une queue de mouton à la croûtade.

– Hé ! n'allez pas si vite, j'en suis au gros lard.

– Et queue de mouton à la croutade, dicta Alixe sur le ton d'un maître d'école. Comme entremets, notez : artichauts à la glace, ou plutôt non, rayez et remplacez par artichauts à la Saingaraz, le Régent les adore ; des champignons à la crème ; d'autres au parmesan. Vous suivez ? Bon, alors, ajoutez : gelées de plusieurs sortes et langues de bœuf parfumées.

– … de bœuf parfumées, répéta Trescoat. J'imagine que nous passons aux rôts ?

– Non, Massialot m'a promis de s'en occuper. Voyons plutôt les desserts. Comme je n'ai pas beaucoup de temps, ils se contenteront d'une tourte à la pistache, de crème pâtissière et je puiserai dans mes réserves de tailladins, confitures et dragées.

La plume levée, Trescoat la regardait d'un air ébahi.

– Vous voulez dire que vous allez faire tout ça, toute seule ? C'est impossible !

– Mais si ! Cette nuit, je vais préparer les coulis qui sont les bases de ces plats. Comme j'avais déjà une petite idée des plats que je servirai, j'ai laissé une liste à mon commis. Les viandes et les légumes sont dans la resserre et j'ai tout le reste sous la main. En attendant, le potage est chaud, mangeons-le !

Ils firent honneur à la modeste collation. Alixe avait retrouvé des couleurs. Trescoat racontait qu'il était passé près de l'hôtel de Mesmes. Une foule immense s'y pressait dans une cacophonie digne d'une ménagerie. Il avait une voix douce et mélodieuse. Alixe se sentait de plus en plus à son aise. Elle rit quand il décrivit l'ouverture des portes : une femme s'était retrouvée en jupons quand la meute s'était précipitée ! Alixe ne regrettait pas d'avoir accepté qu'il restât avec elle. Quand elle lui offrit une poire et un biscuit, il la regarda avec insistance. Elle fronça les sourcils, espérant qu'il n'allait pas lui débiter quelque invite déplacée. D'un ton changé, grave et hésitant, il déclara :

– Laissez-moi vous dire la raison de ma présence aux soupers du Régent.

– Je vous ai déjà dit que ce qui s'y passe est oublié l'instant d'après, répondit Alixe avec impatience.

– Vous risquez de m'y revoir et je souhaite m'en expliquer.

– Votre présence n'était pas fortuite, l'autre soir ? J'espère que le duc de Richelieu va vous laisser tranquille.

Une rougeur subite envahit le visage de Trescoat.

– Hélas, il n'en est rien et c'est de ma faute. Ou plutôt celle de ma femme, mais je lui pardonne, paix à son âme. Il y a deux ans, elle est venue rendre visite à sa lointaine cousine, Anne de Noailles, l'épouse du duc de Richelieu. Vous savez combien ce dernier la dédaignait et l'abandonnait pour mener sa vie dissolue. Toujours est-il que Madeleine fut remarquée par le duc. Elle était si jolie, si vive ! Et si naïve ! Elle qui ne connaissait que la vie sans beaucoup d'attraits ni de distractions de notre manoir de la campagne bretonne s'est retrouvée dans le tourbillon des fêtes parisiennes. Richelieu lui avançait de l'argent pour acheter des robes et des bijoux. Sans doute, la tête lui tourna quand le Régent s'enticha d'elle. Elle ne sut lui résister. Elle ne répondait plus à mes lettres lui demandant de rentrer.

Alixe imaginait très bien la jeune femme, éblouie par le luxe et la vie facile promise aux favorites de Philippe d'Orléans. Plus d'une s'y était laissé prendre pour se mordre les poings, une fois que leur minois eut cessé de plaire. Quant aux maris, à moins d'être comme Monsieur de Prie, surnommé *Monsieur Ravi-de-ça* et de ses nombreuses gratifications, ils n'avaient qu'à s'en accommoder. Alixe n'avait guère envie d'entendre la suite de l'histoire, mais elle laissa Trescoat continuer.

– Je m'apprêtais à partir pour Paris quand Anne de Noailles mourut. Madeleine revint, désespérée. Elle m'avoua son inconduite. Je l'aimais, mais je n'ai pu supporter sa trahison. Je l'ai chassée de chez moi. Elle est morte trois mois plus tard d'une maladie de langueur. Je suis coupable. Je ne voulais pas sa mort. J'aurais dû lui pardonner.

Trescoat se retourna brusquement et cacha les larmes qui lui venaient aux paupières. Pour rompre ce moment d'émotion, Alixe demanda :

– Mais pourquoi Richelieu vous harcèle-t-il ainsi aujourd'hui ?

– Madeleine m'avait caché ses dettes auprès du duc. Il y a quelques mois, un huissier est venu me réclamer une somme astronomique. Mon domaine, près de Vannes, produit un peu de vin, beaucoup de sel. Rien qui me permette de rembourser Richelieu. Je suis venu m'en expliquer avec lui. Il ne veut rien entendre et m'oblige à participer à ses orgies pour éteindre ma dette.

Alixe poussa un petit cri horrifié.

– Je dois obéir, sans mot dire, à toutes ses lubies, à toutes ses demandes obscènes. J'ai terriblement honte mais c'est le seul moyen pour moi de conserver mes terres, d'éviter la ruine de ma famille. Je le fais pour mon fils. Il a quatorze ans. Je lui ai déjà enlevé sa mère, je ne peux le dépouiller de son avenir. Je dois aller jusqu'au bout de cette épreuve. Dieu me pardonnera peut-être. Voilà le châtiment qu'il m'envoie. Je l'accepte même si cela me fait horreur. Je tiendrai le temps qu'il faudra.

– Mais c'est ignoble. Laissez-moi en parler au Régent.

– N'en faites rien. La vengeance de Richelieu serait encore plus implacable. Je vous conjure de garder le secret. Mon déshonneur est assez grand. Quand vous me reverrez dans des situations honteuses, ne croyez pas que c'est par goût ou veulerie. Je hais ce que je suis obligé de faire. Je veux laisser croire à Richelieu que cette situation me plaît, que j'aime me faire humilier.

Mon calvaire n'en durera que moins longtemps ; il se lassera de moi et je recouvrerai ma liberté.

— Je vous assure que le Régent vous libérerait immédiatement de cette servitude.

— Je sais. Lui ne me met jamais dans des situations embarrassantes. Je lui en suis presque reconnaissant, ce qui est un comble. Il n'est pas cruel comme les autres. Il ne cherche qu'à s'amuser et jouir de tous les plaisirs. Richelieu, lui, est détestable.

— Hélas ! vous dites vrai, s'exclama Alixe, stupéfaite par la confession de Trescoat.

Elle aurait aimé aller demander au Régent de sortir ce pauvre homme du piège tendu par le duc.

— Si je pouvais, je lui passerais mon épée au fil du corps.

L'éclair meurtrier dans les yeux de Trescoat inquiéta Alixe qui lui prit le bras :

— Jurez-moi de ne vous livrer à aucune violence envers lui. Vous seriez perdu.

— Je le sais. Il me suffit d'évoquer le visage de mon fils pour retrouver mon calme. Je n'aurais jamais dû venir ici. Je n'ai qu'une hâte : repartir en Bretagne et retrouver Maël. Vous m'y aiderez, n'est-ce pas ? Vous êtes ma seule amie ici.

Ces paroles prononcées avec force émurent Alixe. L'amour inconditionnel de Trescoat pour son fils la bouleversait. Le petit visage de Joseph lui revint en plein cœur. Lui aussi aurait quatorze ans, aujourd'hui.

8

Plonger dans les malheurs d'un autre permit à Alixe d'oublier les siens. En préparant les viandes pour les bouillons qui mijoteraient toute la nuit et dont elle extrairait l'essence le lendemain, elle interrogea Trescoat sur sa vie en Bretagne. Il lui raconta en termes sensibles la mer et les îles, les grèves noyées de brume ou éclaboussées de soleil, l'odeur piquante des algues. À marée basse, son fils et lui galopaient jusqu'à en perdre haleine, juste pour s'emplir de vent marin qui, dit-on, est le souffle des fées. Le pays était sauvage, la nature hostile, mais on avait parfois la chance d'entendre le chant des sirènes ou de rencontrer dans la lande des korrigans, petits êtres énigmatiques et inquiétants.

Alixe lui parla de son enfance au Potager du Roy[1], à Versailles, parmi les salades, les asperges et les fleurs, puis les années bénies, ici, rue Neuve-des-Petits-Champs avec son parrain Audiger.

Ils se découvrirent des points communs. Jeune homme, Trescoat, officier de la Royale, avait navigué sur de nombreux bateaux de guerre et parcouru le monde comme Benjamin, le père d'Alixe. Le Breton

---

1. Cf. *Meurtres au Potager du Roy*, *op. cit.*, 2008.

avait même fait partie de l'équipage de Duguay-Trouin, corsaire du roi, lors de la prise de Rio de Janeiro en 1712, pourtant réputé inexpugnable. Lors d'une escale à San Salvador de Bahia, il avait rencontré André Frézier, ingénieur militaire avec qui Benjamin s'était embarqué pour le Chili. Alixe était très émue. Peut-être Trescoat avait-il croisé son père… Elle le décrivit le mieux qu'elle put, mais le Breton, malheureusement, ne se souvenait que d'une taverne enfumée et surchauffée ainsi que du ratafia qui coulait à flots.

Benjamin ne revint jamais de cette expédition, mais Frézier remit à Baptiste et Alixe quelques plants de *frutillas*, délicieux petits fruits découverts au Chili. Plantées au Jardin du Roi, ces fraises blanches prospéraient. Trescoat lui apprit que Frézier habitait désormais Plougastel. Il venait de marier sa fraise du Chili avec une fraise de Virginie et les résultats étaient prodigieux.

Alixe n'avait jamais eu le courage de trier le bric-à-brac rapporté par son père en près de quinze ans d'explorations lointaines. Il y avait de tout : des colibris empaillés, des fossiles mystérieux, des éponges, des coraux, des morceaux de lave, une carapace de tortue, des peaux de caïman, d'étranges talismans, des noyaux de cerise sculptés, des cornes d'antilope, des dents de requin… Son frère Baptiste en avait emporté une partie, au désespoir de son épouse qui cherchait à tout prix à se débarrasser de ces nids à poussière. En évoquant ces souvenirs, Alixe s'assombrit. Trescoat s'en inquiéta.

— Ce n'est rien, dit-elle, nous vivons des moments difficiles. Le succès de son commerce de Champagne monte à la tête de Baptiste.

Au grand soulagement d'Alixe, Trescoat n'insista pas. Elle lui confia le concassage du sucre dont il s'acquitta avec une belle vigueur.

Ils ne parlèrent ni du Régent, ni de Richelieu.

À deux heures du matin, les bouillons de viande mijotaient sur les fourneaux, les légumes étaient épluchés, les champignons coupés en fines lamelles, les pistaches concassées. Elle pouvait s'accorder un repos bien mérité avant de replonger le nez dans les marmites. Elle chassa gentiment Trescoat. Il l'avait aidée à passer des heures difficiles et elle l'en remerciait. À son tour, il assura que lui confier ses tourments avait été un réel soulagement. Ils se quittèrent sur un sourire.

Alixe avait l'impression de n'avoir dormi que quelques minutes quand de violents coups retentirent à sa porte. Elle se leva en toute hâte, s'enroula dans un châle de laine, ouvrit la fenêtre et poussa les volets.

– Qui va là?

– C'est moi, Baptiste, viens m'ouvrir.

Le ton était impérieux, mais Alixe décela une pointe d'inquiétude. Elle dégringola l'escalier en chemise de nuit, les pieds nus, débarra la porte et fit entrer son frère. Elle le conduisit à la cuisine où régnait une douce chaleur odorante. Pâle, les cheveux en bataille, il s'assit lourdement sur le banc de chêne.

– Il faut que tu m'aides, déclara-t-il sans ambages.

– Que t'arrive-t-il? Tu as l'air aux quatre cents coups.

– De gros ennuis. Je suis rentré hier après-midi d'un court voyage à Épernay et j'ai trouvé devant ma porte une bande de marchands de vin, armés de bâtons cloutés. Ils avaient eu vent de l'arrivée de ma cargaison de vin mousseux et voulaient tout détruire.

– Mon Dieu! Élise, les enfants? s'exclama Alixe, alarmée.

– Ils vont bien. Je les ai envoyés passer la nuit chez nos voisins Gersaint. J'ai dû ouvrir la maison à ces fous furieux, leur montrer qu'il n'y avait pas un seul flacon. Ils m'ont menacé pendant des heures, m'ont donné lecture de tous leurs satanés règlements. Bien entendu, ils ont promis de revenir.

Baptiste frappa la table de son poing ganté. Une petite assiette de porcelaine tomba à terre et se brisa.

– Voilà où ton incompréhension me mène, s'écria-t-il. À mettre en danger ma femme et mes enfants.

Silencieusement, Alixe ramassa les débris de l'assiette.

– La cargaison de flacons arrive demain au port de Charenton et non pas aux ports Saint-Paul ou de la Tournelle qu'ils doivent surveiller. Il faut absolument que je puisse les entreposer ici.

– Bien sûr, Baptiste. Cela ne me pose aucun problème. La maison est assez vaste.

Alixe avait répondu sans la moindre hésitation. Si Baptiste se rendait compte qu'ils pouvaient partager la boutique, peut-être abandonnerait-il l'idée de la chasser. Si seulement elle arrivait à le mettre en confiance, elle pourrait l'interroger sur la mort de la jeune comédienne.

– Peux-tu me dire ce qui se passe avec le vin de Champagne? Quelle folie s'est emparée de vous tous? J'ai entendu parler d'un moine assassiné.

– Je ne le sais que trop. C'est moi qui l'ai découvert avec Claude Moët. Les marchands de vin parisiens en font des gorges chaudes. Ils ne veulent pas entendre parler de vin mousseux et sont prêts à tout pour continuer à vendre leurs mauvais vins. Ils ne supportent pas de voir des gens comme moi s'immiscer dans leurs affaires.

Alixe le regarda avec intensité.

— Seraient-ils capables d'empoisonner leur vin ?

— Si c'est pour conserver leur monopole, oui sans aucun doute. Mais pourquoi me demandes-tu ça ?

— Il y a eu un malheureux accident dans l'entourage du Régent. Une jeune fille est morte empoisonnée.

Baptiste émit un petit ricanement.

— Ah ! oui, cette histoire ! Robineau et ses amis colportent partout que le mousseux est un poison et qu'il faut l'interdire. Mais pourquoi me parles-tu de ça ?

Alixe prit une grande inspiration et lança :

— Réfléchis un instant, Baptiste. Tu es le fournisseur exclusif du Régent. Les soupçons vont se porter sur toi.

Son frère la regarda avec stupeur. Il se passa de longues secondes avant qu'il ne réponde :

— C'est insensé. Pourquoi en vouloir à cette jeune fille que je ne connais pas ? Comment peux-tu croire une chose pareille ? Si je me bats, c'est en homme, l'épée à la main. Jamais, je n'irai m'attaquer à une femme. Seul un lâche peut agir ainsi.

Son regard se chargea de colère et sa voix se fit sourde.

— Ton ami Philippe en sait bien plus long que moi sur les poisons. Il a fabriqué de bien étranges philtres dans son laboratoire, sous la houlette de Homberg. Aurais-tu oublié qu'il a ainsi causé la mort du Dauphin et de la Dauphine ?

Alixe fit appel à tout son sang-froid pour contenir sa colère et déclara d'un ton posé :

114

– Tu sais bien qu'il n'en est rien. L'ouverture des corps de ces pauvres malheureux n'a rien prouvé. La Dauphine, épuisée par ses maternités et ses fausses couches, a sans doute été victime d'une épidémie[1].

– Le Dauphin était en excellente santé et l'a pourtant suivie dans la tombe onze jours plus tard[2]. Tout le monde sait que Philippe d'Orléans voulait mettre sa fille, la duchesse de Berry, sur le trône de France, et qu'il s'est employé à éliminer méthodiquement les obstacles à ce triomphe.

– Je ne peux te laisser dire des horreurs pareilles. Tu écoutes trop la duchesse du Maine. C'est elle qui a claironné ces infamies. Philippe aimait sincèrement ses neveux. Il est allé jusqu'à proposer au roi qu'un procès public prouve son innocence. Louis XIV a eu la sagesse de refuser.

– Et que fais-tu de la mort du duc de Bretagne, le fils du Dauphin, quelques jours plus tard ? Par bonheur, Madame de Ventadour a réussi à sauver son frère, le duc d'Anjou, notre roi aujourd'hui.

Sentant que la querelle allait repartir de plus belle, Alixe ne répondit pas. Elle aurait pourtant aimé lui dire que tout cela n'était que calomnies proférées et orchestrées par les ennemis de Philippe, en France et en Espagne. Il était ressorti de ces épreuves profondément affligé. Plus personne à la Cour ne souhaitait le fréquenter. Seul le duc de Saint-Simon lui était resté fidèle. Philippe ne guérit jamais de cette blessure. Il se réfugia

1. Il devait s'agir d'une épidémie de rougeole ou de scarlatine.
2. 18 février 1712.

dans la société douteuse des habitués du Palais-Royal, affichant un cynisme qu'il était loin de ressentir.

— Ne nous disputons pas sur des sujets aussi éloignés de nous, lança-t-elle dans un souci d'apaisement. Aujourd'hui, l'important est que tu échappes aux intimidations de Robineau.

Baptiste se leva à moitié, la regardant avec stupeur.

— Comment sais-tu que c'est Robineau qui me menace ? Je n'ai pas prononcé son nom. Tu veux ma perte ? C'est ça ? Tu es allée me dénoncer, lui dire que j'avais plusieurs centaines de bouteilles chez moi.

— Tu es fou ! Arrête ! Tu me fais mal, cria Alixe quand Baptiste lui saisit l'épaule. Je n'ai rien dit à Robineau.

— Tu vois, tu avoues que tu l'as vu. Et pour quelle raison, si ce n'est pour me mettre en fâcheuse posture ? Ma propre sœur ! Me dénoncer à mes ennemis ! Tu es vraiment prête à toutes les bassesses.

Alixe se dégagea de l'emprise de Baptiste et se dressa devant lui.

— Ça suffit, Baptiste. Je ne suis pour rien dans tes ennuis. Je pourrais même t'en éviter de pires, si tu me dis la vérité.

— Quelle vérité ? La seule que je connaisse c'est ma sœur s'acharnant à me détruire. Je comprends tout. Tu manigances pour me faire accuser de la mort de cette pauvre fille. Comme ça, tu sauves ta boutique et ton argent.

Il la bouscula et partit en hurlant :

— Je ne veux plus jamais entendre parler de toi. Je t'interdis de t'approcher d'Élise et des enfants. Tu paieras très cher ta trahison, je te le jure.

Alixe ne fit pas un geste. Elle avait tout gâché alors que la réconciliation était à portée de main. La haine de Baptiste pour Philippe creusait entre eux un fossé infranchissable. Peut-être fallait-il l'accepter. Décider que sa vie se déroulerait, dorénavant, sans lui. Le rayer de sa mémoire. Elle ne pouvait s'y résoudre. D'autant qu'elle ne croyait plus à sa culpabilité. Elle le connaissait assez bien, son petit frère, pour savoir quand il mentait. Ses réactions ne trompaient pas. Il n'était pour rien dans l'empoisonnement de Catarina. Alixe sentit le sol se dérober sous elle. Il lui fallait maintenant protéger Baptiste contre une accusation injuste et Philippe d'un assassin qui ne manquerait pas de recommencer.

Elle s'habilla rapidement, retourna dans sa cuisine et s'abîma dans la préparation du souper.

Baptiste était fou de colère. Il faillit revenir sur ses pas, se saisir de sa sœur et la jeter dehors, sur le pavé glacé. Sa tentative d'intimidation avec cette accusation d'empoisonnement était ridicule. Qu'avait-il à faire d'une comédienne des Italiens ? Il ne l'aurait jamais cru capable de telles machinations. Dès demain, il porterait l'affaire devant les tribunaux. Elle serait bien obligée de vendre la boutique et de lui donner l'argent qui lui revenait. Certes, cela allait prendre des mois et il avait besoin de l'argent maintenant. Il en pleurait de rage. Elle s'était toujours crue supérieure à lui, alors qu'elle ne subsistait que grâce aux goûts dépravés du Régent. Farcir des poulardes, cuire des crèmes et des tourtes, la belle affaire ! Elle se pavanait dans la boutique, minaudait auprès de ses clients riches et célèbres et n'avait aucune idée du mal que son cher Philippe faisait à la France, trahissant l'héritage de son oncle Louis XIV, allant jusqu'à faire alliance avec l'Angleterre. Bientôt, il le savait, le pays s'embraserait. Déjà, la Bretagne s'agitait, le Poitou suivrait, d'autres provinces encore. Ses amis l'en assuraient à chaque fois qu'il effectuait une mission pour eux. Le jour de la libération approchait, il en était sûr, mais il lui fallait faire face, en ce 7 décembre 1718, à des tracas plus immédiats. Où allait-il pouvoir entreposer ses précieux flacons? Il demanderait aux Gersaint, ses voisins. Dans leur boutique de marchands merciers, ils pourraient certainement caser quelques paniers. Quant à l'argent, il allait devoir l'emprunter à Claude Moët. Il ne lui refuserait pas s'il lui révélait avoir connaissance du secret de frère Oudart. Bien sûr, il aurait préféré faire cavalier seul et éblouir son associé avec des profits spectaculaires. Seul gros problème : il ne l'avait pas, ce satané secret. Quand il était retourné à Pierry, frère Oudart l'avait accueilli à bras ouverts. Il avait noué un tablier de cuir autour de sa taille et avait regardé Baptiste d'un air circonspect.

— Vous comptez travailler en bas de soie et en justaucorps brodé? Ce que nous allons faire est salissant, croyez-moi. Je vais vous donner les vêtements de frère René.

Avec un dégoût non dissimulé, Baptiste enfila une robe de bure puante et rêche à s'en écorcher la peau. Pour tenter d'écourter son calvaire, il dit précipitamment :

— Je crois savoir qui a fait le coup. Ce sont les Bourguignons.

Frère Oudart le regarda avec placidité.

— Ça, c'est bien possible. Ils n'arrêtent pas de cracher sur notre vin. Le leur n'est pas mal, mais ils sont loin de nous égaler. Allez, suivez-moi, nous allons procéder à un collage du vin.

— Est-ce vraiment nécessaire ? murmura Baptiste.

— Vous n'y connaissez rien ! bougonna frère Oudart. Pour les vins qui doivent mousser, il faut faire trois soutirages et deux collages minimum. Dom Pérignon m'a enseigné comment éclaircir le vin sans l'exposer à la peste de l'air et le mélanger à la lie.

— C'est un secret ? demanda Baptiste plein d'espoir.

— Pas du tout, répondit frère Oudart avec un grand sourire. La plupart des vignerons de la Rivière de Marne ont compris l'intérêt de la manœuvre et agissent ainsi. Une des extrémités du boyau de cuir terminé par un tuyau de bois est enfoncée dans le tonneau qu'on vide et l'autre extrémité dans le tonneau qu'on remplit. Pour terminer le soutirage, on se sert d'un gros soufflet qui chasse le reste du vin.

Baptiste poussa un soupir de découragement et ajouta :

— On m'a dit qu'une bande de Bourguignons raconte que le vin de Champagne devenait presque insipide avant d'être à la moitié du tonneau et qu'il s'affaiblissait pendant le transport jusqu'à devenir de la pisse de souris.

— Ça ne m'étonne pas, ce ne sont que des querelleurs, répondit placidement le moine. Revenons à notre vin. Après le tirage, il reste encore de la lie en suspension. Pour l'éliminer, les vignerons utilisent du blanc d'œuf, mais les Champenois ont trouvé bien mieux : la colle de poisson.

— Ça ne vous intéresse pas de savoir que les Bourguignons ont certainement assassiné frère René ? insista Baptiste.

Le moine lui lança un regard noir.

– Je ne demande qu'à connaître ceux qui ont fait le coup, mais je ne me contenterai pas de beaux discours. Amenez-moi les coupables pieds et poings liés, et nous verrons.

Il mit dans les mains de Baptiste un étrange cordon plié en forme de croissant et un marteau de bois.

– Voilà la colle de poisson. On dit qu'elle vient d'Archangel. Elle est extraite d'un poisson que l'on trouve communément dans les mers de Moscovie. Les Hollandais la rapportent jusqu'à Rouen d'où elle repart pour Paris. Elle doit être blanche, claire et transparente, de nulle odeur. Certains la voient comme dangereuse, voire mortelle.

Baptiste laissa tomber le cordon.

– Allez-y, frappez-la pour l'effeuiller, insista frère Oudart.

– Mais vous venez de dire que c'était dangereux.

– Billevesées, répondit le moine, agacé.

Baptiste s'exécuta, prenant soin de ne pas y toucher. Frère Oudart mélangea de l'eau et un peu de vin et fit dissoudre la colle. Il malaxa avec vigueur et la passa à travers un linge fin. Il retira du poinçon l'équivalent de trois flacons, y ajouta la colle et les mélangea au vin avec un bâton courbe.

– La colle se répand à la surface du vin comme un réseau, expliqua-t-il. Elle entraîne avec elle tout ce qu'il y a d'impur. Elle ne communique au vin aucune mauvaise qualité et elle dégage toutes les bonnes qu'il peut avoir. On laisse reposer cinq jours et on soutire.

Frère Oudart avait repris vie au contact de ses futailles. Soudain il s'assombrit. Jetant un œil sur les débris de bouteilles qui n'avaient pas encore été enlevés, il murmura :

— Ne plus voir mes flacons bien alignés sur leur lit de sable, à demi renversés les uns contre les autres, me fend le cœur.

— Dans quelques mois, vous pourrez en remplir d'autres.

— Dieu sait si j'attends le moment béni où je pourrai y mettre mes précieux bouchons. Pour vous remercier de l'aide que vous m'apportez, je vais vous confier un secret.

Baptiste sentit son cœur battre à tout rompre.

— Il faut ficeler le bouchon au goulot avec une ficelle de chanvre de trois fils, bien torse et nouée en croix. Pour parfaire la protection, on enduit le bouchon et le goulot de cire d'Espagne ou de goudron. Le mien se compose de cinq livres de poix raissinée, deux livres de poix blanche et une livre de cire jaune, conclut le moine sur un ton de conspirateur.

C'est tout ce que Baptiste avait pu obtenir de frère Oudart : une recette de colle de poisson et une de goudron pour bouchon. Des secrets de pacotille ! Son plan ne se déroulait pas exactement comme prévu. Frère Oudart se révélait bien plus coriace. L'idée de devoir retourner dans sa cave ne souriait guère à Baptiste. Il maudit une nouvelle fois sa sœur, lui souhaitant tous les malheurs du monde.

9

Dès son arrivée dans l'appartement du Régent, Alixe se mit en quête d'Honoré. À sa grande surprise, elle tomba sur la Palatine qui fondit sur elle en vociférant.

– Alixe, tu me caches quelque chose et j'ai bien peur de savoir quoi.

La jeune femme devint blanche comme la nappe qu'elle portait repliée sur le bras.

– Pour l'abbé Dubois que je viens de voir, aucun doute n'est possible : ton frère est coupable.

– Je l'ai cru au début mais ce n'est plus le cas, parvint à dire Alixe d'une voix faible.

La Palatine la regarda avec insistance.

– Pourquoi te croirais-je ? Baptiste est coupable, il faut l'embastiller sur-le-champ, ma petite. Je suis ici pour en faire la demande à Philippe.

Alixe s'agenouilla aux pieds de la vieille dame qui s'était assise, prit sa main entre les siennes et murmura d'une voix vibrante :

– Au nom de ma mère que vous avez tendrement aimée, je vous supplie de ne rien faire. Pas maintenant. Je vous en conjure, attendez que j'en sache un peu plus.

La Palatine la regarda, les sourcils froncés, les lèvres pincées.

– Je comprends ton désarroi, mais attendre ne protégera pas mon fils.

– Baptiste n'est pas coupable. Vous connaissez mon attachement pour Philippe. Pour rien au monde, même la liberté de mon frère, je n'irais le mettre en danger.

Le visage de la Palatine se radoucit.

– La défense de la famille fait parfois agir de manière bien honteuse, j'en sais quelque chose, mais je te crois. Je n'ai confiance en personne, ici. Je me méfie comme de la peste de ce chien d'abbé. Il n'a aucun scrupule, emberlificote tout et tout le monde pour servir ses desseins politiques. Qui alors, d'après toi, serait coupable ?

– Hélas ! pour le moment je n'ai aucune piste.

– Je te donne trois jours pour m'apporter une preuve irréfutable de l'innocence de Baptiste sinon je joindrai ma voix à celle de Dubois pour obtenir la tête de ton frère.

La vieille dame se releva avec difficulté, laissant derrière elle un fauteuil affaissé et s'en fut dans un tourbillon de voiles noirs.

La porte à peine refermée, un raclement de gorge se fit entendre près de la cheminée. Quelqu'un avait assisté à la scène. Alixe retint son souffle. À son grand soulagement, elle vit Honoré s'extraire d'un canapé à joues.

– Dieu merci, ce n'est que toi ! Tu as tout entendu ?

– Ton frère est dans de beaux draps. Pourquoi ne m'en as-tu pas parlé ?

– Je t'ai cherché, hier, et depuis, je suis prise dans une suite d'événements tous plus inquiétants les uns que les autres.

– À cause du mousseux ? Hier, au Luxembourg, on ne parlait que de la mort de la jeune comédienne. Toutes les bouteilles de Champagne sont reparties intactes à l'office. Avec deux camarades, on ne s'est pas privé de faire sauter quelques bouchons. Ce mousseux était parfait et tu vois, j'ai toujours bon pied bon œil.

– Honoré, c'est très sérieux. Quelqu'un, dans l'entourage du Régent, veut attenter à sa vie. Si je veux sauver mon frère, il faut le démasquer. J'ai besoin de toi. Il faut que tu me rapportes tous les événements sortant de l'ordinaire dont tu seras témoin.

Honoré émit un petit sifflement.

– Que te dire ? Il me faudrait deux vies ! Hier, au Luxembourg, la duchesse de Berry s'est mis en tête d'ouvrir le bal. Elle est grosse de plus de six mois et elle fait tout pour le cacher. En vain ! C'était pitié de la voir soufflant comme une baleine, pâmée dans les bras de son Riri, dégoulinant d'or et de pierreries. Lui n'arrêtait pas de faire des signes à la Mouchy, cette intrigante qui sert de dame d'atour à la duchesse. Tu sais que ces deux-là sont amants et s'y entendent pour puiser allégrement dans la cassette de Joufflotte.

– Hélas, c'est l'ordinaire. On le connaît par cœur. Il me faut savoir si des inconnus s'introduisent dans l'intimité du Régent.

– Des jeunes gens masqués ont profité du bal pour piller les tables du souper. Ils ont été mis à la porte *manu militari*. Parmi eux, un cocher braillait qu'il connaissait intimement la duchesse et qu'il voulait l'emmener au septième ciel. C'est sûrement vrai.

– Rien d'autre ?

– J'ai entendu dire qu'un jeune Italien surexcité s'était présenté aux portes du Palais-Royal, exigeant de voir le Régent. Tu connais Ibagnet, le portier, il a eu vite fait de le calmer et de le renvoyer dans ses foyers.

S'agissait-il d'Angelo, le frère de Catarina ? C'était bien possible. Sa démarche était insensée. Alixe se promit de lui envoyer un petit mot pour l'exhorter à la prudence.

– Il y a aussi ce Breton, un peu étrange, qui accompagne Richelieu partout, reprit Honoré. Je lui trouve l'air louche.

– Je le connais. C'est un honnête homme. Il est là contre son gré, crois-moi.

Honoré fit la moue et continua :

– Tu ne devrais faire confiance à personne. Il y a des espions partout. Les Anglais sont sur le point de déclarer la guerre à l'Espagne. La France devra faire de même en vertu de son alliance avec l'Angleterre. Le parti proespagnol s'agite, ne supportant pas que le roi d'Espagne, petit-fils de Louis XIV, soit attaqué par son cousin le Régent ! Ça peut déchaîner une guerre civile en France.

– Je sais tout ça. Les tentatives d'assassinat de Philippe sont liées à ces événements. Ce que je veux, c'est mettre le coupable hors d'état de nuire.

Le Mirabalais la regarda avec perplexité.

– Si tu le dis… C'est d'accord, je vais t'aider. Je te dois bien cela. Je vais ouvrir mes grandes oreilles et me faire espion moi-même. Maintenant, laisse-moi profiter des quelques avantages liés à ma fonction : un bon feu et des fauteuils moelleux en attendant qu'ils reviennent tous de l'Opéra.

Il s'installa confortablement, les pieds sur les coussins de soie brodée.

Quand Massialot arriva, tous les plats étaient prêts. Il se répandit en remerciements qu'Alixe écourta.

– C'est la dernière fois que je prépare un tel souper toute seule. Ne me dis rien sur Monsieur Law ou je t'étripe.

Le cuisinier se le tint pour dit et fila vérifier que la table était correctement mise.

Contrairement à son habitude, Alixe participa au service du souper. Elle inspecta méticuleusement les bouteilles de Champagne, se demandant si, comme la veille au Luxembourg, elles allaient repartir intactes à l'office. Elle ne leur trouva rien d'anormal avec leurs gros bouchons emmaillotés de ficelle de chanvre. Le Régent remarqua son étrange manège. Alors qu'elle déposait sur la table la croûtade d'agneau, il la tira à l'écart.

– C'est à cause de la jeune comédienne ?

– À mon grand regret, Monseigneur. Cette jeune fille est morte empoisonnée.

– On me l'a dit. C'est bien triste. Il ne fait pas bon être dans mon entourage.

– Vous n'y êtes pour rien. Mais peut-être serait-il préférable de changer de fournisseur de vin mousseux ?

– Ne me dis pas que, toi aussi, tu suspectes ton frère. Je sais que vous n'êtes pas en très bons termes, mais je t'ai connu plus bienveillante. Je ne crois pas que Baptiste attenterait à ma vie. Je n'ajoute pas foi aux accusations de Dubois. Je ferai ce que je peux pour le protéger.

Alixe se sentit libérée d'un poids immense. Dans un élan de gratitude, elle saisit la main de Philippe. Désirant lui prouver son entière loyauté, elle murmura :

– Vous savez que Baptiste fréquente la Cour de la duchesse du Maine ?

– Comment pourrais-je l'ignorer ? L'abbé Dubois qui ne t'aime guère se fait un plaisir de me raconter les frasques de ton frère. Il sait par ses mouches que Baptiste rend des petits services à ma chère cousine. Ce faisant, il court un très grave danger. Je n'ai pas l'habitude de dévoiler des secrets d'État, mais dis-lui de quitter le navire. Le naufrage est proche.

– Je ne comprends pas…

– Alixe ! On ne parle pas politique lors des soupers. Retourne à tes poulardes. Et nous continuerons à boire le Champagne de Baptiste.

Le Régent tourna les talons, laissant Alixe abasourdie. À quoi faisait-il allusion ? Il ne pouvait être question que de l'Espagne. Toujours l'Espagne qui refusait d'entrer dans la Quadruple Alliance[1] et s'ingéniait à multiplier les incidents : occupation de la Sardaigne appartenant à l'Empereur, puis de la Sicile, possession de la maison de Savoie. Après les guerres incessantes du règne de Louis XIV, cette alliance était pourtant l'occasion de renouer avec une paix durable en Europe. Tous les pays avaient fait des concessions : l'Angleterre acceptait de rendre Gibraltar à l'Espagne, l'Empereur renonçait définitivement à ses prétentions sur le trône d'Espagne, la France ne soutenait plus les tentatives de Jacques Smart de remonter sur le trône d'Angleterre. À Madrid, Philippe V et son ministre Alberoni continuaient à croire qu'ils allaient mettre à genoux l'ensemble des pays européens. Pourtant, la flotte espagnole lancée sur la Sicile avait été totalement détruite par les Anglais, trois mois auparavant. Aucun des vingt-neuf bateaux n'était revenu, cinq mille hommes étaient morts. Ce désastre n'avait rien changé aux sentiments belliqueux des va-t'en guerre de Madrid.

1. Angleterre, France, Hollande, Autriche.

Alixe n'ignorait rien de tout cela. Dubois s'était démené comme un beau diable pour aboutir à cette Quadruple Alliance. À chaque fois qu'il revenait d'une de ses missions secrètes à Londres, La Haye ou Hanovre, il était pâle, amaigri, anxieux et agité. Plusieurs fois, il avait commandé du Champagne à Baptiste pour l'envoyer à son homologue et ami anglais, Lord Stanhope. Baptiste n'avait pas refusé malgré sa détestation de la politique du Régent.

Soudain, Alixe se souvint que Francesco avait aperçu Baptiste une nuit, à l'ambassade d'Espagne. Ce ne pouvait être que sur ordre de la duchesse du Maine. Il était de notoriété publique qu'elle soutenait les prétentions de Philippe V au trône de France. Baptiste, au moment de leur dispute, avait déclaré que la chute du Régent était proche. Tout devint clair aux yeux d'Alixe. La duchesse complotait… le complot était découvert… Baptiste allait être arrêté… Il lui fallait parler à Francesco.

Elle n'avait plus qu'une hâte : que ce souper se termine pour se rendre à l'hôtel Colbert, résidence du prince de Cellamare. Elle remarqua à peine Trescoat qui tenta à plusieurs reprises d'attirer son attention. Il était, comme il se doit, en compagnie de Richelieu qui riait à gorge déployée en racontant le duel auquel s'étaient livrées la marquise de Nesle et la comtesse de Polignac pour s'assurer ses faveurs sans partage[1]. Richelieu se gaussait de la blessure au sein qu'avait reçue la comtesse et qu'il saurait guérir avec de tendres baisers.

---

1. Ce duel eut véritablement lieu mais trois mois plus tard, le 14 mars.

Le pauvre Trescoat semblait souffrir le martyre, mais Alixe ne pouvait rien pour lui.

Massialot, la voyant piaffer d'impatience, accepta de la libérer bien avant la fin du souper.

– Je te dois bien ça. Va prendre du bon temps. Un rendez-vous galant, peut-être ?

Alixe haussa les épaules et disparut avant qu'il ait eu le temps d'en dire plus.

Dans la cour de l'hôtel Colbert régnait une animation inhabituelle à une heure aussi tardive. Des chevaux piaffaient, dégageant une vapeur blanche dans la nuit glaciale. Entièrement vêtus de noir, des hommes montaient et descendaient l'escalier du perron. Alixe, le capuchon rabattu sur le visage, se glissa parmi eux. L'entrée était brillamment éclairée ainsi que les salons situés sur la droite. Connaissant les lieux pour y avoir préparé des repas, elle se dirigea vers un petit escalier menant aux parties communes. La même agitation régnait dans la grande cuisine. Elle ne tarda pas à repérer la haute silhouette de Francesco. Elle se précipita vers lui et le saisit par le bras. Elle rejeta sa capuche en arrière.

– Alixe, mais que fais-tu là ?

– Il me faut te parler. Que se passe-t-il ici ?

– Je n'y comprends pas grand-chose. Cette nuit, un homme est arrivé de Poitiers à bride abattue. Il y a deux jours, son maître a été arrêté. Porteur de documents compromettants, remis ici, à l'ambassade. Cellamare n'a pas l'air très inquiet, mais toute cette agitation ne me dit rien qui vaille.

– Plus que tu ne le crois. À ta place, je partirais sans demander mon reste.

– Tu sais quelque chose ?

Alixe l'entraîna dans un recoin de la cuisine. D'une voix altérée, elle lui demanda :

– Quels noms ont été cités ? Celui de la duchesse du Maine ?

Francesco se passa la main dans les cheveux, faisant visiblement un gros effort de mémoire.

– C'est possible. Alors que je faisais porter des liqueurs, je crois bien avoir entendu don Fernando, le secrétaire de Cellamare, prononcer ce nom. Il a dit qu'elle était responsable de ce pétrin et que cette conspiration de pacotille allait causer leur perte.

– J'en étais sûre, s'exclama Alixe. Il faut que tu ailles voir Baptiste.

– Pourquoi ne le fais-tu pas ?

– Il ne veut plus me voir.

Francesco la regarda avec des yeux ronds.

– Et que faut-il que je lui dise ?

– Qu'il doit absolument aller voir le Régent et faire amende honorable. Je me fais fort d'obtenir son indulgence. Dis-lui que la conspiration de la duchesse du Maine est en passe d'être découverte. Il risque sa vie.

– Je ne l'ai pas vu depuis vingt ans. Il va trouver mon arrivée un peu bizarre.

– Nous n'avons pas le choix. Si tu réussis à le convaincre, je t'en serai éternellement reconnaissante.

– Je ne t'en demande pas tant, rétorqua-t-il avec un léger sourire. Donne-moi son adresse, j'y cours et je te rejoins chez toi.

Baptiste comprit immédiatement ce qu'il risquait. Il n'avait été qu'un messager occasionnel, mais il en savait assez pour être jugé comme traître à son pays.

Pour entrer en contact avec Philippe V d'Espagne, la duchesse du Maine n'avait eu de cesse de rencontrer son ambassadeur, le prince de Cellamare. Baptiste avait été chargé d'organiser certaines de ces rencontres secrètes, dans la maison de la duchesse, au port de l'Arsenal, en compagnie de deux de ses fidèles, Monsieur de Laval et Monsieur de Pompadour. Il transmettait aussi les messages à Cellamare qui ne semblait guère enthousiaste à l'idée de s'y rendre. La duchesse, par contre, vibrionnait de bonheur à l'idée que les appels de son clan à fomenter troubles et rébellions en France étaient transmis à Alberoni, ministre bien-aimé de Philippe V. Baptiste avait à peine lu les différents manifestes appelant à la réunion des états généraux, à la déchéance du Régent, à la rupture de la Quadruple Alliance. Il voulait juste que Philippe d'Orléans déguerpisse.

Il ignorait que, dès le mois de juillet précédent, le Régent avait été informé du concours apporté par la pétulante duchesse aux noirs desseins de la Cour d'Espagne. Mieux encore, l'abbé Dubois était mis au courant de la teneur des réunions secrètes par les auteurs du complot eux-mêmes.

La duchesse se piquait de littérature et s'entourait de beaux esprits. Elle trouvait que les libelles rédigés par l'abbé Brigaut n'étaient que galimatias. Elle confia la rédaction des textes au cardinal de Polignac, membre de l'Académie française, et à Monsieur de Malézieu. Cela ne lui plut pas davantage. Elle prit elle-même la plume d'oie. Les feuillets s'empilaient. Cellamare croulait sous l'avalanche de notes et de déclarations. Il en faisait part à Alberoni tout en minimisant les belles paroles de la duchesse. Mais le ministre de Philippe V encourageait son ambassadeur à mettre le feu à toutes les mines pouvant entraîner la chute du Régent.

Cellamare engagea un copiste, un certain Jean Buvat employé à la Bibliothèque du Roi. Son manque de discrétion éveilla les soupçons de la police. Dubois n'eut aucun mal à le convaincre, contre son immunité, de lui fournir les textes les plus compromettants. Le Régent voulait des preuves irréfutables. Dubois garda sous le coude tous ces documents, dans l'attente du moment propice pour confondre la duchesse.

Le 4 décembre, Buvat révéla à l'abbé que des émissaires avaient quitté l'ambassade d'Espagne. Sa vieille amie et complice, la Fillon, tenancière de bordel, lui confirma que le secrétaire d'ambassade avait dû renoncer à un rendez-vous galant pour remettre des dépêches de la plus haute importance à des voyageurs en partance pour Madrid. L'affaire était mûre !

Le 5 au soir, Dubois fit arrêter les émissaires dans une auberge de la région de Poitiers. Un domestique réussit à s'échapper, porteur d'un message d'alerte pour Cellamare. C'était son arrivée qui avait semé la panique à l'hôtel Colbert peu de temps avant qu'Alixe ne s'y rende.

Au moment où Francesco relatait cette arrivée impromptue à Baptiste, un détachement de vingt mousquetaires de la seconde compagnie du faubourg Saint-Germain, commandé par le chevalier de Terlon, entrait dans l'hôtel Colbert et se répandait quatre à quatre dans les appartements. Une demi-heure plus tard, arrivèrent l'abbé Dubois et Monsieur Leblanc, secrétaire d'État. Ils se rendirent à la secrétairerie de l'ambassade en compagnie du prince de Cellamare, suivis par le chevalier de Terlon et douze mousquetaires. On fit ouvrir les tiroirs, on en tira les papiers, manuscrits et imprimés. On fit de même dans la chambre de don Fernando, secrétaire de l'ambassade, et dans celle de Cellamare. Toutes les liasses furent mises dans trois coffres à deux clés qu'on ferma avec une corde. À plusieurs endroits et sur les serrures, on apposa deux cachets, l'un aux armes du roi, l'autre aux armes de Cellamare.

L'abbé Dubois fit savoir à l'ambassadeur d'Espagne que le chevalier de Terlon lui communiquerait les ordres du roi et du Régent. Monsieur Leblanc l'assura qu'il ne lui serait fait aucun tort.

La décision de Baptiste fut immédiate. Il devait partir. Entre l'accusation d'empoisonnement et celle de complot contre le Régent, il n'avait aucune chance de s'en sortir. Hors de question d'aller demander son pardon à Philippe d'Orléans. Il songea même un instant à un piège tendu par Alixe. Il remercia Francesco, regrettant que leurs retrouvailles aient lieu dans un moment si dramatique.

Alixe attendait le retour du Napolitain avec une impatience fébrile et sans lui laisser le temps d'enlever sa cape, elle s'écria :

– Il accepte ? Il veut bien faire amende honorable ?

Francesco fit un signe de dénégation et, la prenant par le bras, la fit asseoir dans le fauteuil à oreillettes.

– Nous avons longuement parlé. Il ne veut rien entendre. Il ne trahira pas la confiance de la duchesse du Maine.

– Mais cette femme est folle, tout le monde le sait, s'exclama Alixe. Elle se sert de lui. Elle lui fait miroiter je ne sais quelle faveur, mais elle n'a rien à faire d'un pauvre petit marchand de vin.

— C'est exactement ce qu'il a dit de tes rapports avec le Régent, sauf qu'il a employé le terme de « pauvre petite pâtissière ». Il a rajouté que lui, au moins, ne s'était pas amouraché de la duchesse.

Alixe rougit et s'emporta :

— Il ne sait pas ce qu'il dit. La jalousie l'aveugle. Il va entraîner dans sa chute sa femme et ses enfants.

— Elle était là. Elle a essayé de le raisonner. Peine perdue.

— Il ne voit pas le danger qui le guette, s'écria Alixe.

— J'en ai bien peur. Il m'a dit que cette histoire n'était qu'un coup monté par le Régent pour nuire à la duchesse du Maine.

— Mon Dieu, quel aveuglement ! Elle est prête à tout pour que son bâtard de mari retrouve le rang qu'elle croit lui être dû.

— Il dit que le Régent attentera à la vie du petit roi pour s'emparer du trône.

— Il n'y a rien de plus faux ! Philippe aime tendrement cet enfant et l'entoure de mille soins et prévenances.

Francesco la regarda d'un air soucieux.

— Baptiste a dit qu'il partait.

— Il t'a dit où il allait ?

— Non.

Alixe oscillait entre un sentiment de soulagement à l'idée que son frère réussisse à s'enfuir et de désolation que son départ soit vu comme la signature de ses crimes. Elle ne pouvait rien pour lui concernant le complot, mais elle ferait tout pour le laver de l'accusation d'empoisonnement. Elle s'en fit le serment.

Francesco, l'air gêné, déclara :

— Je ne peux retourner à l'hôtel Colbert. En revenant ici, j'ai vu que les mousquetaires l'occupent.

Absorbée dans ses pensées, Alixe ne l'écoutait pas.

— Pourrais-je rester ici le temps que je prenne des dispositions pour rentrer à Naples ?

Devant son silence, il insista :

— Alixe, tu m'entends ? Je suis profondément désolé de ce drame, mais peux-tu m'accorder l'hospitalité ?

Elle ne put retenir un geste d'impatience. L'idée d'accueillir Francesco chez elle ne lui plaisait guère. Cependant, elle acquiesça.

— Je m'en veux de t'avoir mêlé à ces sombres affaires. Tu connais la maison, choisis toi-même la chambre qui te convient. Moi, je n'en peux plus. Je vais me reposer quelques heures.

Francesco la regarda avec une tendresse non dissimulée et dit :

— Me voilà rajeuni de près de vingt ans.

Alixe aurait bien aimé se retrouver vingt ans en arrière, au temps où elle se sentait protégée par l'amour des siens. Le temps où les disputes avec Baptiste ne duraient que quelques heures. Le temps où elle pouvait s'appuyer sur la présence rassurante de Jean et oublier ses soucis dans le rire de ses enfants.

Les dangers s'accumulaient et elle ne s'était jamais sentie aussi impuissante. Elle n'aspirait qu'à un peu de repos.

Dans la matinée, un conseil de Régence fut convoqué. Le Régent donna lecture de certaines notes appelant à susciter des troubles en province et une lettre dans laquelle Cellamare conseillait à Philippe V d'Espagne de ne pas renoncer au trône de France, sinon le jeune Louis XV passerait de vie à trépas dans les plus brefs délais. Sans la lire, il montra la liste des officiers prêts à entrer au service du roi d'Espagne.

L'effet fut fulgurant. Nombre de membres de la Cour, qu'ils fussent ou non impliqués dans la conjuration, se mirent à trembler à l'idée d'être arrêtés dans l'heure. Le maréchal de Villars de la plus florissante santé tomba tout à coup dans une jaunisse. Quant au maréchal de Villeroy, la frayeur et l'égarement étaient peints sur son visage. Par l'entremise du chevalier de Gavaudun, la nouvelle arriva bien vite à Sceaux. Il raconta à la duchesse du Maine que l'hôtel de Cellamare avait été investi mais qu'on n'en savait pas plus pour le moment. Le sol se déroba sous les pieds de la duchesse. Elle s'agrippa à sa fidèle suivante, Rose Delaunay, en murmurant :

– Nous voilà dans l'abîme et il n'y a nul moyen de nous en tirer.

La porte s'ouvrit sur un domestique annonçant que Baptiste Savoisy souhaitait la rencontrer.

Paris crépitait de bruits et de rumeurs. On disait que l'Espagne s'apprêtait à envahir la France, que le Régent avait été assassiné. Petits et grands, pauvres et bourgeois se massaient dans les rues, à l'affût de la moindre nouvelle.

Au Palais-Royal, l'abbé Dubois et le Régent conversaient sur le meilleur profit à tirer de cette émotion populaire. Sirotant une tasse de chocolat, Philippe déclara : « Je tiens la tête et la queue de ce monstre, mais je ne tiens pas encore le corps. »

10

On embastilla le marquis de Pompadour, l'abbé Brigaut et quelques autres. L'ambassadeur Cellamare quitta Paris sous bonne escorte pour regagner l'Espagne. On assurait qu'existait une liste de mille cinq cents personnes de qualité impliquées dans l'intrigue.

Dès qu'il apprit la fuite de Baptiste, l'abbé Dubois, s'empressa de clamer que c'était la preuve de sa culpabilité. Pour faire bonne mesure, il ne manqua pas de signaler au Régent qu'Alixe hébergeait l'ancien maître d'hôtel de Cellamare. Interloqué, Philippe resta silencieux un moment. Ravi d'avoir fait mouche, Dubois arborait un sourire satisfait. Le Régent se fâcha : il n'avait rien à craindre de sa cuisinière, elle n'était pas responsable des actes de son frère, la France avait des ennemis bien plus redoutables et cet âne de Dubois ferait mieux de s'en occuper.

Néanmoins, il n'y eut pas de souper au Palais-Royal jusqu'à la fin décembre. Le Régent et ses amis passèrent de nombreuses soirées au Luxembourg chez la duchesse de Berry et à Asnières dans la maison qu'il avait offerte à Madame de Parabère.

Dans un premier temps, Alixe fut bienheureuse de ce répit. Elle évitait la présence de Dubois. Elle n'aurait pas résisté à l'envie de lui renverser quelque potage sur la tête. Et elle aurait eu du mal à s'entretenir comme avant avec le Régent. La fuite de Baptiste la faisait trop souffrir. Incapable de soutenir son regard accusateur, elle n'avait pas revu la Palatine.

L'absence de soupers l'empêchait pourtant de mener l'enquête. Bien sûr, elle pouvait compter sur le fidèle Honoré. Il lui rendait compte de ce qu'il voyait et entendait. Un jour, il lui signala que la tension montait au Luxembourg. Joufflotte, malgré l'animosité que portait toute sa famille au chevalier de Rions, s'était mis en tête de rendre public leur mariage secret. À cette seule évocation, Philippe d'Orléans avait piqué une violente colère. Lui qui passait tout à sa fille ne céderait pas cette fois-ci. Après avoir été l'épouse d'un petit-fils de Louis XIV, elle ne pouvait s'abaisser à une telle mésalliance. Un cadet de Béarn de vingt-trois ans qui n'avait que ses chausses pour fortune! Le lendemain de cet esclandre, Honoré avait surpris la Mouchy, la dame d'atour de Joufflotte, disant qu'il fallait se débarrasser de ce gêneur de Régent.

Le 12 décembre, Alixe apprit que Philippe, atteint de fièvres, avait été obligé de se recoucher. Elle trembla jusqu'à ce qu'Honoré vint la prévenir, en fin d'après-midi, qu'il était sur pied grâce à une prise de quinquina.

Elle l'entraîna au deuxième étage, dans la minuscule pièce pompeusement baptisée « bibliothèque » par son parrain Audiger. La grande carcasse d'Honoré pouvait à peine s'y mouvoir, mais au moins ils y étaient tranquilles pour leurs conciliabules.

— Où était Philippe hier? Au Luxembourg? Avec sa fille?

— Non, Joufflotte était à l'Opéra pour la représentation de *Semiramis* où elle a causé un joli scandale. Une partie des bancs de l'amphithéâtre avait été retirée pour dresser une estrade sur laquelle elle trônait dans un fauteuil doré. Indigné, le public a failli détruire la barrière de bois qui la séparait du reste de la salle.

— La folie des grandeurs de cette pauvre fille ne m'intéresse pas, tu le sais, déclara Alixe avec impatience. Qu'as-tu d'autre à me rapporter ?

— Colincry, le chef des faux-sauniers qui sèment le trouble en Picardie, est en passe de se soumettre contre quelques avantages sonnants et trébuchants.

— Bonne nouvelle, mais encore ?

— On parle du complot d'un aventurier allemand, un certain Schlieben qui négocie l'alliance de l'Espagne avec la Prusse.

— On n'a jamais vu d'Allemand dans l'entourage du Régent. Ce ne peut être lui. Tu n'as vraiment rien de plus ?

Honoré sentait la moutarde lui monter au nez.

— Je fais ce que je peux ! J'ai pour tout horizon des fesses et des vits. Je dois donner un coup de braquemart par-ci, un autre par-là. Quand je suis en train de besogner une bonne amie du Régent, ce n'est pas toujours facile d'avoir l'oreille alerte ! Si je veux garder mon travail, je ne peux pas bayer aux corneilles.

Alixe fit un geste d'apaisement.

— Et Richelieu ? Je m'en méfie comme de la peste.

— Toujours aussi guilleret. Il se glorifie des ruses qu'il emploie pour rencontrer Mademoiselle de Valois. Hier il racontait qu'il s'était déguisé en garçon de boutique pour accéder à sa belle. Enfin belle, façon de parler. Avec son nez bulbeux, ses dents plantées n'importe comment, cette pauvre Charlotte-Aglaé est laide comme un pou... Forniquer avec la fille du Régent, presque sous ses yeux, le remplit d'aise, ça se voit. On dit que Philippe va marier la jouvencelle avec le prince de Piémont. Si seulement, ça pouvait la calmer... Autre chose : l'acolyte de Richelieu, ton ami Trescoat, ne me revient toujours pas. Pourquoi cet homme si distingué se prête-t-il aux fantaisies du duc ? Il est à ses ordres comme un petit chien.

Ah non ! Honoré n'allait pas s'y mettre lui aussi ! Elle avait assez de Francesco montrant les dents à l'approche du Breton.

— Je t'ai dit de ne pas t'en préoccuper.

— C'est comme ce Marivaux, continua Honoré. Il ne cesse de tourner autour de toi. J'ai comme l'impression qu'il attend le moment opportun pour tremper la patte dans la crème.

— Honoré ! Est-ce que je te reproche de faire les yeux doux à Élise, de lui parler dans le creux de l'oreille ?

— Je ne fais que lui demander des conseils sur les plantes à parfum. Et si tu veux mon avis, le Napolitain n'est pas très fiable non plus.

À peine avait-il fini sa phrase que la porte s'ouvrit sur Francesco. Alixe le regarda d'un air furibond.

— Je t'ai dit mille fois de frapper avant d'entrer. Ne le fait-on pas à Naples ?

— Tu me prends pour un sauvage ? Je venais juste chercher un livre et j'ignorais votre présence. Vous aurais-je dérangés ?

Alixe eut un geste d'agacement et sortit sans répondre, Honoré sur ses talons.

C'était là une autre source de soucis. Francesco n'était pas reparti à Naples. Cela ne la réjouissait guère. Elle avait beau lui jurer que tout allait bien, qu'elle faisait face, il ne partait pas. Il lui affirmait qu'il se sentait l'obligation de veiller sur elle et s'accrochait à la boutique comme une moule à son rocher. Elle ne supportait plus sa bonne volonté, et surtout sa mauvaise humeur dès qu'apparaissait Trescoat.

Elle avait à peine pris congé d'Honoré qu'Élise arriva, tenant Louise d'une main et François de l'autre. L'air paniqué, les petits vêtus à la diable, Élise, d'une voix hachée, raconta qu'une délégation de marchands de vin, toujours à la recherche des flacons de mousseux, avait déboulé chez elle. Ils la soupçonnaient de vouloir reprendre le commerce de Baptiste. Elle les avait chassés avec perte et fracas, leur jetant fioles et pots d'onguent à la figure. Elle demanda si Alixe acceptait d'entreposer les fameux flacons.

Ils furent transportés nuitamment de la boutique des Gersaint à la rue Neuve-des-Petits-Champs. Élise et ses enfants restèrent chez Alixe, comme ils le faisaient de plus en plus fréquemment, occupant l'ancienne chambre de Baptiste. Alixe était prête à tout pour prendre soin d'Élise, désespérée du départ de son mari, dont elle n'avait aucune nouvelle.

Trescoat venait presque chaque jour rendre visite à Alixe. Il ne rechignait pas à peler les oranges et les citrons arrivés en masse pour être transformés en confitures et sirops. Elle l'accueillait avec plaisir. Il était le seul à la faire sourire en lui racontant ses souvenirs de voyage.

Marivaux, lui aussi, passait de plus en plus fréquemment. Il avait pris l'habitude d'aller directement dans la cuisine, sans passer par la boutique, où il retrouvait tout ce petit monde.

En comptant Honoré qui n'hésitait pas à s'attarder dès qu'il le pouvait, la maisonnée s'était sérieusement agrandie. Louison, la petite servante, se plaignait de passer son temps à faire la vaisselle, car si certains avaient l'âme morose, tous avaient un excellent appétit.

Après les confidences d'Honoré sur les menaces proférées par la Mouchy, Alixe se rendit chez la Palatine. Elle la reçut plutôt froidement.

– Je devais te revoir dans les trois jours ! Tu comprendras que maintenant, je te fasse moins confiance.

– Madame, je le conçois aisément. Je réprouve les agissements de Baptiste, mais je prouverai qu'il est innocent du meurtre de la jeune fille. Je m'y emploie.

La vieille dame soupira.

– Je crains, hélas ! qu'il ne suive l'exemple des Maine. Le duc du Maine est né dans la méchanceté. Sa mère, la Montespan, était la femme la plus méchante du monde. Il a été élevé par la sorcière, la Maintenon, qui est le vrai diable et qui voudrait tellement le voir sur le trône…

Ne voulant pas que la Palatine s'étende sur les griefs qu'elle entretenait à l'égard de sa vieille ennemie, la marquise de Maintenon, Alixe s'empressa de changer de sujet :

– Les dangers surgissent là où on ne les attend pas. Je suis venue vous demander votre aide. Je souhaite pour un temps entrer au service de la duchesse de Berry.

– Je croyais que tu la détestais…

La Palatine se tut quelques instants.

– Ne me dis pas que tu la soupçonnes de vouloir assassiner Philippe. Tu déraisonnes, ma fille. Berry est d'une inconséquence folle, mais elle adore son père.

– Madame, je ne pense pas à elle, mais à son entourage.

– Rions ? C'est un imbécile, juste intéressé à amasser l'argent qu'elle lui donne avec prodigalité. Veule et lâche, jamais il n'oserait s'attaquer à Philippe.

– Je pense à Madame de Mouchy.

Un éclair de colère jaillit du regard de la Palatine.

– Cette malfaisante ! Cette intrigante ! Ça ne m'étonnerait pas. C'est elle qui a mis Rions, dont elle use elle-même, dans le lit de la duchesse. Cette pauvre idiote de Berry irait décrocher la lune pour elle. Il y a deux ans, Mouchy accoucha d'une fille qu'elle devait à Rions. Ma petite-fille décida d'en être la marraine et obtint que le petit Louis XV en soit le parrain. Tout ça avec la bénédiction du mari de la Mouchy. Dans quel monde vivons-nous ! Tout ce qu'on lit dans la Bible sur les excès que punit le Déluge, et sur les débordements de Sodome et Gomorrhe, n'approche pas la vie qu'on mène à Paris.

Alixe n'était pas d'humeur à entendre les récriminations de sa vieille amie.

– On l'a entendue proférer des menaces contre votre fils. Je veux me rendre compte de la réalité du danger.

– Je n'aurai aucun mal à persuader ma gloutonne de petite-fille de te prendre à son service. Mais comment feras-tu pour assurer les soupers au Palais-Royal ?

– Aucun n'est prévu jusqu'à la fin du mois. Votre fils…

– Ne me dis rien de plus. Je ne tiens pas à savoir où il passe ses nuits de débauche. Quant à toi, essaye de modérer le goût de Berry pour les eaux-de-vie les plus fortes et les grandes rasades de vin.

– Je ne m'y risquerai pas. La chose me semble impossible. Je me contenterai d'observer les faits et gestes de chacun.

Deux jours après, Alixe commençait son service auprès de la duchesse de Berry. Elle devait être présente à son réveil, vers midi, pour lui préparer un plantureux déjeuner, puis lui servir un dîner à deux heures et vers cinq heures une collation. Alixe avait refusé de s'occuper du souper qu'elle prenait à neuf heures. S'il avait lieu en présence du Régent, Honoré serait là pour jouer les espions.

Jamais tâche ne lui avait autant pesé. Chaque jour, elle vivait un nouveau cauchemar tant la manière de vivre de la jeune duchesse la dégoûtait. Mais son service lui laissait tout loisir d'observer les jeux pervers qui se déroulaient au Luxembourg et alimentaient les chansons courant les rues de Paris, comme cette toute dernière :

Berry, que veux-tu faire
De ce petit Rions, boudrillon?
Chacun dit en colère
Ce n'est qu'un avorton
Petit boudrillon, don, don.

Si fort entichée de son Riri, Joufflotte était devenue son esclave. Rions était d'une exigence insupportable. Il suivait en cela les conseils de son oncle Lauzun, l'ancien amant de la Grande Mademoiselle qui ne cessait de lui répéter de garder la dragée haute à cette femelle et de la traiter durement. D'une jalousie sans borne, il se faisait couvrir de cadeaux dès que Joufflotte osait lever les yeux sur un autre homme. Même en public, il la traitait plus mal qu'une domestique, à la grande honte des visiteurs. La duchesse de Berry rougissait, mais continuait à s'avilir devant l'homme qu'elle aimait éperdument. Il la faisait tourner en bourrique, décidant tout à coup de ne pas l'accompagner à une sortie ou au contraire de l'obliger à sortir. Madame de Saint-Simon, sa première dame d'honneur, ne l'avait jamais supportée. Elle avait obtenu de conserver l'appartement qu'elle occupait avec son mari, rue des Saints-Pères, et ne venait au Luxembourg que quand sa présence était absolument nécessaire.

La première fois qu'Alixe vint proposer à la duchesse de Berry un choix de mets pour son dîner, elle trouva la jeune femme à moitié nue, sa chair grasse débordant d'un déshabillé de soie, tenant à bout de bras une magnifique robe à plis de damas rouge aux motifs de dentelle agrémentés de palmettes et de fleurs. Elle pleurait. Avachi sur un fauteuil bas, le gros Rions, les yeux bouffis, grognait d'un ton las :

— Trop rouge.

— Mais tu viens de me dire que le rouge me rendait plus voluptueuse.

Sans réponse de son amant, Joufflotte fit signe à sa femme de chambre de lui présenter un autre vêtement. Elle sortit une robe de brocard or sur un fond de soie bleue où voletaient de petits oiseaux.

— Trop bleu, laissa tomber Rions.

Toussotant et agitant la liste qu'elle tenait en main, Alixe tenta de manifester sa présence. La séance dura jusqu'à ce que la pauvre fille, au bord de la crise de nerfs, se couchât sur le monceau de tissus précieux et se mît à sangloter.

— Riri, je t'en prie. Ne me fais pas souffrir ainsi. Tu es l'amour de ma vie.

Le grossier personnage ricana.

– S'il en était ainsi, tu aurais déjà convaincu ton père de rendre public notre mariage.

Les sanglots de Joufflotte redoublèrent.

– Je ne comprends pas. C'est la première fois qu'il me refuse quelque chose.

Alixe qui n'avait pas quitté l'embrasure de la porte était au supplice, quelle scène dégradante ! Elle savait par la Palatine que l'amour inconditionnel de Philippe pour sa fille remontait à l'enfance de Marie-Louise-Élisabeth. Âgée de dix ans, la fillette était tombée gravement malade, on l'avait crue morte pendant six heures. Les médecins avaient déclaré leur impuissance. Pendant des jours et des nuits, Philippe l'avait veillée, soignée avec des herbes dont il avait appris l'usage dans sa jeunesse. Elle fut sauvée ! De ce jour, le duc d'Orléans lui passa tous ses caprices dont la liste était infinie.

À son arrivée au Luxembourg, elle exigea une compagnie de soixante gardes, privilège qu'aucune reine ou Régente n'avait connu. Elle l'avait obtenu et s'était empressée de les doter d'un uniforme clinquant, d'un bel écarlate avec galons d'argent et brandebourgs, ruban bleu, plumet blanc et épée d'argent au côté.

Pour son dernier caprice – une maison à la campagne – elle avait jeté son dévolu sur le château de la Meute[1]. Monsieur d'Ermenonville, capitaine des chasses du bois de Boulogne, s'y trouvait fort bien. Il fut obligé de déguerpir et de se contenter du château de Madrid. Elle avait aussi obtenu du roi d'échanger son château d'Amboise, bien trop éloigné de Paris, pour celui de Meudon où elle donnait des fêtes somptueuses.

1. Château de la Muette, dans le bois de Boulogne.

Cette fois, la duchesse de Berry se heurtait à un mur.

Alixe fit un pas en avant et agita de nouveau son papier. La Mouchy, qui se tenait aux côtés de Rions, lui fit signe d'attendre.

— Il faut que vous affrontiez votre père, renchérit-elle.

— Je ne fais que ça.

— N'y a-t-il pas une femme dont le Régent souhaiterait faire usage ? Nous pourrions la lui procurer.

Alixe frémit devant tant d'impudeur. Tout le monde savait que Joufflotte n'hésitait pas à tendre des traquenards à certaines des femmes de son entourage pour les livrer à son père. L'une d'entre elles résista : Madame de La Rochefoucauld échappa aux assauts de l'importun en l'attaquant à coups d'ombrelle. Philippe faillit rester aveugle ! Son œil en portait encore les marques.

— Je crains que ce ne soit pas suffisant, dit Joufflotte en reniflant.

— Ce n'est pas possible ! explosa Rions. Songe à notre avenir. Tu es la tante du roi. Si le Régent vient à disparaître, ton rôle sera accru. Tu auras besoin de moi à tes côtés.

— Riri a raison, ajouta la Mouchy en regardant Rions fixement. Nous reprendrons cette conversation après le dîner. Alixe qu'avez-vous à nous proposer ?

Joufflotte retrouva tout son entrain à la perspective du prochain repas. C'était le seul domaine où elle osait se passer de l'avis de son cher Riri. Elle opta pour un saucisson chaud à la royale, un cochon de lait aux saucisses et à la moutarde, une pièce de foie gras aux truffes, un jambon à la broche au vin d'Espagne, un canard gras à la ciboulette, une bécasse braisée aux huîtres. Elle demanda à Alixe de prévoir pour la collation, pâtés, hure, cervelas et galantines en plus des habituels biscuits, confitures et crèmes à la glace.

Alixe prit congé en toute hâte, le cœur au bord des lèvres. Se pouvait-il que Rions et la Mouchy eussent de réelles visées criminelles ? C'était bien possible. Ils étaient sans scrupule et avaient une telle emprise sur Joufflotte qu'elle les suivrait les yeux fermés, ne comprenant même pas qu'elle mettait son père en danger.

Le plus difficile serait de poursuivre les investigations. Non pas que le trio infernal fût difficile à espionner : ils n'avaient aucune conscience de leur dépravation et s'offraient en spectacle avec un grand abandon. Mais vers qui se tourner si elle découvrait un réel danger ? La Palatine hésiterait à mettre en cause sa petite-fille. Quant à Philippe d'Orléans, il ne l'écouterait même pas. Dubois avait-il assez d'ascendant sur lui pour être mis dans la confidence ? Il n'agirait que si cela servait ses propres projets, tellement tortueux et fluctuants qu'Alixe aurait bien été en peine de les deviner. Elle se sentait démunie face à des conflits qui la dépassaient.

Les jours suivants, elle surprit d'autres conversations, sans en tirer de preuves formelles. Une après-midi, alors qu'elle surveillait la disposition de la collation auprès de la duchesse de Berry, languissamment allongée dans sa chaise longue, elle entendit Rions, de sa voix de fausset, réclamer que le comte d'Aydie, son beau-frère, en fuite depuis la découverte de la conspiration de Cellamare, ne soit pas inquiété.

— Je ne le puis, répondit Joufflotte d'une voix mal assurée. C'est là une affaire qui touche à la sécurité du royaume. Mon père ne voudra rien savoir.

Sans mot dire, le gros Rions se leva et claqua la porte, poursuivi par les cris de Joufflotte :

— Riri, mon Riri, reviens. Je vais voir ce que je peux faire.

La mise en place des nombreux plats terminée, Alixe s'esquiva sur la pointe des pieds. Un nouveau fil rendait l'écheveau encore plus inextricable.

Elle vivait de plus en plus mal sa présence au Luxembourg. Le luxe était inouï. Des gardes au service des équipages en passant par les cuisines, la chambre des deniers, les aumôniers, les huissiers, les médecins, les valets et femmes de chambre, plusieurs centaines de personnes étaient au service de la duchesse. Elle disposait de splendides carrosses dont celui argenté aux harnais rehaussés d'or dans lequel elle paradait Cours-la-Reine, Riri négligemment accoudé à la portière. Les jeudi, samedi et dimanche, on misait gros au Luxembourg. Joufflotte jouait avec frénésie à la bassette et au pharaon, pourtant interdits par le Parlement. Sans s'émouvoir, elle perdait d'énormes sommes. Son père réglait ses dettes de jeu.

Alixe n'en revenait pas de la gloutonnerie de la duchesse. Elle était devenue si grosse que depuis deux ans, elle avait dû renoncer à monter à cheval. Les médecins ne pouvaient plus la saigner, incapables de trouver une veine dans l'amas de graisse de ses bras. Au moins, sa grossesse passait inaperçue même si nul ne l'ignorait. Alixe plaignait le pauvre petit être qui verrait le jour dans trois mois.

Par bonheur, le 24 décembre, Joufflotte décida de passer deux nuits au couvent des carmélites de la rue de Grenelle pour faire ses dévotions de Noël. Elle y avait fait meubler deux chambres pour elle et deux pour ses suivantes. Son intérêt pour la religion était récent. À l'image de son père, elle avait jusque-là préféré la tourner en dérision. Du temps de son mariage avec le duc de Berry, elle raillait ce dernier sur ses exercices de piété, lui faisait rater les offices, commandait des plats de viande les jours maigres, tenait des propos impies. Elle fit tout pour ôter toute religion à son dévot de mari. Sa nouvelle rage religieuse faisait sourire, car à peine sortie du couvent, elle reprenait de plus belle sa vie de chienneries. La Palatine voulait y croire et souhaitait à sa petite-fille une conversion sincère. Beaucoup plus aveugle, Madame de Maintenon conjecturait qu'un jour, peut-être, on verrait une sainte dans la duchesse de Berry.

Pendant que Joufflotte jeûnait chez les carmélites, ce dont son estomac devait lui être grandement reconnaissant, Alixe passa Noël chez elle avec Élise et ses enfants, Francesco, Trescoat, Marivaux et sa femme Colombe, Honoré, libéré de tout service, et Massialot, la banque étant fermée. Seul Baptiste manquait.

Vers dix heures, en ronchonnant, Louison leur servit une soupe au fromage en faisant bien attention à ne pas déranger le bel ordonnancement de la table mise pour le réveillon qu'ils feraient en revenant de l'église. Alixe lui avait fait sortir les assiettes en faïence de Nevers au décor chinois, les couteaux à manche d'ébène, les jolis verres à ailerons à la manière de Venise. Dans la grande coupe en faïence de Moustiers où figurait un ange à l'italienne flanqué de deux singes jouant de la trompette, elle avait disposé oranges et biscuits. Les bouteilles attendaient dans le rafraîchissoir décoré d'une maison au toit pointu bordée d'arbres touffus.

Tous se rendirent à la messe de minuit de l'église Saint-Roch. Le froid était intense. Alixe glissa sur les pavés luisant de gel. Elle fut rattrapée *in extremis* par la poigne solide de Trescoat. Levant les yeux vers lui, elle vit briller dans son regard une lueur qui lui enflamma le cœur. Elle serra sa main avec douceur. Il marcha près d'elle jusqu'à la boutique et s'assit à ses côtés pour le souper. Leurs cuisses se touchèrent. Alixe ne fit rien pour s'écarter. Elle remarqua l'œil maussade de Francesco. Un sentiment de plénitude, qu'elle n'avait plus connu depuis bien longtemps, l'enveloppa. Elle se laissa aller un peu plus contre l'épaule de Trescoat.

Ils festoyèrent jusqu'à quatre heures du matin, d'andouilles, de boudins blancs et noirs, de pieds de porc, d'une langue de bœuf à l'écarlate et d'une poularde farcie. Les propos furent légers, ils burent beaucoup d'un excellent Pommard. Ils avaient convenu de ne parler d'aucun des sujets qui les attristaient. Honoré, Massialot et les Marivaux, bien éméchés, prirent congé. Élise et ses enfants se retirèrent dans l'ancienne chambre de Baptiste. Francesco voulut débarrasser la table.

— Laisse tout cela, Louison s'en occupera demain. Joyeux Noël, Francesco, et bonne nuit, lui dit sèchement Alixe.

Le Napolitain eut un geste d'humeur vite refréné. Il s'en fut après les avoir gratifiés d'une profonde révérence.

Restés seuls, Trescoat et Alixe se sourirent. Elle tressaillit quand il l'enlaça. Une délicieuse sensation de chaleur l'envahit quand il resserra son étreinte. Elle se laissa aller dans ses bras et offrit ses lèvres.

Le lendemain matin, Alixe, blottie dans les bras de Trescoat, dessinait d'un doigt léger des arabesques sur la peau de son amant. Tant pis pour la messe. Elle n'irait pas. Elle comptait bien rester au lit et retenir Trescoat. Il répondit à ses caresses en frôlant la pointe de ses seins. Un désir puissant la submergea. Sous le drap, sa main descendit le long du ventre de cet homme qui lui avait offert ses retrouvailles avec le plaisir. Trescoat arrêta son geste. Elle le regarda avec surprise.

— Je dois partir, déclara-t-il.

— Restez, je vous en prie, nous ne sommes plus des enfants. Nous faisons ce que nous voulons de nos jours et de nos nuits.

— Alixe, je dois retourner en Bretagne.

La jeune femme, dégrisée, inquiète, se détacha de lui et ramena frileusement la courtepointe sur elle.

— Oh! Richelieu vous délie de votre contrat?

— Hélas non, mais d'autres événements m'obligent à partir.

— Votre fils? Il est malade?

— Dieu merci, les nouvelles que j'ai de lui sont excellentes.

— Mais alors?

— Une question d'honneur. Je suis désolé. Dans quelques jours…

Alixe le regarda avec une profonde tristesse.

— Ce n'est pas possible! Au moment où ma vie s'éclairait grâce à vous. Je vous en prie, restez…

— Si je le faisais, j'ai peur que vous ne m'en vouliez davantage, dit-il en se penchant vers elle.

Leurs lèvres se joignirent, leurs corps se cherchèrent et s'enlacèrent. Les cloches de Saint-Roch carillonnaient à tout-va, appelant les fidèles à la messe de

Noël. Ils célébrèrent à leur manière la fin des ténèbres et l'espoir du renouveau.

Le 27 décembre, les mousquetaires ayant été consignés en leurs hôtels, le bruit courut d'une nouvelle vague d'arrestations. Deux jours plus tard, le jeudi 29 décembre, sur les dix heures du matin, le duc du Maine fut arrêté dans son château de Sceaux après avoir ouï la messe. Il fut conduit dans un carrosse à six chevaux, avec une nombreuse escorte de mousquetaires et de chevau-légers, à Doullens qui est à sept lieues d'Arras et enfermé dans le château qu'on disait tomber en ruine et où les chambres étaient si ouvertes de crevasses qu'à peine les chandelles pouvaient y rester allumées.

Au même instant, la duchesse du Maine fut arrêtée dans sa maison de la rue Saint-Honoré à Paris par le duc d'Ancenis. Elle s'emporta contre la violence faite à une personne de son rang et tenta, autant qu'elle put, de retarder son départ. Elle trouva à sa porte deux carrosses à six chevaux, dont la vue la scandalisa fort. Il fallut pourtant y monter. Elle fut conduite sous escorte au château de Dijon, en Bourgogne[1].

Le Régent tenait les deux corps du monstre.

Pour fêter l'événement et faire enrager Dubois, il commanda à Alixe un souper napolitain.

1. Faits relatés par Jean Buvat in *Le Journal de la Régence*.

11

Depuis la création de la Banque Royale, le 30 décembre, Massialot avait quasiment disparu. Il n'y avait donc guère de chance qu'il se prît de passion pour le prochain repas du Régent. Alixe possédait bien un exemplaire du livre d'Antonio Latini, le père de Francesco, *Scalco alla moderna*, mais elle ne parlait pas italien. Faisant contre mauvaise fortune bon cœur, elle sollicita l'aide du Napolitain. Il s'illumina, battit l'air de ses bras et poussa un cri de triomphe.

– Nous allons faire le plus délicieux des soupers italiens ! déclara-t-il. Mon père serait fier de moi.

Soudain son visage se figea et il s'exclama d'une voix blanche :

– C'est impossible ! Je ne peux pas le faire !

Agacée, Alixe répliqua :

– Qu'est-ce qui te prend ? Tu deviens fou ? Il y a un instant tu dansais de joie et maintenant tu renonces…

– Je viens de penser qu'il n'y a pas à Paris les ingrédients nécessaires.

– Ne sois pas ridicule ! Paris regorge de victuailles.

– Mais pas de la délicieuse ricotta de Calabre, des câpres de Rossano, des raisins secs de Belvedere, des olives de Gaeta…

– Arrête tes bêtises ! Il y a d'excellentes olives de Provence et du Languedoc chez tous les épiciers de Paris.

– Jamais je ne trouverai les superbes choux-fleurs de Chiaia, les exquises salades du Pausilippe, les lapins d'Ischia, les soubressades de Nola...

– Francesco, tu te contenteras des marchés parisiens, l'interrompit Alixe.

Il lui lança un regard furibond, se précipita vers la porte.

– Attends une minute et tu comprendras.

Alixe entendit une cavalcade dans l'escalier et il revint, tenant à la main le livre de son père. Il lui mit sous le nez :

– Regarde, la *zuppa di vongole*[1], comment veux-tu que je la fasse ?

– Je ne sais même pas ce que sont les *vongole*.

– De jolis coquillages qu'on fait ouvrir et ensuite frire avec des herbes, des épices, des petits artichauts. On rajoute du bouillon de poisson, des pistaches et un jus de citron.

– Eh bien, on s'en passera !

– Quel dommage ! Et les *scorfani* et les *cannolichi*[2], vous en avez ici ?

– Je ne veux pas le savoir ! Débrouille-toi pour trouver des plats au goût français. Des chapons, des poulardes, des lièvres, des gigots de veau, tu as l'embarras du choix.

– Mais un repas napolitain sans fruits de la mer est impensable, s'indigna Francesco.

1. Recette page 335.
2. Rascasses et couteaux.

– Vous devriez aller en Bretagne, vous y trouve-riez tout ce qui vous manque, lança d'un ton enjoué Trescoat qui venait d'entrer.

Tournant ostensiblement le dos au Breton, Francesco se ferma immédiatement comme une huître. Il s'adressa à Alixe.

– Bien entendu, je ne pourrai pas, non plus, faire de *zuppa de gambari*. Vos crevettes, ici, ne sont que de pauvres avortons qui n'ont rien à voir avec les superbes pièces qu'on trouve à Sorrento ou Vico. Et les *seppie*, les *cefali*, les *calamari*, je vais devoir m'en passer…

– *Calamari*? Voulez-vous parler des calamars, ces étranges animaux marins au corps flasque et gélatineux et aux filaments blanchâtres? insista Trescoat.

– Quelle horreur! s'indigna Alixe. Et tu voudrais nous faire manger de telles monstruosités? Tu veux, toi aussi, empoisonner le Régent?

Francesco se réfugia dans un silence offensé. Alixe continuait à feuilleter le livre de recettes.

– Il doit bien y avoir des choses mangeables qui conviennent à des gens de qualité.

Outré, le Napolitain lui arracha l'ouvrage des mains.

– N'y touche plus! Mon père a servi chez le cardinal Barberini à Rome puis dans les meilleures maisons napolitaines. Le vice-roi de Naples l'a même décoré de l'ordre de l'Éperon d'or. Vous croyez toujours, vous les Français, faire la meilleure cuisine du monde. Je vais te prouver qu'il n'en est rien. Laisse-moi faire mon choix, je te le soumettrai et tu verras que le Régent en redemandera.

Il tourna les talons et s'en fut en claquant la porte.

– Je n'aurais pas dû me montrer si sarcastique, regretta Alixe, mais l'idée de voir dans une assiette ces drôles de bêtes me dégoûte.

– En Bretagne, où tous ces animaux abondent, même les pauvres n'ont pas l'idée d'en manger. Je n'aurais pas dû intervenir, d'autant que je ne suis pas le mieux placé pour parler d'art culinaire. Chez nous, à part les bouillies de seigle et le cochon, nous ne connaissons pas grand-chose. La frugalité est notre quotidien. Celle, hélas, que je vais bientôt devoir retrouver.

Le cœur d'Alixe s'emballa. D'une voix légèrement tremblante, elle demanda :

– Vous êtes venu m'annoncer votre départ ?

– Je le crains.

– Notre belle histoire est finie avant d'avoir commencé.

Trescoat l'enlaça et lui murmura tendrement :

– Je ne devrais pas vous le dire, Alixe, mais je suis éperdument amoureux de vous.

– Cet amour ne pourrait-il vous inciter à repousser votre départ, que nous ayons encore des moments heureux ?

– En d'autres temps… Si la situation politique n'était pas si troublée…

– Mais je me moque de la situation politique, l'interrompit Alixe avec colère. Ne pouvons-nous vivre simplement, sans nous préoccuper de ce qui se passe dans le monde ? Déjà Baptiste. Vous, maintenant. Pourquoi vous faut-il partir ?

– Une mission en quelque sorte, je ne puis vous en dire plus. Je ne partirai que dans quelques jours, le temps de négocier ma libération avec Richelieu. D'ici là, je resterai à vos côtés.

Alixe se détacha de lui et le regarda avec un profond ressentiment.

– Je n'aurai donc été pour vous qu'un bref amusement vous permettant de mieux supporter le rôle abject que vous a fait jouer le duc.

– Je vous interdis de dire des choses pareilles, objecta Trescoat avec force. Mon départ forcé me désole, mais je vous ai déjà dit que rester me ferait vous perdre assurément.

– Je ne comprends rien à ce que vous dites, dit-elle au bord des larmes. Partez !

– Je vous en supplie, Alixe, laissez-moi encore vous dire que je vous aime. Ne me chassez pas ainsi.

Elle le laissa l'embrasser, mais ne répondit pas à ses baisers. Elle avait cru que cet amour naissant allait chasser ses tourments. Dans les bras de Trescoat, elle s'était sentie si vivante, si légère, si belle et si aimante. Elle n'eut pas la force de résister. Elle se laissa entraîner dans sa chambre pour goûter encore à ce prodige.

*

La lutte entre Alixe et Francesco sur le choix des mets du repas napolitain fut acharnée. Il fallut deux journées pour arriver à un accord entre les deux parties. La cuisine avait tout d'un champ de bataille où les habitués de la maison ne faisaient plus que passer la tête et se retiraient bien vite, de peur de recevoir un mauvais coup.

Alixe rejeta la poule d'Inde[1] à la portugaise ainsi que le pâté de poule d'Inde farci aux macaronis. Elle détes-

1. Dinde.

tait cet animal. Francesco s'emporta. Ils transigèrent : la poule d'Inde serait remplacée par de la poularde.

Elle refusa le potage de tripes, le riz à l'espagnole, le potage d'oignons farcis, qu'elle jugeait trop communs, ainsi que le pâté à la napolitaine, trop compliqué. Après une longue et âpre discussion, elle céda sur le pâté de poissons à condition que les fruits de mer se limitent aux moules.

Le Napolitain pleura presque de ne pouvoir faire la délicieuse salade de fleurs de romarin, mais obtint gain de cause pour sa Salade royale[1] et sa Crème Paradis. Il se désola que la saison rendît impossible la réalisation de la célèbre sauce tomate de son père.

— Tu ne vas pas recommencer ! s'indigna Alixe. Il est impensable de manger ce genre de saleté en France. Ta tomate est une très jolie plante décorative, mais on sait bien qu'elle est toxique[2].

— Ma pauvre Alixe ! Tout le monde en mange à Naples et personne n'en meurt. C'est délicieux, à la fois acide et sucré. Tu ne sais pas ce que tu perds.

La volaille à la mauresque, le poulet frit, le lapin farci, les paupiettes de veau farcies ne suscitèrent aucune objection de la part d'Alixe. Francesco plastronna. Alixe lui dit de ne pas faire le mariole, qu'elle jugerait sur pièce.

La préparation du repas fut émaillée d'autres disputes, notamment sur la quantité d'épices utilisée par Francesco. Alors qu'il s'apprêtait à arroser généreusement des épinards de sucre et de cannelle, Alixe lui saisit le bras.

1. Recette page 346.
2. Cf. *Meurtres à la pomme d'or, op. cit.*

– Tu es fou! Tu fais une cuisine qui n'a plus cours depuis presque un siècle. Tu devrais savoir qu'on a remplacé les épices par les herbes potagères. Aucun palais français ne saurait souffrir cette cuisine gothique.

– Je le sais, dit Francesco, mais il s'agit là d'un repas napolitain et à Naples, c'est ainsi que l'on fait.

Au grand déplaisir de Francesco, Alixe se mit à surveiller le moindre de ses gestes et à pousser des cris d'effroi dès qu'elle le voyait se saisir de sucre ou d'un pot d'épices.

Croyant détendre l'atmosphère, Trescoat crut bon de raconter la senteur du poivre et des épices à l'arrivée à Zanzibar. Pour une fois, Alixe ne l'écoutait pas et se rongeait les ongles d'inquiétude. Élise et Honoré, au bout de la table, discutaient des mérites de l'œillet et des tubéreuses.

Accompagné de Marivaux, Massialot choisit ce moment pour faire une apparition. Il fit deux pas dans la cuisine, pila net et les narines grandes ouvertes, commença à humer et fronça les sourcils.

– Quels horribles ragoûts êtes-vous en train de préparer? Ça pue la cannelle à plein nez.

Il se précipita vers les fourneaux, souleva les couvercles et se mit à hurler :

– Arrêtez-moi tout ça !

Francesco vint se planter devant lui, l'air combatif.

– Ces plats ont été servis au roi Charles IV d'Espagne. Votre Régent s'en contentera.

– Ce n'est pas de la politique, c'est de la cuisine, riposta Massialot.

Alixe poussa un soupir, dénoua son tablier, prit Marivaux par le bras et l'entraîna hors de la cuisine en lui murmurant :

– Je n'en peux plus de cette maison de fous. Conduisez-moi dans un endroit où je n'aurai pas à entendre leurs stupides querelles.

Il l'emmena au Procope[1], rue Mazarine, où il avait ses habitudes, la Comédie-Française se trouvant à quelques pas de là. Il y avait foule, comme toujours. Des hommes surtout, occupés à discuter ou à lire le *Nouveau Mercure Galant, la Gazette d'Amsterdam* où étaient relatées les dernières nouvelles de France et d'Europe. Les quelques femmes présentes arboraient les dernières toilettes à la mode. Alixe commanda un sorbet à la violette et une tasse de chocolat, Marivaux se contenta d'un café.

– Alixe, vous me semblez à bout de nerfs. Le repas napolitain n'est pas la seule cause de votre exaspération. La fuite de votre frère et le crime dont il est accusé vous affectent fort. Mais je crois plus encore que votre aventure avec notre ami Trescoat ne vous rend pas totalement heureuse.

Surprise d'une telle franchise, Alixe resta silencieuse. Elle fit tourner sa tasse de chocolat entre ses mains.

– Vous êtes un bon observateur.

– C'est un peu mon métier de sonder l'âme humaine, surtout quand il est question d'amour.

– Ne me dites pas que je vais me retrouver dans un de vos prochains écrits…

– Qui sait ! Je suis le spectateur de moi-même et des autres. Ne m'en veuillez pas d'être brutal, mais n'avez-vous pas le sentiment que votre histoire ne mène nulle part ? Trescoat va repartir un jour. Soit dit en passant, je ne sais toujours pas ce qu'il fait à Paris.

1. 13, rue de l'Ancienne-Comédie.

Alixe eut un geste vague de la main.

– La question ne se pose plus. Il part. Je savais que cette liaison n'aurait qu'un temps, mais je voulais y croire. J'étais bien trop heureuse de voir refleurir l'amour.

– Regrettez-vous qu'il ne vous demande pas de partir avec lui ? Il est veuf, je crois.

– Monsieur de Marivaux, vous croyez aux fables où les bergères épousent des princes ?

– Les temps changent. D'après ce qu'il dit, il ne roule pas sur l'or. Avec vous, Alixe, il n'y aurait guère de mésalliance.

Alixe tourna lentement sa cuillère dans la tasse de chocolat.

– En aurais-je seulement envie ? Je ne crois pas. Me voyez-vous cloîtrée dans un château battu par les vents ? Jamais je ne partirai de Paris, j'aurais bien trop peur de périr d'ennui. J'ai été élevée parmi les fleurs et les arbres, mais je déteste la campagne. De toute manière, il ne me l'a pas demandé et ne me le demandera jamais. C'est vrai, cela me rend triste. Je me suis donnée à lui parce qu'il m'ouvrait les bras. Ma solitude était si grande que j'y ai vu un refuge.

– Vous sentez-vous moins seule ?

Le regard de Marivaux dériva vers une jolie jeune femme venant d'entrer, vêtue de soie verte et belle-de-nuit à grands motifs de partition de musique où l'on distinguait les portées et les notes. Une comédienne, sans nul doute. Les femmes de qualité ne s'aventuraient guère à l'intérieur du café. Elles faisaient arrêter leur carrosse dans la rue ; un laquais tendait une tasse à un garçon qui revenait avec le café ou le chocolat et la voiture repartait.

Alixe observa avec amusement la lueur d'intérêt qui avait immédiatement éclairé le visage de Marivaux.

– Je ne crois pas, reprit-elle. Mes soucis sont toujours aussi présents. Au moins ai-je l'illusion, dans la passion des corps, de m'en défaire pour un instant.

– C'est déjà beaucoup. Nous aspirons tous à l'oubli que nous procure l'amour.

Marivaux suivait des yeux la jeune personne qui se laissa tomber avec grâce sur la chaise et se défit de son châle de dentelle, laissant apparaître des épaules parfaites.

– J'ai remarqué, mais il faudrait être aveugle pour ne pas le voir, que Francesco supporte très mal de vous voir ensemble, poursuivit-il.

– Et je supporte encore plus mal sa jalousie déplacée.

– Cet homme vous aime.

– Depuis dix-huit ans, soupira Alixe.

– Quelle belle constance ! Ne comptez-vous pas le récompenser ?

– Vous n'y pensez pas ! Je ne souhaite que son départ.

– Cette fidélité, cette présence n'ont-elles aucun prix à vos yeux ?

– Qu'essayez-vous de faire, Monsieur de Marivaux ? Voulez-vous me jeter dans les bras de Francesco ? Il m'indiffère.

– Parce que vous avez les yeux fixés sur le beau et mystérieux Trescoat qui vous fait souffrir.

Alixe se tut, regardant le ballet des domestiques apportant sur de grands plateaux d'argent cafetières et chocolatières fumantes.

– Vous croyez que…

– Je ne crois rien, l'interrompit en souriant Marivaux. Je sais que les apparences sont trompeuses et que l'amour réserve bien des surprises. Bien souvent, on cherche ce qui est à côté de soi et qu'on ne voit pas. On ne résiste pas au frisson de l'inconnu et du danger. Je vous trouve très bien assortis, Francesco et vous.

– Mais nous n'arrêtons pas de nous chamailler.

– Raison de plus ! Je suis sûr que Trescoat ne vous contredit jamais. C'est bien, mais cela manque un peu de piquant.

Alixe resta songeuse.

– Ma vie est assez pleine d'épines en ce moment pour apprécier un lit garni de pétales de roses.

Marivaux éclata de rire et commanda une autre cafetière.

*

Le lendemain, jour du souper napolitain, alors que tous s'affairaient en cuisine, Honoré vint tirer Alixe de ses marmites pour une communication urgente. Une fois la porte de la « bibliothèque » refermée, Alixe mit un doigt sur ses lèvres. Après deux minutes de silence, elle rouvrit la porte et passa la tête à l'extérieur.

– Francesco a la mauvaise habitude d'écouter aux portes. Il n'est pas là. Alors, tu as découvert quelque chose ?

Honoré prit un air compassé, mais dans ses yeux dansait une drôle de lueur.

– Je crains que ton Breton ne te fasse des infidélités. Je l'ai vu à deux reprises en compagnie d'une jeune femme avec qui il semblait très intime.

Le cœur d'Alixe cessa de battre.

– Tu as dû te tromper ! Ce n'était pas lui !

– Oh! que si. Avec une bien jolie personne d'environ dix-huit ans, fine, élancée... Je t'avais bien dit qu'il manquait de franchise. Jamais tu n'aurais dû lui faire confiance.

– Pourquoi me racontes-tu cela?

– Tu m'as demandé de te rapporter tout ce qui me semblait étrange. Après, tu en fais ce que tu veux. Ils semblent avoir leurs habitudes. Les deux fois, ils se sont retrouvés devant le Café du Palais-Royal à cinq heures.

– Ceci ne menace en rien le Régent.

– Mais toi, si.

Effondrée, Alixe le laissa partir sans dire un mot. Ainsi le départ de Trescoat n'était pas dû à quelque mission d'ordre politique, mais à une femme dont il s'était amouraché. Lui qui avait dit l'aimer! Ulcérée, elle décida d'en avoir le cœur net. Au moins pourrait-elle lui clamer qu'elle voyait clair dans son jeu. Elle n'appréciait guère d'être prise pour une idiote.

Deux jours plus tard, prétextant un malaise, elle quitta plus tôt le service de la duchesse de Berry et se posta à proximité du café peu avant cinq heures. L'obscurité naissante la protégeait, mais les quinquets allumés lui permettaient de bien voir l'entrée. Elle vit arriver son amant et quelques secondes plus tard une femme emmitouflée. Quand elle la vit se pendre au cou de Trescoat, elle vacilla. Une mèche de cheveux blonds s'échappa de la capuche. Alixe ressentit ce jaillissement doré comme un coup de poignard en plein cœur.

Quand elle retrouva Trescoat le soir, il avait l'air plus soucieux que jamais. Elle recula quand il voulut l'embrasser et lança:

– Qui est cette femme? C'est avec elle que tu pars? Pourquoi me dire jour après jour que tu m'aimes pour t'enfuir avec une autre. Jolie mission!

Dans les yeux de Trescoat passa un éclair de panique.

— Tu nous as vus ?

— Tu ne nies même pas.

— Je n'ai rien à te cacher, Alixe. C'est ma sœur, tout simplement.

— Tu ne pourrais pas trouver quelque chose de mieux ficelé ?

— Je te le jure sur la tête de mon fils. C'est bien ma sœur.

— Alors présente-la-moi.

Trescoat prit un air embarrassé.

— Elle est repartie en Bretagne juste après notre rencontre.

— Comme c'est commode !

— Elle m'apportait des nouvelles dont l'une va te réjouir : je ne pars plus.

Alixe le regarda d'un air incrédule.

— Tu restes ? Cela n'a guère l'air de te réjouir.

— Je ne veux pas te perdre, dit Trescoat d'une voix vibrante.

Il avait l'air si malheureux, si perdu qu'Alixe commençait à sentir sa colère s'évanouir. Son ton était sincère. Elle était lasse de douter de tout, d'espionner tout le monde. Elle voulait retrouver le refuge de ses bras. Si elle devait souffrir, elle souffrirait. Mais au moins, les quelques bribes de bonheur qui lui étaient offertes, elle les saisirait.

— Tout est si incertain, si troublé que je me transforme en vieille femme méchante et jalouse, dit-elle doucement.

— Je te le répète : je ne te mens pas au sujet de ma sœur.

– Me mentirais-tu sur d'autres sujets ?

Trescoat étouffa cette question dans un long baiser.

Le lendemain, 9 janvier 1719, douze jours après l'Angleterre, la France déclara la guerre à l'Espagne. La conspiration de Cellamare était tombée à pic. Tout au long du mois de décembre, les lettres d'Alberoni et l'appel de Philippe V aux officiers et soldats français à déserter et à se rallier à l'Espagne furent largement diffusés. Le peuple s'indigna de ces traîtrises manifestes et se rangea du côté du Régent. Il ne pouvait rêver mieux. Les risques d'une guerre civile étaient écartés.

Ce conflit entre les deux Philippe remontait au début du siècle. Charles II, roi d'Espagne, sans enfant, avait désigné Philippe, duc d'Anjou, petit-fils de Louis XIV, comme héritier. À condition que Philippe renonce au trône de France. Ce qu'il ne fit pas. La guerre était alors inévitable, l'Angleterre et l'Empire ne pouvant accepter que les Bourbons règnent de la Méditerranée à la mer du Nord, avec en prime l'or des Amériques à disposition de Philippe V. La guerre de la Succession d'Espagne dura de 1702 à 1713. Elle laissa la France et l'Espagne exsangues. Avec le traité d'Utrecht, Philippe V perdit les Pays-Bas espagnols, Milan, Naples, la Sicile, la Sardaigne, Minorque et Gibraltar. Il ne l'admit pas. Il dut aussi renoncer solennellement au trône de France. Les Bourbons de France renoncèrent à leur tour au trône d'Espagne. Les deux branches de la dynastie étaient dorénavant séparées, pour le plus grand plaisir des Anglais. Malheureusement, l'accord de Philippe V n'était que de façade. Si le petit Louis XV, âgé de neuf ans et de santé fragile, venait à mourir, il était hors de question qu'il laissât la couronne à Philippe d'Orléans.

Son remariage avec Élisabeth Farnèse qui se serait bien vue reine de France et les conseils de son Premier ministre Alberoni ne firent qu'exacerber ses velléités de remettre en cause les traités de paix. L'heure était à la revanche et à la reconquête de l'empire perdu.

Le souper italien fut un grand succès. Le Régent complimenta Alixe et Francesco dont il avait autorisé la présence malgré les hurlements de Dubois clamant qu'il y avait assez de loups dans la bergerie. Si le Régent tenait absolument à mourir empoisonné, qu'il se fasse servir de la mort-aux-rats au déjeuner. Ce serait vite réglé ! Le Régent lui rétorqua qu'il se ferait un plaisir de lui en offrir le jour où il déciderait de lui attribuer ce chapeau de cardinal dont il avait tellement envie. Quant aux loups, Dubois était bien placé pour être chef de meute. Dubois répliqua que la mansuétude du prince le perdrait et qu'il ferait bien de se dépêcher de le faire cardinal s'il voulait une oraison funèbre digne de ce nom. Les imprécations se poursuivirent jusqu'à ce que le Régent, pris d'une subite inspiration, demande à Alixe de préparer un souper espagnol pour saluer de manière plus gaie l'entrée de la France en guerre. Dubois haussa les épaules et alla se verser un verre de Champagne.

Alixe n'eut guère le temps de se préoccuper de ce nouveau souper. Le lendemain, Élise arriva en courant. Son visage était si pâle qu'Alixe la prit par le bras et la fit s'asseoir d'autorité devant la cheminée.

— J'ai reçu un message, dit précipitamment la jeune femme.

– De Baptiste? demanda Alixe le cœur battant.

– Hélas non! Il est signé d'un certain chanoine Godinot en Champagne. Je n'y comprends rien. Lis-le.

Elle lui tendit une feuille couverte d'une large écriture. À haute voix, elle la déchiffra :

Madame,

J'ai appris que votre mari, Baptiste Savoisy, avait quitté Paris début décembre. Il se trouve qu'un de mes amis, frère Oudart, a disparu depuis ce moment. Au début, nous ne nous sommes pas inquiétés, frère Oudart ayant subi un grand choc il y a peu de temps. Mais la Saint-Vincent va avoir lieu dans quelques jours et il n'a jamais manqué d'y être présent. Votre mari avait des liens étroits avec frère Oudart. Se pourrait-il qu'ils fussent partis ensemble? Avez-vous des nouvelles dans ce sens? Je vous serais bien obligé de me le faire savoir.

Fronçant les sourcils, Alixe cessa sa lecture. Élise levait vers elle un regard plein d'espoir.

– Crois-tu qu'il serait en Champagne? demanda-t-elle. Il y connaît beaucoup de monde.

– Ce n'est pas impossible, mais ce serait très dangereux. La Champagne est si près de Paris.

– Tu n'y crois pas? dit Élise, déçue.

– Avec Baptiste, tout est possible…

– Je t'en prie, Alixe, va rencontrer ce chanoine. Essaye d'en savoir plus. J'irais bien moi-même, mais j'ai peur de perdre mes moyens, de me mettre à pleurer à tout bout de champ. Tu es plus aguerrie que moi.

Devant la mine chiffonnée et les yeux pleins de larmes de sa belle-sœur, Alixe resta un moment silencieuse.

– C'est d'accord. Un aller et retour ne me prendra guère de temps. Mais, je t'en supplie, ne mets pas trop d'espoir dans ce voyage.

Alixe fit prévenir la Mouchy qu'atteinte d'une forte fièvre d'origine inconnue, elle ne voulait en aucun cas faire courir un danger à la duchesse de Berry étant donné son état, et qu'elle quittait Paris quelques jours pour se remettre sur pied. On lui répondit qu'on se passerait de ses services et qu'elle n'aurait plus à se présenter au Luxembourg.

Ce renvoi la soulagea. Elle avait acquis la certitude que l'entourage de Joufflotte ne présentait un risque que pour elle-même. Mouchy et Rions étaient bien trop avides de l'argent de la duchesse. Tuer la poule aux œufs d'or qu'était le Régent aurait été un bien mauvais calcul. Ils allaient tyranniser la pauvre Joufflotte jusqu'à ce qu'elle fasse céder son père. À son habitude, elle lui refuserait sa porte, le ferait languir des jours et des jours espérant que n'y tenant plus il cède à ses demandes. Mais cette fois, elle risquait bien d'en être pour ses frais.

Alixe n'aurait plus à assister aux scènes dégradantes auxquelles se livrait ce détestable trio.

Il lui fut plus difficile d'expliquer son départ à ses proches. Elle se décida pour une « presque » vérité. Elle annonça que Claude Moët lui demandait de venir régler des affaires concernant Baptiste. Francesco proposa de l'accompagner. Elle leva les yeux au ciel et refusa. Trescoat la conjura de bien faire attention, les routes n'étaient pas sûres et regretta de ne pouvoir s'absenter de Paris. Elle l'assura qu'elle serait prudente. Seul Honoré ne dit rien.

12

— Je ne m'attendais pas à ce qu'un membre de la famille Savoisy me rende visite mais, peut-être m'apportez-vous de bonnes nouvelles, déclara Godinot, aidant Alixe à se défaire de sa pelisse fourrée.

— Hélas, nous ne savons pas où se trouve Baptiste et encore moins ce frère Oudart pour lequel vous vous inquiétez. Mais comme les dates de leur disparition concordent, nous en saurons peut-être plus en confrontant nos informations.

Godinot la regarda d'un air déconcerté.

— Je ne connais pas les raisons du départ de votre frère. Claude Moët, à qui je me suis adressé, est resté très évasif à ce sujet. Frère Oudart se croyait menacé et cela préoccupait votre frère, je le sais. Sont-ils tombés tous les deux dans un piège ? Il y a déjà eu un mort, frère René, sauvagement assassiné.

— Mon frère nous en a parlé. Vous pensez que la disparition de frère Oudart et de mon frère a un rapport avec ce meurtre ?

— Pour frère Oudart, j'en suis certain. Quant à votre frère, je l'ignore. Peut-être a-t-il voulu le protéger et s'est trouvé entraîné dans un guet-apens destiné au vieux moine. Je n'en sais rien. Depuis des semaines, je ne cesse de tourner cette affaire dans ma tête. J'échafaude des hypothèses, toutes plus invraisemblables les unes que les autres.

Voilà, au moins, quelque chose que nous avons en commun, pensa Alixe. Elle ne souhaitait pas dévoiler les raisons de la fuite de Baptiste. Cela n'aiderait en rien le chanoine. Elle n'était sûre que d'une chose : les menaces pesant sur frère Oudart n'avaient rien à voir avec celles qui avaient poussé son frère à partir. Même si l'entourage de la duchesse du Maine regorgeait de prêtres, abbés et prélats, elle ne voyait pas un moine du fin fond de la Champagne se joindre à cette coterie. Elle avait du mal à imaginer Baptiste, craignant pour sa vie, quitter Paris pour voler au secours d'un vieux moine. Cela ne lui ressemblait pas, il était bien trop égoïste. Sans en parler à Élise, Alixe avait toujours cru qu'il était parti à l'étranger, certainement à Londres. Virginia, la cousine de leur père, était toujours vivante. Baptiste lui avait rendu visite trois fois dans sa jeunesse. Elle avait un petit faible pour lui et aurait été ravie de l'accueillir.

Perdue dans ses réflexions, elle n'entendit pas la question de Godinot. Il se racla la gorge, toussa et répéta :

— Je m'apprêtais à aller à l'abbaye de Hautvillers rencontrer le père Abbé. Il a peut-être des nouvelles fraîches. M'accompagnerez-vous ?

Alixe acquiesça. Après une collation de pieds de porc à la Sainte-Ménéhould arrosés d'un très bon vin rouge de Bouzy aux arômes de cerise griotte, ils prirent la route dans la luxueuse voiture du chanoine. Il leur fallut deux bonnes heures en passant par Tours-sur-Marne, Ay et Dizy. Malgré le froid glacial, il y avait un monde fou sur la route. En charrette ou à pied, des familles entières, vêtues de leurs habits de fête, se dirigeaient vers Hautvillers.

Alixe s'en étonna.

– C'est la Saint-Vincent, patron des vignerons. Du plus pauvre manouvrier au plus riche vigneron, tout le monde y participe. Ce sont ripailles et beuveries pendant deux jours avant que les hommes ne prennent la serpette pour commencer la taille de la vigne. Frère Oudart n'a jamais manqué à la tradition. C'est ce qui m'a poussé à vous écrire. Il a coutume de donner à chacun de ses vignerons cinq sols. Ne voyant rien venir, ils se sont vraiment inquiétés. Ce moine est assez sauvage, il a l'habitude de s'enfermer dans ses caves des semaines durant, d'autant qu'il n'y a pas grand-chose à faire dans les vignes à cette époque de l'année. De recoupement en recoupement, on s'est aperçu qu'on ne l'avait plus vu depuis le 10 décembre. Son absence à Noël n'avait pas été remarquée : à Pierry, on croyait qu'il était à Hautvillers et vice et versa.

Ils se frayèrent difficilement un chemin dans les petites rues de Hautvillers, bordées de maisons au toit de chaume. Godinot fit arrêter le carrosse et invita Alixe à continuer à pied. Ils virent un cortège se former autour d'un curé et d'enfants de chœur. Des tambours marchaient en tête.

– Suivons-les, proposa Godinot. Ils vont à la maison du *baṣtonnier*, Jérôme Marchal. L'année dernière, il a gagné aux enchères le droit de garder le bâton de la confrérie.

Si Godinot semblait enchanté de participer à la fête, Alixe l'était beaucoup moins. Ce voyage était une erreur, elle n'apprendrait rien. La procession s'arrêta devant une riche maison en pierre aux fenêtres encadrées de briques. Un homme en sortit, portant un bâton terminé par une statuette de saint Vincent. Des hommes attelés à des sortes de brancards richement décorés se joignirent au défilé.

– Ce sont des *plateaux*. Ils servent à transporter le raisin lors des vendanges, précisa Godinot sans qu'Alixe ait eu à demander. Aujourd'hui, ils sont garnis de brioches et de gâteaux en couronne offerts par le *bastonnier*.

Alixe, morte de froid, sautillait d'un pied sur l'autre et n'avait qu'une hâte : se mettre à l'abri dans l'abbaye. Elle n'avait pas compris qu'il lui faudrait, avant, assister à la messe. L'attente fut longue devant l'église où l'on présentait le vin au *bastonnier*. Puis toute l'assemblée s'engouffra dans la nef, prit place sur les bancs. Alixe fut séparée de Godinot et alla s'asseoir du côté des femmes. Au moins, avait-elle un peu plus chaud, coincée entre deux vigneronnes qui interpellaient bruyamment leurs amies et voisines. La messe lui parut interminable. Elle n'avait jamais fait preuve d'une grande ferveur religieuse. Obligé de se convertir au catholicisme pour épouser sa mère, son père était resté attaché toute sa vie au protestantisme, sa religion d'origine. Il en avait inculqué les rudiments à ses enfants. La Palatine, elle aussi protestante de naissance et catholique par mariage, leur avait lu la Bible. Alixe n'avait jamais complètement adhéré aux rites et croyances, qu'ils fussent catholiques ou protestants. Sa vie auprès du Régent, impie notoire, n'avait rien arrangé.

Elle ne sentait plus ses pieds et, après l'eucharistie, fut bienheureuse que le rythme de l'office s'accélérât. Hélas, il y avait encore une formalité à accomplir et non des moindres : la mise aux enchères du *croûton* par la confrérie de Saint-Vincent. À grands coups de gueule, force vociférations et hurlements, un gros vigneron à la trogne illuminée remporta l'enchère et le droit de garder le bâton. La sortie se fit dans un chahut indescriptible, tous chantant le même refrain :

Préservez notre bourgeon
Des brouillards et du glaçon

Elle eut du mal à retrouver Godinot dans la cohue. Il lui prit le bras et l'entraîna.

— Allons à l'abbaye. Tous vont aller festoyer. Nous nous contenterons du repas plus modeste des moines.

Ils passèrent une grande porte en pierre et arrivèrent dans une première cour bordée de granges, celliers et écuries où régnait une intense animation. Un portail sur la droite leur donna accès à une autre cour avec, en son centre, un abreuvoir et, sur trois côtés des caves, pressoirs et celliers. L'endroit n'avait rien de grandiose mais respirait la solidité. Beaucoup de bâtiments étaient neufs. Godinot se dirigea vers l'aile où logeaient les moines. Habitué des lieux, il se présenta au portier. Il lui indiqua que le père Abbé se trouvait dans la pièce à feu, au rez-de-chaussée.

L'Abbé, un grand moine squelettique à la figure chevaline, les reçut avec bienveillance et les invita à se rapprocher de la cheminée. Alixe ne se le fit pas dire deux fois, enleva ses gants et tendit ses mains gelées vers les hautes flammes.

— Je sais ce qui vous amène, déclara le moine à l'adresse de Godinot. Hélas, la réponse est non. Frère Oudart n'a donné aucun signe de vie. Je crains que nous ne devions, bientôt, nous résoudre à annoncer sa mort.

— Je ne peux y croire, s'exclama Godinot. C'est, ou devrais-je dire c'était, un homme de grande valeur, totalement dévoué aux vignes et au vin.

– Cette passion a peut-être causé sa perte. Après la mort de frère René, il était devenu plus sombre et ombrageux que jamais. Il soupçonnait tout le monde…

– On ne peut le lui reprocher. Le lieutenant criminel a renoncé à trouver les coupables.

– Nos campagnes et leurs habitants sont rudes, soupira le père Abbé. Claironner partout être détenteur d'un secret n'était guère prudent. A-t-on voulu le lui arracher ? A-t-il été victime de quelque vengeance ? Nous ne le saurons certainement jamais.

Les deux religieux se turent, marmonnant une prière. Alixe, réchauffée, regrettait ce voyage qui lui faisait perdre un temps précieux. S'ils rentraient maintenant à Épernay, elle aurait peut-être le temps d'attraper un coche qui la ramènerait à Paris, le lendemain. Elle s'aperçut que Trescoat lui manquait plus qu'elle n'aurait cru. Elle avait hâte de le retrouver, de sentir son cœur battre la chamade en reconnaissant ses pas dans l'escalier, de se laisser aller à ses étreintes passionnées.

Le père Abbé sortit de sa prière et annonça d'une voix joyeuse :

– Bien entendu, vous partagez notre dîner. Le jour de la Saint-Vincent, la coutume veut que nous invitions les paysans qui travaillent nos terres ainsi que les tonneliers, les maçons œuvrant à l'abbaye. Le frère cellérier a sérieusement amélioré l'ordinaire. Nous aurons exceptionnellement du poulet et des beignets.

– Bien volontiers, répondit Godinot ignorant les signes de dénégation d'Alixe.

– En attendant, je vous laisse libres de circuler dans l'abbaye comme bon vous semblera. C'est jour de fête malgré l'absence de frère Oudart.

Ils longèrent le cloître en silence. Alixe n'avait pas grand-chose à dire au chanoine. En d'autres temps, elle l'aurait interrogé sur le vin de Champagne et sur la manière de se procurer les meilleurs. Mais elle avait pris le vin saute-bouchon en horreur et n'en buvait plus une goutte. Le soir de Noël, elle avait sèchement rabroué Francesco qui voulait en ouvrir quelques bouteilles.

– Vous êtes venue pour rien, déclara Godinot en s'asseyant sur le muret entre deux arcades. Nous ne retrouverons pas frère Oudart et je doute que votre frère soit avec lui.

– Cette affaire est bien mystérieuse, répondit Alixe. Avant son départ, mon frère avait confié à sa femme qu'il comptait acheter des terres pour y faire du vin mousseux. Il disait que l'affaire serait facile car il était au courant d'un secret. Pensez-vous qu'il s'agisse du secret de frère Oudart ?

Godinot ramena les plis de sa cape sur ses jambes et fit signe à Alixe de s'asseoir à côté de lui.

– Je n'ai rencontré votre frère qu'une fois. J'espère que vous ne prendrez pas mal ce que je vais vous dire. Il se targuait d'être l'ami de frère Oudart mais, à la manière dont il me posait des questions, j'ai vite compris qu'il cherchait à percer ce fameux secret beaucoup plus qu'à aider le pauvre moine. J'ai cru voir en lui une certaine avidité et, je dois l'avouer, un manque de scrupule évident. Aussi, ne lui en ai-je pas trop dit.

– Hélas, je reconnais bien là les mauvais côtés de mon frère. Dieu merci, il en a de bons. Ainsi, vous savez quel est ce secret ?

Le chanoine eut un léger sourire.

– Disons que connaissant frère Oudart, je crois savoir de quoi il retourne.

Surgissant comme par enchantement, un moine vint se planter devant eux et s'inclina devant Godinot.

– Chanoine Godinot! Quel honneur! Je suis tellement content de vous voir. J'ai lu et relu votre livre. Je comptais venir vous voir et c'est vous qui venez à moi. C'est un miracle!

D'un geste de la main, Godinot tenta de tempérer l'enthousiasme du moine dont on ne voyait que le long nez et la barbe broussailleuse.

– Il faut absolument que je vous interroge sur quelques points qui m'ont paru obscurs, continua le moine.

– Je me plierais volontiers à cet exercice, mais nous partons tout de suite après le dîner. Je dois raccompagner cette dame à Épernay. Passez un jour chez moi, à Bouzy, et nous discuterons.

– Je vous en supplie, insista le moine. J'ai des futailles qui me donnent des soucis. Accompagnez-moi, il n'y en a pas pour longtemps. Nous serons revenus à temps pour le repas.

Alixe qui avait définitivement fait une croix sur son départ pour Paris le soir même intervint :

– Je ne suis pas si pressée. Cela me donnera l'occasion de découvrir comment se fabrique le vin de Champagne.

Le moine tourna brutalement la tête vers elle comme s'il la découvrait. L'espace d'un instant, elle croisa son regard, dur et haineux. Faisait-il partie de ces religieux détestant les femmes, leur déniant toute place dans la société? Eh bien, il devrait s'accommoder de sa compagnie. Elle se leva et dit avec un grand sourire :

– Nous y allons?

Le moine leur fit traverser les deux cours et repasser la porte Sainte-Hélène. Godinot s'en étonna :

– Nous n'allons pas dans les caves du cellier des Morts ?

– Je me livre à quelques expériences et il me faut pour cela un peu de place et de tranquillité.

– Pourtant, ce sont les caves les plus vastes du monastère, elles font plus de cent trente pieds…

Le moine marchait d'un pas vif. Alixe avait peine à suivre et se maudissait d'avoir voulu, par malice, imposer sa présence au moine. Elle aurait mieux fait de rejoindre le réfectoire et d'y attendre Godinot. Soudain, elle découvrit l'incroyable paysage qui s'offrait à son regard : tout en bas, la Marne s'étirait comme un gros serpent paresseux, un petit village se nichait sur son bord et des vignes, des multitudes de ceps de vigne, grimpaient à l'assaut de la croupe arrondie dominée par l'abbaye. Elle eut l'impression de voir une armée en marche, une armée qui, dans peu de temps, deviendrait un océan de feuilles vertes et brillantes. Elle comprit mieux l'enthousiasme de Baptiste à chacun de ses retours de Champagne. Il disait que c'était merveille de suivre, au fil des saisons, la naissance des grains de raisin, leur croissance, leur épanouissement et leur métamorphose en vin des dieux. Elle regrettait de ne pas l'avoir accompagné dans un de ses voyages comme il lui avait maintes fois proposé, du temps où ils s'entendaient bien.

Le moine racontait son arrivée à Hautvillers, il y avait plus de vingt ans. Jeune novice, il s'était passionné pour le travail du vin et avait suivi aveuglément dom Pérignon dans tous ses travaux.

– Vous nous emmenez à la cave des Biscornettes ? demanda Godinot sèchement. Vous auriez dû nous le dire. C'est à huit cents pas de l'abbaye. Nous ne serons jamais de retour à temps.

– N'ayez crainte. Ce que vous découvrirez là-bas vous fera oublier ce chemin difficile. Que pensez-vous de cette coutume qui veut que la Saint-Vincent corresponde au début de la taille ?

– Pour ma part, je conseille d'attendre la lune de février, entre le 12 et le 14, maugréa Godinot qui venait de buter sur une pierre et dont le visage se fermait de plus en plus.

Il aida Alixe à sauter un ruisselet. Elle était prête à rebrousser chemin quand ils arrivèrent en vue d'une petite maison adossée à un mur. À la grande déception d'Alixe dont les pieds étaient de nouveau gelés, ils la dépassèrent et s'arrêtèrent devant une grande porte en bois dans le mur.

– C'est dom Pérignon qui a fait creuser cette cave dans le roc, il y a plus de quarante ans, déclara le moine avec fierté. Elle peut contenir cinq cents pièces de vin.

Il déverrouilla la porte avec une énorme clé, s'effaça devant Godinot et Alixe. Puis il ouvrit deux grilles successives qu'il ne referma pas. Il alluma une torche et les invita à le suivre dans une vaste galerie de trois toises[1] de large et dont on ne voyait pas la fin. Les futailles étaient sagement alignées. L'odeur âcre du vin prit Alixe à la gorge. Cet endroit était sinistre, ce moine était sinistre. Elle n'aurait jamais dû quitter Paris. Au bout du grand souterrain, trois galeries secondaires se présentaient. Le moine avança dans celle de droite. De chaque côté, des petits berceaux voûtés d'une toise de profondeur accueillaient des bouteilles recouvertes de moisissures. Alixe frissonna. Elle discerna un vague bruit. Ses frissons redoublèrent. Et si c'était des rats ?

1. Une toise = 1,949 mètre.

Et si elle mettait le pied sur un de ces abominables animaux ? Soudain, la torche du moine s'éteignit. Alixe cria. Le bruit métallique d'une grille qu'on tirait se fit entendre. Alixe se sentit violemment projetée en avant. Elle atterrit sur un sol dur. Godinot subit le même sort. La torche se ralluma. Le moine referma soigneusement la grille derrière laquelle ils se trouvaient prisonniers. Ils n'étaient pas seuls. Un homme bâillonné gisait par terre, une main passée dans un bracelet de fer attaché à la grille d'un soupirail.

– Frère Oudart ! s'écria Godinot.

Il voulut s'approcher de lui. Tentant de se relever, il poussa un hurlement et se laissa retomber.

– Ma cheville ! Elle doit être brisée.

Le moine, derrière la grille, les regardait sans rien dire.

– Vous pouvez lui enlever son bâillon, finit-il par déclarer. Oui, vous, la femme, allez-y !

Alixe s'exécuta et s'approcha du moine qui empestait. Elle retint sa respiration et défit la pièce de tissu crasseux.

– Que voulez-vous de nous ? demanda Alixe à leur geôlier.

– Le secret, pardi. Frère Oudart acceptera peut-être de parler maintenant qu'il a de la compagnie.

– Tu peux toujours courir, aboya frère Oudart d'une voix rauque. Jamais tu ne l'auras.

– C'est à moi que dom Pérignon aurait dû le confier, hurla le moine. C'est moi qui l'assistais tous les jours. Pendant que tu te la coulais douce à Pierry, je prenais soin des quarante-huit arpents de Voirinal, des Patards, du clos Sainte-Hélène…

– S'il me l'a confié, c'est que j'étais le mieux à même de faire fructifier son savoir. Tu n'étais qu'un aide de seconde importance. À Pierry, je m'occupais de tout : de la plantation des vignes à la mise en bouteilles, en passant par les vendanges.

– Parlons-en des vendanges ! Qui était le premier au courant de leur date, soigneusement choisie par dom Pérignon ? Moi ! Ni trop tôt comme la coutume le voulait, ni trop tard pour ne couper les grappes que quand elles sont à point. Qui veillait à ce que tout le monde soit là, à la fraîche, et cueille les plus belles grappes ? Qui songeait à protéger les paniers du soleil ?

– Dom Pérignon et pas toi, espèce d'âne bâté. Il avait l'œil à tout, lui. Il ne laissait passer aucun grain abîmé qui aurait pu échapper aux vendangeuses.

– Je le sais mieux que toi. C'est moi qui étais à ses côtés près des pressoirs quand il harcelait les hommes pour aller plus rapidement et plus puissamment. Et qui veillait à ce que le jus de chaque presse soit gardé à part ? Et qui mélangeait les raisins des différents vignobles ?

– Menteur ! Il était le seul à en décider. Il était le seul à juger de leur maturité et de leur goût pour obtenir le meilleur vin du monde. Toi, tu ne faisais qu'obéir. Moi à Pierry, il me laissait faire tout seul.

Alixe et Godinot se regardaient, impuissants. La colère et la haine déformaient le visage des deux moines. Frère Oudart tirait sur sa chaîne. L'autre trépignait.

Godinot espérait que le Prieur, s'apercevant de leur absence, lancerait des hommes à leur recherche. Mais il y avait tellement de monde que cela pouvait prendre des heures.

182

Il prit une profonde inspiration et lança d'une voix tonitruante :

– Cessez cette stupide querelle d'héritage. Vous avez tous les deux appris votre métier auprès de dom Pérignon. Estimez-vous bienheureux d'avoir pu bénéficier de ses connaissances.

– C'est moi, son héritier, hurla le moine.

– Non, c'est moi, répliqua Oudart. La preuve, j'ai le secret.

Et c'était reparti.

– Taisez-vous ! tonna Godinot. Je vais vous le dire, le secret. Frère Oudart, cessez de hurler. Nous n'allons pas tous mourir à cause de votre obstination.

– Oui, oui, dites-le-moi, cria le moine derrière sa grille.

– Vous ne voudriez pas que cette dame l'entende et aille tout raconter à son frère qui est négociant en vin mousseux.

Le moine haussa les épaules.

– De toute manière, vous allez tous crever ici.

– Ne soyez pas stupide, répliqua Godinot. Le père Abbé nous attend au réfectoire, il va nous faire chercher.

– On ne vous trouvera pas plus qu'on a trouvé ce chien de frère Oudart. Allez, dites-le, ce maudit secret.

Godinot se tut. Frère Oudart continuait à brailler comme un porc qu'on égorge.

– Il y a un autre secret que je suis seul à connaître, bien plus intéressant que celui de frère Oudart, déclara Godinot. Venez, que je vous le murmure à l'oreille.

– Vous me prenez pour un idiot !

– Je n'ai eu que deux bouteilles cassées dans ma cave. Vous ne souhaitez pas savoir pourquoi ?

Le moine avait les mains crispées sur la grille.

– Si je rentre, vous allez me jouer un mauvais tour.

– Que voulez-vous que je vous fasse : je ne peux pas me lever. Et vous n'avez rien à craindre d'une faible femme et d'un vieillard attaché.

La respiration du moine s'accéléra. Il haletait presque. N'y tenant plus, il releva la barre de fer qui fermait la grille et pénétra prudemment dans la cellule. À peine se penchait-il sur Godinot que ce dernier se remit sur pied. Il exerça un vif mouvement de torsion sur le moine qui se retrouva par terre, le souffle coupé. Pour faire bonne mesure, le chanoine lui assena un coup sur la tête et pour parfaire le tout s'assit sur sa victime qui perdit connaissance.

Godinot, d'une voix parfaitement calme, dit à Alixe :

– Allez chercher de l'aide.

Sale et dépenaillé, puant à quinze pas, frère Oudart fit une entrée triomphale dans la cour de l'abbaye. Le bruit de sa libération se répandit comme une traînée de poudre dans le village. Les vignerons quittèrent leurs agapes et se ruèrent pour voir le miraculé. Il raconta que le moine le tenait enfermé depuis plus d'un mois, le nourrissant d'un peu de pain et de vin. Malgré toutes les tentatives de ce pauvre idiot, il n'avait pas cédé et ne lui avait rien dit de son secret. Le père Abbé leva les yeux au ciel et entraîna frère Oudart à l'intérieur de l'abbaye. Il le tança vertement et lui interdit, à tout jamais, de parler de son secret, sinon il demanderait qu'on l'envoie à l'abbaye du Bec-Hellouin, au fin fond de la Normandie où il n'y avait pas de vignes.

Le moine ravisseur fut mis aux arrêts dans sa cellule. Il avoua être le commanditaire de l'attaque de la cave de Pierry, mais n'avoir jamais voulu la mort de frère René. Les deux hommes qu'il avait payés devaient enlever frère Oudart et casser ses bouteilles. Ils avaient tué frère René qui avait opposé une vive résistance. Affolés, ils avaient tenté d'égorger frère Oudart, témoin de leur crime. Le père Abbé statuerait plus tard sur son sort.

Pour les besoins de la cause, le chanoine Godinot avait menti sur sa cheville. Elle n'était que légèrement foulée. Dans la voiture qui les ramenait à Épernay, Alixe lui demanda ce qu'il avait eu l'intention de dire au moine. S'agissait-il d'un véritable secret ?

– Secret de polichinelle ! Je l'avais déjà dit à votre frère. Il réside dans un travail acharné, une observation précise des terres, du climat et une dose de chance.

– Vous pensez que frère Oudart ne détient aucun secret.

– J'en doute. Il est victime comme l'autre moine d'une vie de frustrations dans l'ombre du grand homme que fut dom Pérignon. L'âge aidant, il a dû construire une fantasmagorie. Têtu comme il est, il n'en démordra jamais. Peut-être a-t-il réellement un secret ! Nous n'en saurons jamais rien. Il l'emportera dans sa tombe. Cela n'a guère d'importance, le mousseux continuera à enchanter le palais des gourmands. Et les vignerons feront tout pour améliorer sa qualité.

*

Quand Alixe arriva rue Neuve-des-Petits-Champs, Élise était là. Francesco aussi. L'un et l'autre se précipitèrent vers elle, ne lui laissant que le temps de poser son sac de voyage. Élise fut la première à l'interpeller :

– Baptiste ?

– Il n'est pas en Champagne, j'en suis sûre.

Élise éclata en sanglots.

– Il ne reviendra jamais. Il est mort.

– Ne dis pas de bêtises ! Ne pas avoir de ses nouvelles est plutôt rassurant. S'il était mort, nous le saurions déjà. Il se cache quelque part et dès que ça ira mieux, il reviendra.

– Mais quand ? La duchesse du Maine est en prison, la guerre avec l'Espagne est déclarée. Ça va durer des mois, des années…

Alixe ne pouvait que lui donner raison. Elle pensa mais n'osa le dire, tant cela lui semblait odieux, que seule la mort du Régent ferait revenir Baptiste.

Devant le chagrin d'Élise, Francesco ne semblait plus pressé de prendre la parole. Il lui tendit un mouchoir, lui servit un verre de rossoli.

– Tu avais quelque chose à me dire ? lui demanda Alixe. Peux-tu me laisser le temps de changer de vêtements ? Le voyage m'a rompue et je me sens sale comme un pou.

– Impossible ! Honoré est passé quatre fois depuis ton départ. Il avait l'air bouleversé. Il a des révélations de la première importance à te faire.

– Où est-il ?

– Il devait repasser à midi, mais on ne l'a pas vu. Il a dit qu'en dehors de ses heures de service, il ne bougerait pas de chez lui.

– J'y vais.

– Il a ajouté que tu devais être très prudente et te méfier de ceux qui te sont le plus proche. Ça ne m'a pas plu. Que croit-il donc ? Que tu es entourée de bandits ?

Alixe ne l'écoutait plus, elle était déjà dans l'escalier. Honoré avait découvert l'assassin. Mais de qui devait-elle se méfier ? Elle le saurait dans quelques minutes.

13

Baptiste était attablé devant un plat de *pasteles ojaldros* achetés dans la rue. Pour atteindre son pichet de vin, il dut pousser le bras de l'ivrogne affalé sur la table. Pourtant, la taverne n'était pas si mal fréquentée. C'était même la moins sordide qu'il eut trouvée à Madrid. Il rompit le petit pâté et éparpilla la pâte légèrement feuilletée dans son assiette. Il n'en pouvait plus des ragoûts baignant dans l'huile d'olive, de la chèvre bouillie qu'il fallait mâcher une demi-heure, des soupes d'avoine au lait sucré et aux amandes. Au moins, le vin n'était pas mauvais, quoique violet comme le bonnet d'un évêque et si épais qu'on aurait pu le couper au couteau. Il s'en servit une bonne rasade pour oublier le vague à l'âme qu'il traînait depuis plusieurs jours. Il détestait Madrid et en venait à regretter amèrement d'avoir pris la fuite. Peut-être aurait-il dû accepter la proposition d'Alixe et implorer la clémence du Régent. Être embastillé ne pouvait pas être pire qu'errer dans cette ville sale et pauvre, d'avoir les oreilles écorchées par une langue gutturale et de côtoyer des gens miséreux et braillards.

Pourtant tout avait bien commencé. Son voyage s'était déroulé sans encombre. Il s'était embarqué à La Rochelle sur un navire de commerce faisant escale à

Santander. Une fois à terre, il s'était joint à un groupe de marchands allant à Madrid.

Il y arriva pour les fêtes de la Nativité. Il se rendit immédiatement à l'Alcazar, où résidait le roi. Malgré son insistance à vouloir remettre les messages de la duchesse du Maine, on lui refusa l'entrée. Il fut prié de revenir le 26 décembre. Pour la première fois, il passait Noël seul et ressentait une profonde nostalgie au souvenir des chaudes soirées en famille. Élise, les enfants et même Alixe lui manquaient terriblement. Il se résolut à faire contre mauvaise fortune bon cœur et à participer aux festivités madrilènes. Qui lui déplurent au plus haut point. Il alla au couvent des capucins de la Patienza où il découvrit des religieux portant de fausses barbes, le visage noirci au charbon ou enfariné, vêtus à la diable, d'autres déguisés en bergères, tous faisant mille grimaces et jouant des pantomimes bouffonnes. Comment les Espagnols, si bons catholiques, pouvaient-ils se livrer dans leurs églises à des scènes dignes des comédiens italiens ? Cela ne lui disait rien qui vaille sur ce pays.

Les fêtes terminées, il n'eut aucun mal à s'introduire au palais royal. Il détesta d'emblée cette lourde bâtisse, noire et sinistre. Il y faisait un froid de canard. Il traversa des enfilades de salles voûtées, meublées de lourds coffres de bois sculptés, d'immenses candélabres d'argent, de chaises hautes d'un autre âge. L'endroit semblait figé dans une austérité monastique.

On le fit patienter dans une petite pièce sans fenêtres aux murs ornés de peintures religieuses si sombres et affligeantes qu'il en frissonna. La fumée du brasero qui trônait au centre faillit l'asphyxier. Toussant comme un damné, il suivit un domestique et traversa deux salons beaucoup plus accueillants, meublés à la française. Philippe, élevé à Versailles, avait sans doute la nostalgie des décors fastueux de son enfance. À son immense surprise, Baptiste se retrouva dans la chambre à coucher du roi… et de la reine. On disait pourtant que l'étiquette à la Cour d'Espagne, héritée des Habsbourg, était particulièrement rigoureuse et qu'on ne voyait jamais les souverains. Sur le moment, Baptiste trouva cette simplicité touchante. Au moins, à Madrid, le couple royal entretenait une belle et saine entente.

Tous deux partageaient le même lit, la reine occupée à une tapisserie, le roi, entouré de papiers qu'il ne lisait pas. Habillés de leurs chemises de nuit, une couverture les cachait à peine. Baptiste était pétrifié. Il ne savait s'il devait lever les yeux ou continuer à regarder ses chaussures. Une odeur lourde régnait dans la pièce aux rideaux de soie damassée hermétiquement clos. On y sentait le foutre à plein nez. De deux grands pichets s'échappait l'odeur d'un vin chaud fortement aromatisé à la cannelle. La scène avait quelque chose d'étrange, de malsain et Baptiste n'avait qu'une hâte : tourner les talons. Un petit homme en costume d'abbé ne lui en laissa pas le temps. Il s'exclama avec un fort accent italien :

– L'envoyé de notre duchesse rebelle ! Avec des lettres qui nous annoncent sûrement de bonnes nouvelles. À l'heure qu'il est, la France doit être sur le point de se révolter contre son tyran, le Régent, et s'indigner du sort cruel fait à notre cher ambassadeur Cellamare. Bientôt, votre pays sera à feu et à sang, croyez-moi.

Ce ne pouvait être que l'abbé Alberoni, le Premier ministre, dont la duchesse du Maine attendait tant. Petit, frêle, rubicond, les cheveux frisottés, il ressemblait plus à un personnage de comédie qu'à un haut dignitaire.

Ni le roi ni la reine ne réagirent à ses paroles, trop occupés à se parler au creux de l'oreille.

Baptiste lui tendit une liasse de papiers. Le frétillant abbé les prit et les posa sur un guéridon.

– Vous avez fait le bon choix, mon ami, et nous saurons vous en récompenser. Vous êtes l'avant-garde. Nous nous attendons à voir arriver des milliers de vos compatriotes venus se ranger sous la bannière du sauveur de la France. Trouvez un logement en ville, venez au palais tant qu'il vous plaira. J'aurai d'autres missions à vous confier pour attiser la guerre civile qui s'annonce. Que diriez-vous d'être le porteur de brûlots en Bretagne ? À moins que vous ne préfériez prêter main-forte à nos troupes ?

Ces paroles glacèrent Baptiste qui ne sut que répondre. Mettant son silence sur le compte d'un accord, Alberoni poursuivit à voix basse :

– Leurs Majestés vont se préparer pour la messe. Je vous demanderai de bien vouloir nous laisser.

Baptiste obtempéra dans la seconde. Il retraversa au pas de course les galeries et les couloirs, bouscula dans sa hâte quelques personnages vêtus de noir et se retrouva avec un vif soulagement à l'air frais.

Guerre civile ! À feu et à sang ! Ces mots tourbillonnaient dans sa tête. Certes, la duchesse du Maine était véhémente, violente parfois, mais il avait semblé à Baptiste que sa haine se concentrait sur Philippe d'Orléans. Avait-elle songé que ses agissements pussent être funestes pour la France ? Certainement, mais Baptiste n'avait pas voulu l'entendre. Lui, ne voyait que le départ du Régent sans penser aux conséquences. S'était-il laissé entraîner dans une aventure que son pays allait payer chèrement ? Il s'en voulait de son aveuglement. Et ce roi d'Espagne qui lui avait paru un peu étrange… Maladif, courbé, comme rapetissé, le menton en avant, les yeux vagues. Ce qu'on disait de lui était-il vrai ? Qu'il était sujet à de graves crises de ferveur religieuse confinant à la folie. Que sa peur de la mort était telle qu'il refusait de sortir pendant des semaines, restant dans le giron de sa femme. Qu'il passait de périodes d'abattement l'empêchant de gouverner à des moments d'activité frénétique. Il avait, paraît-il, des visions. On racontait qu'une nuit, il n'avait pu se coucher, persuadé que ses draps étaient phosphorescents et qu'il s'agissait d'un message de sa défunte épouse, Marie-Louise, réclamant des messes pour le repos de son âme. Élisabeth Farnèse, sa femme, en fit dire cent cinquante mille. Ou bien qu'il ne voulait porter que des vieux vêtements et refusait d'en changer avant qu'ils soient en charpie. Ses appétits charnels étaient tels qu'il lui arrivait de faire dormir son aumônier dans sa chambre pour se confesser dès l'acte accompli. Baptiste était-il sûr de vouloir servir un homme à l'esprit dérangé ? Il tenta de se ressaisir. Sa première impression était catastrophique, mais peut-être était-elle due à la fatigue du voyage, au dépaysement… Il ne pouvait juger en aussi peu de temps. Il lui fallait tout apprendre sur ce pays qui risquait de devenir le sien pour quelque temps.

Il prit pension dans une auberge fréquentée par des marchands et qui lui avait été recommandée par un Flamand rencontré *Plaza Mayor*. Un midi, alors qu'il ne savait où aller dîner, un géant roux, criblé de taches de rousseur, portant un habit de drap lie-de-vin, à l'accent anglais très prononcé s'approcha de lui :

– Depuis quelques jours, je vous vois bien embarrassé, Monsieur le Français. Vous ne semblez guère vous faire à la détestable habitude espagnole de dîner à trois heures de l'après-midi et de souper à dix. Venez avec moi. Je vais bientôt quitter Madrid. Je pourrai vous enseigner quelques secrets pour que la vie vous soit plus facile. Je me présente : Justin Hollings, de Londres.

Baptiste ne se fit pas prier et suivit le géant débonnaire à travers les ruelles encombrées et malodorantes jouxtant la *Plaza Mayor*. Il s'arrêta devant une maison de la *calle de la Panaderia*. Jamais, Baptiste n'aurait pu deviner qu'il s'agissait d'une taverne. En Espagne, les lieux où l'on pouvait boire n'étaient pas, comme en France, indiqués par de belles enseignes en fer forgé et peintes annonçant *Les Deux Faisans, L'Écu d'Argent* ou *La Pomme de Pin*.

Ils entrèrent et s'attablèrent.

– À cette heure-ci, la seule chose que nous pourrons obtenir c'est du chocolat.

– Ne m'en veuillez pas, je déteste le chocolat, répondit Baptiste.

– Comme c'est étrange ! Tout le monde aime le chocolat ! Vous devez être bien malheureux, ici, où on en boit à toute heure du jour et de la nuit. Quand vous faites une visite, c'est la première chose qu'on vous apporte. Et ne vous avisez pas de le refuser, ce serait très mal vu.

– Je vois bien le contentement qu'il procure à ceux qui le boivent. Je regrette de ne pas l'apprécier et de passer ainsi à côté d'un plaisir.

– Sans compter qu'il est stomachique, cordial, calmant, aphrodisiaque et qu'il guérit la vérole, la goutte, le scorbut.

– Cela ne m'étonne pas. Avec tout ce que les Espagnols mettent dedans! Piment, roses en poudre, cannelle, vanille, noisettes, amandes…

– Sans compter l'ambre et le musc.

Hollings, les yeux brillants, se précipita sur la petite tasse du breuvage noir comme le diable. Baptiste se versa un verre de vin qu'on lui dit venir de la Rioja.

– Je vous envie de quitter Madrid, dit Baptiste.

– Ça ne m'arrange pas. J'ai encore des affaires à traiter. Mais en prévision de la guerre, les Espagnols ont déjà expulsé les consuls et confisqué les biens des marchands anglais ayant pignon sur rue. Je préfère m'éloigner avant qu'on me prenne pour un espion. Mais vous aussi, mon cher ami, vous devriez songer à partir.

Baptiste resta interdit. La guerre! Il n'y avait pas pensé. La déclaration de guerre de la France à l'Espagne avait peut-être déjà eu lieu. Malgré le beau discours tenu par Alberoni, être français ne serait peut-être pas la chose la plus recommandable. À moins de se mettre au service du roi d'Espagne, ce dont Baptiste n'avait aucune envie. S'il ne pouvait retourner en France ni rester en Espagne, où allait-il bien pouvoir aller?

– Cette perspective ne semble pas vous enchanter, remarqua l'Anglais.

– Connaissez-vous le Portugal? Est-ce facile d'y aller? demanda subitement Baptiste.

Hollings éclata d'un rire en cascade.

– Si je connais! J'y passe la moitié de ma vie. Et j'y retourne justement. Faisons la route ensemble. J'adore la compagnie.

Baptiste ne répondit pas. Il ne connaissait pas cet homme. Était-ce raisonnable de partir avec lui? L'Anglais continua :

– Mais avant, je dois passer par Jerez acheter une cargaison de *sack*.

– Du *sack*, qu'est-ce que c'est?

– Mais du vin, voyons, d'où sortez-vous?

– Vous faites le commerce du vin? s'étonna Baptiste.

– Porto, vins de Jerez, de Malaga, ambroisie de Minorque, vins de Bordeaux, de Cognac, oui, mon cher. Cela vous intéresse? Je peux vous vendre les meilleures bouteilles pour votre cave.

– Je suis moi-même négociant en vin mousseux de Champagne.

Hollings émit un sifflement admiratif.

– Me voilà en bonne compagnie. Vous êtes venu passer commande pour Philippe V et son épouse qui ne boivent que ça?

Baptiste sourit. Pour son plus grand malheur, il n'avait livré au roi d'Espagne que les bulles belliqueuses de la pétillante duchesse du Maine.

– Hélas non!

– Vous devriez essayer. Je connais un des maîtres d'hôtel de la reine. Je pourrais vous le faire rencontrer. C'est un Italien. La reine déteste la cuisine espagnole. Alberoni lui fait venir de Parme les jambons, les saucissons et les sucreries dont elle se gave.

Baptiste ne dévoila pas qu'il avait eu accès à la reine elle-même, au sortir de ses ébats avec le roi.

– Alors, c'est d'accord? Nous partons ensemble? Vous connaissez les vins de Jerez?

– J'en ai entendu parler, mais je n'en ai jamais bu. Il m'est arrivé une fois, dans une taverne de la rue Croix-du-Tahoir, de boire du muscat des Canaries.

– Vous verrez, je vais vous faire découvrir des merveilles.

La bonhomie de l'Anglais, son attitude franche et amicale convainquirent Baptiste. Le Portugal ne pouvait être pire que l'Espagne. De Lisbonne, il pourrait embarquer pour la France dès qu'il l'estimerait possible. En attendant, il en profiterait pour nouer des contacts commerciaux sur les conseils de l'Anglais et ferait provision de bouchons de liège qui coûtaient les yeux de la tête à Paris. Finalement, ses affaires ne s'arrangeaient pas si mal.

Il hésita à prévenir Alberoni de son départ. Il n'avait nulle envie de remettre les pieds à l'Alcazar. Surtout, il se sentait délié de son devoir de loyauté envers la duchesse du Maine. Quand il vit des fleurs de lys à côté de l'emblème espagnol sur les nouveaux drapeaux installés en ville, la question ne se posa plus. Il était français et le resterait. Il refit son sac et alla prévenir son nouvel ami. Il était prêt à se lancer sur les routes de la péninsule.

– Vous avez couverts, gobelet, serviettes, broche ? fut la première chose que Hollings lui demanda.

– Bien sûr. Je me suis aperçu à mes dépens que les auberges espagnoles ne les fournissaient pas. J'en ai acheté en route.

– Fort bien. J'ai trouvé une voiture attelée de six bonnes mules. Ça coûte cher, mais nous arriverons à faire nos dix-huit lieues par jour. Avec un peu de chance, nous serons à Jerez dans moins de dix jours.

Hollings l'avait mis en garde, le chemin serait long et difficile. Escarpées, défoncées, étroites, boueuses, les routes étaient épouvantables en Castille. On y risquait sa vie à chaque instant. Lors de son voyage entre Santander et Madrid, Baptiste s'était fort bien entendu avec sa mule, une belle bête à la crinière et la queue tressées, portant fièrement plumet et grelots. Son pied sûr, sa sobriété, sa résistance et son aimable caractère l'avaient agréablement surpris. Les six mules de leur attelage ne lui inspiraient pas la même confiance. Fougueuses, lancées au galop dans les descentes, elles semblaient animées d'une énergie de furies. Le *mayoral*[1] les encourageait de la voix et Baptiste craignait de finir dans un ravin, emporté par ces mules diaboliques. Voir le *zagal*, assistant du *mayoral*, sauter à terre pour enrayer les roues quand la descente devenait trop périlleuse ne le rassurait pas, bien au contraire. Avec son chapeau pointu orné de pompons de soie et son habit de couleurs différentes, il trottait tout autant que les mules, ranimant l'ardeur des paresseuses et châtiant les rebelles.

La voiture n'était pas confortable, au moins avaient-ils de la place malgré les volumineux bagages de Hollings. Petite caisse suspendue par des cordes et arrimée à des roues énormes avec de la sparterie, Baptiste n'avait jamais vu un tel véhicule. Elle lui faisait l'impression d'une casserole attachée à la queue d'une ribambelle de chats sauvages. L'intérieur était tendu de soie rouge effilochée et percé de plusieurs petites fenêtres à des hauteurs différentes.

Ils quittèrent Madrid par une matinée très froide. La neige ralentit leur progression. La beauté sévère des paysages déserts et désolés, l'austérité des lignes plongèrent Baptiste dans de sombres méditations. Il était

1. Cocher.

temps de reprendre sa vie en main. Quoi qu'il en dise, il avait eu une enfance et une adolescence heureuses. Son père, même s'il disparaissait pour de lointains voyages, l'avait toujours entouré d'une chaude affection et lui avait transmis le goût de l'aventure, des idées nouvelles et des lieux inconnus. Il avait bénéficié, tout comme Alixe, de l'attention et des leçons vivifiantes quoique parfois iconoclastes de la Palatine. Quant à Philippe d'Orléans, s'il regardait la vérité en face, il n'avait jamais eu à s'en plaindre. Bien au contraire, il avait toujours bénéficié de sa bienveillance. D'où lui venait ce désir de l'anéantir? Serait-il jaloux d'Alixe au point de lui disputer son amitié avec le Régent? Ou bien, après la disparition de Jean et de leur parrain Audiger, avait-il voulu rester le seul homme comptant pour sa sœur? Ces pensées le bouleversèrent. Il se rendit compte à quel point les querelles avec Alixe étaient mesquines et blessantes. Plutôt que de vouloir la chasser, il aurait dû accepter de partager la boutique. Il avait rendu tout le monde malheureux, lui, Alixe et Élise qui s'entendait si bien avec sa belle-sœur. Il n'était pas trop tard pour changer d'attitude. Il crevait d'envie de leur écrire qu'il regrettait ses erreurs. La vie était trop courte pour ne pas profiter pleinement de ceux qu'on aime.

En traversant les *pueblecitos* de la Mancha, ces hameaux et villages misérables, il prit conscience de la chance qu'il avait eue de manger chaque jour à sa faim, de ne pas souffrir du froid et de vivre à sa guise. À chaque arrêt, ils étaient entourés de mendiants qu'ils avaient le plus grand mal à disperser. De pauvres masures en terre battue entouraient des églises colossales où toutes les richesses du pays semblaient s'être concentrées. Il n'en revenait pas de voir autant de misère dans un pays qu'il croyait riche et puissant. Il s'en ouvrit à Hollings. L'Anglais ne faisait pas grand cas du malheur des Espagnols.

– Évidemment qu'ils sont pauvres ! Tout le pays est dominé par l'Église et les grands ordres religieux. Ils sont comme des serfs. Il n'y en a pas deux sur dix qui soient propriétaires. Ils ne font qu'élever des moutons, leurs *mérinos*. C'est vrai qu'ils font de la bonne laine, mais ça ne suffit pas. Certains Espagnols ne veulent pas voir le déclin de leur pays, lui dit-il. Ils ne supportent pas que toute l'Europe considère l'Espagne comme moribonde après avoir été au faîte de la gloire. Imaginez leur fureur à l'idée que l'Angleterre se soit rendue maître de Gibraltar, il y a quinze ans. Nous ne leur rendrons pas. Ils crèvent de peur que nous nous emparions du commerce avec les Indes. Ils ont raison. Mais, regardez ces routes, on dirait des sentiers de chèvres. Comment voulez-vous que le commerce se développe ? Que font-ils pour cela ? Rien. *Nada.*

Les auberges n'étaient pas en meilleur état, toutes plus inhospitalières les unes que les autres. Ces *posadas*, ou *ventas* quand elles étaient en rase campagne, étaient conçues sur le même modèle : une grande cour entourée de murs et une bâtisse couverte de chaume. Une pièce unique avec en son centre un âtre, une table et des bancs tout autour. On y mourait de froid. N'ayant qu'un trou au plafond pour s'échapper, la fumée se répandait et imprégnait les vêtements d'une odeur de jambon fumé, donnant l'impression d'être un renard qu'on aurait voulu chasser de son terrier. Les chandelles y étaient inconnues. Si on ne s'en était pas muni, on mangeait à la lueur du foyer et on se déshabillait dans le noir.

Baptiste trouva incroyable que les auberges n'offrent pas à manger. En effet, une loi étrange interdisait aux aubergistes de détenir des provisions ; aussi fallait-il arriver avec les ingrédients de son repas. Dans la plupart des cas, on trouvait devant les auberges des étals proposant quelques denrées. À défaut, il fallait envoyer un enfant acheter pain, viande, vin... Hollings préférait se fournir dans les villes traversées auprès de ses marchands attitrés. Le pain y était meilleur que dans les villages où on ne trouvait que des pâtes mal cuites pesant sur l'estomac comme une galette de plomb. Avec l'escopette qu'il gardait sous le siège en cas d'attaque de bandits, l'Anglais s'amusait parfois à tirer une perdrix ou un lapin. Les verdures, les oranges, les melons d'hiver dont ils faisaient provision transformaient la voiture en garde-manger. Ils s'étaient munis d'une marmite avec un couvercle bien ajusté. Quand ils arrivaient à l'étape du jour, ils y mettaient oignons, navets, carottes, laitue, et selon l'approvisionnement du jour : jambon, mouton, bœuf et faisaient cuire leur pot, au feu commun. Ils étaient ainsi assurés d'avoir leur dîner du lendemain. Les délicieuses perdrix rouges, lapins, cailles et poulets étaient réservés au souper. Ils remettaient l'animal à l'hôtesse qui le faisait rôtir sur des tuiles disposées dans la braise. Les grosses pièces de viande étaient suspendues au-dessus du feu par une corde. En les faisant tourner avec la main, elles rôtissaient en douceur. Il arrivait souvent qu'un voisin lorgnât sur leur pitance mais il n'était pas coutume d'échanger ou de partager.

Au début, Baptiste se récria contre cette étrange manière qui leur faisait perdre du temps puis il en vint à l'apprécier. Tout d'abord, les denrées étaient fort bon marché et ils ne payaient qu'un ou deux réaux d'argent par nuit. C'était autant d'épargné sur la somme rondelette remise par la duchesse du Maine. Ensuite, cela évitait d'ingurgiter les préparations douteuses de gargotiers ignares en matière de cuisine et de payer des mets auxquels on ne touchait pas tellement ils étaient mauvais. Comme disait Hollings : « On compte sur rien, alors on ne manque de rien ! Un voyageur avisé arrive toujours à se procurer le nécessaire. » Cette sobriété ne déplaisait pas à Baptiste d'autant que le mouton espagnol était d'une grande délicatesse, les pigeons excellents, les laitues romaines craquantes à souhait. Hollings, le voyant manger avec plaisir des oranges en début de repas, comme c'était la coutume, lui disait que l'Espagne était le paradis des fruits et qu'en été muscat et figues étaient les meilleurs au monde.

Ils achetaient aussi leur vin avec soin. Celui proposé près des *posadas* était la plupart du temps exécrable, conservé dans des outres puantes en peau de bouc ou dans des récipients de cuivre mal étamés susceptibles de vous empoisonner !

Le couchage rudimentaire plaisait moins à Baptiste. À peine si les mules étaient séparées des voyageurs ! Les muletiers qui aimaient leurs bêtes avec passion passaient la nuit avec elles. Les voyageurs les plus pauvres dormaient sur leurs hardes ou par terre sur des nattes. Dans certaines auberges, on pouvait louer autant de matelas qu'on voulait. En les empilant, on arrivait à se faire une couche à peu près confortable. Hollings lui avait dit : « Les draps sont grands comme des serviettes et les serviettes comme des mouchoirs de poche. » Aussi en avaient-ils acheté. Cela ne leur évita pas d'avoir à supporter la vermine qui grouillait dans certaines *posadas*.

Le matin, les voitures se réunissaient pour faire route ensemble dans la crainte des attaques de bandits de grand chemin si fréquentes sur les routes menant en Andalousie. Heureusement, ils n'eurent pas à subir ce genre de mésaventure.

– Patience, patience, disait l'Anglais, nous faisons le plus dur. Quand nous serons en Andalousie, vous découvrirez les arbres couverts d'oranges et de citrons, le soleil et la chaleur.

Baptiste, qui grelottait, ne demandait qu'à le croire. Il lui tardait d'arriver à ce paradis terrestre. Hollings était bavard et, bien souvent, faisait la conversation tout seul.

– Les nobles? Élevés sans soin dans une oisiveté totale. Vaniteux, cupides, incompétents, ils sont la cause de la dilapidation du trésor et de bien des échecs de ce pays. Têtus comme des mules, fermés comme des portes de prison, toujours à comploter, se moquant éperdument du bien général, ils ne veulent pas entendre parler de réformes. C'est une plaie, je vous le dis! Sans compter les gens les plus bas, les plus vils accrochés à leurs basques dans l'espoir d'une gratification.

– Ce n'est pas si différent en France, objecta Baptiste. Ou en Angleterre…

– Vous plaisantez! Ici, c'est bien pire. C'est votre roi Louis XIV qui a donné le conseil à son petit-fils de « préserver toutes les distinctions extérieures dues à leur rang et en même temps de les exclure de toutes les matières dont la connaissance pourrait leur donner part au gouvernement ».

– Une mesure très radicale! Je reconnais bien là la méthode employée par notre ex-souverain pour mettre au pas la grande noblesse et régner en maître, observa Baptiste.

Occupé à mordre dans une orange, l'Anglais ne répondit pas.

– On dit Philippe V très attaché à son épouse, reprit Baptiste.

Hollings gloussa.

– C'est peu de le dire. Il a toujours le nez fourré dans son cul. Il paraît qu'ils passent des jours et des nuits à forniquer. C'était la même chose avec la précédente reine, Marie-Louise de Savoie. Au moins elle était courageuse et le peuple l'aimait bien. La Farnèse ne pense qu'à établir ses enfants. C'est bien pour ça qu'elle pousse son mari à faire la guerre. Elle le tient par les couilles. Elle ne le quitte pas d'une semelle. Il paraît qu'ils ont fait installer leurs chaises percées l'une à côté de l'autre.

Baptiste ne put résister à l'envie de raconter à son compagnon la scène d'intimité à laquelle il avait assisté. Hollings le regarda d'un air méfiant.

– Si vous êtes si proche des souverains, que faites-vous à chevaucher en ma compagnie ? Êtes-vous là pour m'espionner parce que je suis anglais ?

Baptiste le rassura en lui racontant comment il s'était fourvoyé avec la duchesse du Maine.

– Ah ! vous retournez votre veste ! dit l'Anglais en riant.

Devant le regard peu amène que lui lança Baptiste, il ajouta :

– Vous les avez vus : ce sont des pantins ! Ce pauvre roi n'a pas toute sa tête, sa femme pas de cervelle et leur cher Alberoni tire les ficelles. Saviez-vous qu'il est fils de jardinier et qu'il fut sonneur de cloches avant de rentrer comme cuisinier au service du duc de Vendôme ? C'est un rusé renard, un habile parleur et un parfait intrigant. Il se moque des affaires de l'Espagne. Il ne rêve que d'Italie et veut la soustraire de la tutelle de l'Empereur, quitte à propager la guerre dans l'Europe entière.

– Si j'avais su ça avant…, déplora Baptiste.

Hollings émit un petit rire.

– Je m'y connais un peu en politique. Il le faut quand on fait du commerce international. Philippe V veut sa revanche. La perte de tous ses territoires extérieurs après la guerre de Succession représente un tel affront ! Il ne lâchera pas le morceau. C'est un rancunier. Je me réjouis que la France et l'Angleterre soient alliées. Ce n'est pas qu'on aime les Français, on les déteste. Mais les guerres ont déchiré nos pays et ont coûté des fortunes. C'est très mauvais pour le commerce.

– Parfois, la guerre est nécessaire, objecta Baptiste.

– Vous voulez rire ! Elles ne sont dues qu'aux frustrations et aux appétits démesurés de ceux qui nous gouvernent. Ils sont pires que des crocodiles dans un marigot d'Afrique. Voyez notre roi George Ier, plus intéressé par ses terres de Hanovre que par son royaume d'Angleterre. Il pète de peur dès que le tsar Pierre Ier fait mine d'approcher de l'Allemagne.

– Le tsar ? En voilà un qui n'est pas banal. Il est venu en France, il y a deux ans[1]. Ce fut l'enfer sur terre. Avec sa bande de soudards, il souilla tous les lieux où il fut reçu. Avare comme un rat, il ne payait ni les cabaretiers ni les putains dont il faisait grand usage. Le pope qui l'accompagnait buvait dix bouteilles de Champagne par jour. Je sais, c'est moi qui le fournissais. Au bout

---

1. Le tsar Pierre Ier séjourna à Paris de mai à juin 1717.

d'un mois, le tsar est parti furieux contre les Français, disant qu'ils étaient arrogants, discutailleurs, débauchés et frivoles.

Hollings eut un petit sourire en coin.

— Je ne peux pas lui donner complètement tort, mais savez-vous qu'il venait demander au Régent d'abandonner la vieille alliance entre la France et la Suède pour mieux s'accaparer les territoires de la Baltique ? Accéder à son souhait aurait été un camouflet pour George Ier. Le Régent s'en est bien gardé et s'est contenté d'organiser au mieux le séjour de cet hôte encombrant.

— Y a-t-il un pays qui ne soit pas affamé de conquêtes ? demanda Baptiste.

Hollings répondit sans hésiter.

— La Hollande. Pourtant ce fut la plus acharnée dans la lutte contre Louis XIV. Ces guerres incessantes l'ont épuisée et, surtout, elle a vu avec effroi l'Angleterre lui disputer son empire commercial. Parions que dans les années à venir, les Hollandais se tiendront à l'écart des champs de bataille. Ce n'est pas comme l'empereur Charles VI. Toujours à guerroyer celui-là ! Il a la tentation chevillée au corps de rétablir l'Empire tel qu'au temps de Charles-Quint. À sa décharge, il a fort à faire avec les Turcs qui menacent ses frontières en permanence. Qu'il ait accepté de faire partie de la Quadruple Alliance va, tout de même, nous garantir un peu de répit.

— D'après ce que vous me dites, la conclusion de cette alliance relève du miracle.

— C'est le mot qui convient. Avec le travail acharné de quelques diplomates comme votre abbé Dubois et notre ministre Stanhope. Il a tellement couru les routes d'Europe qu'on a fini par le surnommer le Juif errant.

– Et c'est la seule chance d'avoir la paix ?

– À condition que Philippe V, la Farnèse et Alberoni cessent de faire les marioles, conclut l'Anglais dans un soupir.

Ils étaient passés par Tolède, Ciudad Real, Puertollano. Après quarante lieues à travers une *sierra* aride, sans arbres, inhospitalière en diable, ils pénétrèrent en Andalousie. Ce fut un choc pour Baptiste. Il se crut arrivé dans le jardin des fées. Une délicate marqueterie de vergers d'orangers et de citronniers, de champs d'oliviers, de potagers s'offrait à ses yeux. L'air, parfumé d'effluves d'agrumes, devint aussi doux que les caresses d'une vierge. Les paysages, parés d'un halo vaporeux, invitaient à la douceur et aux plaisirs des sens.

Insensible aux émotions de Baptiste, Hollings fit forcer l'allure des mules. Ils frôlèrent plusieurs fois l'accident, leur voiture manquant verser. C'est à peine si Baptiste put apercevoir la *Mezquita*, une ancienne mosquée érigée par les Arabes, transformée en cathédrale. Ils arrivèrent à Séville au soleil couchant, les murailles de la ville éclairées d'une lumière fauve et violette.

Située à la lisière de l'ancien quartier juif de Santa Cruz, l'auberge était parfaite, avec de vraies chambres quoique très petites et des fenêtres d'où l'on voyait les murailles de l'Alcazar, l'ancien palais des rois maures[1]. Hollings proposa de profiter des dernières lueurs du jour pour se promener dans les rues de la ville. Baptiste, pourtant mort de faim et recru de fatigue, accepta volontiers. Cette ville lui semblait parée de tous les charmes. Les maisons, blanchies à la chaux, ne dépas-

1. Complètement reconstruit par le roi catholique Pierre le Cruel qui fit appel, en 1364, aux artisans maures de Tolède et Cordoue.

saient pas trois ou quatre étages mais presque toutes possédaient des patios, charmants jardinets qu'on pouvait apercevoir à travers les grilles de fer ouvragé. Devant l'intérêt de Baptiste pour cet univers végétal, Hollings l'emmena dans les jardins de l'Alcazar. Il fut subjugué. Lui, qui connaissait par cœur le parc du château de Versailles, n'en revenait pas de tant de grâce et d'harmonie. Les terrasses, les jets d'eau, les bassins en marbre, les céramiques, les plantes foisonnantes, tout concourait à la paix de l'âme et à son élévation. À cet instant, il comprit le désir d'exploration qui avait animé son père. Baptiste lui avait souvent reproché de les laisser seuls de longs mois, Alixe et lui. À la vue de ces merveilles, comment ne pas désirer partir à la rencontre des incroyables prodiges accomplis par la nature et les hommes?

Hollings lui promit d'aller faire un tour, le lendemain matin, au bord du Guadalquivir, l'*oued-el-kebir* des Arabes qui avaient régné sur l'Andalousie pendant des siècles[1]. Ils iraient voir la *Torre del Oro*, où était enfermé l'or des Amériques, puis ils graviraient la *Giralda*, l'imposant minaret de l'ancienne mosquée devenu clocher de la cathédrale.

Ils n'avaient pas fait quinze pas en direction du *Corral de los Naranjos*[2] que trois bandits fondirent sur eux les menaçant d'un grand coutelas. Hollings, sans mot dire, posa sur le sol l'argent des courses et retournant ses poches montra aux voleurs qu'il n'avait rien de plus. Il invita Baptiste à l'imiter. Des pas lourds se

1. De 711 à 1492.
2. Cour des Oranges, jouxtant l'Alcazar, ancien lieu de rassemblement des brigands.

firent entendre et apparurent six soldats. Les brigands prirent la fuite.

– *Hemos llegado a tiempo de salvarles*, déclara l'*alguacil* qui les commandait.

– Il dit qu'ils sont arrivés à temps pour nous sauver, traduisit Hollings.

– *¡Ah! ¡Ah! ¡Son extranjeros! Enséñemme sus salvoconductos.*

Hollings extirpa d'une poche profonde ses papiers et demanda à Baptiste de faire de même.

– *¡Ah! ¡Ah! Inglés y Francés! Esta no es la ruta para volver a su país. Debo informar a mis superiores, no vayan a ser espías. ¡Sigamme!*

Baptiste fit signe à son compagnon qu'il n'avait pas besoin de traduction : ce n'était pas le chemin pour rentrer chez eux et il devait en référer à ses supérieurs, des fois qu'ils soient des espions. Hollings tenta d'offrir à l'*alguacil* une belle somme d'argent. Il le prit très mal. C'était bien leur chance de tomber sur le seul gendarme incorruptible d'Espagne. Sur le chemin de la prison de Séville, Baptiste songeait à sa famille avec inquiétude. Allaient-ils bien ? Quand allait-il avoir de leurs nouvelles ? Que se passait-il à Paris ?

14

Alixe eut la surprise de trouver la porte d'Honoré grande ouverte. Elle pénétra dans le grenier et appela d'une voix forte :

– Honoré ! Tu es là ?

Il faisait presque nuit. Aucune chandelle ne brillait. Il était trop tôt pour qu'il fût allé au Palais-Royal. Seule une forte odeur de parfum témoignait qu'il avait dû passer un bon moment à étudier son sujet favori. Alixe était furieuse. S'il avait des choses si importantes à lui dire, il aurait pu l'attendre. Elle s'apprêtait à rebrousser chemin quand elle crut apercevoir, derrière la paillasse, une forme allongée. Son sang se glaça, elle s'approcha avec appréhension et découvrit le corps d'Honoré, baignant dans son sang. Elle s'agenouilla, saisit sa main qu'elle laissa tomber aussitôt, horrifiée de toucher le cadavre de son ami. Honoré avait les yeux grands ouverts. Les taches de sang sur son habit montraient qu'il avait été poignardé en plein cœur. Épouvantée, Alixe ne savait que faire. L'assassin était peut-être encore là, caché dans l'ombre. Elle scruta la pièce, tendit l'oreille. Seuls lui parvinrent les battements de son cœur. Elle sentait confusément le danger, mais ne pouvait se résoudre à laisser Honoré. Il était mort par sa faute. Elle l'avait entraîné dans sa quête et c'est lui qu'on assassinait.

Pour qu'il ne lui révèle pas ce qu'il avait découvert. Un sentiment de désolation la submergea. Honoré, son ami, l'être le plus gentil que la Terre ait porté, lui qui était à deux doigts de réaliser son rêve de champs de fleurs à parfum, elle l'avait condamné à mort. Elle lui ferma doucement les yeux et resta à ses côtés, le cœur brisé. Aucune prière ne vint à ses lèvres. Elle souhaita juste à cette âme pure dont l'écorce charnelle avait été si souvent souillée d'être accueillie au paradis des jardiniers.

Toujours agenouillée aux côtés d'Honoré, elle remarqua une dizaine de petits flacons brisés. Sur leurs étiquettes, elle reconnut l'écriture d'Élise. Sa belle-sœur avait coutume d'offrir à Honoré ses dernières créations de parfum. Mais pourquoi les fioles étaient-elles cassées ? Y avait-il eu bagarre ? Rien d'autre dans la pièce ne l'indiquait. Alixe remarqua qu'une étiquette était écrite à l'encre rouge. Elle s'en saisit et lut *Arsenic*, de cette belle calligraphie propre à Élise. Qu'elle possède ce produit souverain pour lutter contre les rats n'avait rien d'anormal. Qu'elle en donne à Honoré pour chasser les rongeurs de son grenier pouvait aussi se concevoir. Les pensées d'Alixe s'emballèrent. Dans les soupers, personne n'était plus proche du Régent qu'Honoré. Il aurait pu sans problème verser le poison dans la bouteille ou le verre de mousseux. Si l'arsenic avait été fourni par Élise, cela signifiait que Baptiste était coupable et Élise probablement complice. Alixe se sentit entraînée vers un nouvel abîme. Elle tenta de calmer l'affolement de son cœur, respira profondément et se releva. Elle se souvint du message d'Honoré transmis par Francesco la mettant en garde contre son entourage proche. Le Mirabalais faisait-il allusion à Élise ? Mais s'il était lui-même coupable, cela n'avait aucun sens.

Elle regarda attentivement les flacons. Leur disposition était étrange, comme arrangée par une main voulant les mettre en évidence. L'idée s'imposa à elle : par cette mise en scène, on voulait faire croire qu'Honoré nourrissait des desseins criminels. Qui ? Alixe était bien incapable de l'imaginer. Sa décision fut prise en un instant. Elle saisit le drap du lit, y fourra les débris de verre et le noua. Une intense frayeur s'empara d'elle et, après un dernier regard pour Honoré, elle s'enfuit.

Il lui fallait prévenir les services de police. Les liens d'Honoré avec le Régent feraient qu'une enquête approfondie serait diligentée. Les flacons brisés conduiraient immédiatement à Élise et le cauchemar recommencerait. Alixe refusait de croire à la culpabilité d'Honoré. Sincèrement attaché au Régent, celui-ci le traitait avec beaucoup de bienveillance. Élise, quant à elle, aurait pu agir sur ordre de Baptiste, mais elle avait toujours été incapable de mentir. Dès qu'elle s'y risquait, ses joues enflammées la dénonçaient. Alixe ne pouvait croire qu'elle lui jouât la comédie depuis près de deux mois.

Elle courut jusque chez elle, se retournant à plusieurs reprises dans la crainte d'être suivie. Le martèlement de sa course résonnait dans sa tête en feu, les larmes l'aveuglaient. Les passants se retournaient sur cette femme en pleurs courant à perdre haleine, un baluchon à son bras. Certains s'écartèrent de son chemin, craignant quelque geste fou de sa part. Elle poussa la porte, la referma, donna deux tours de clé et s'affaissa sur les premières marches de l'escalier. Il lui fallait réfléchir et surtout éviter que Francesco, Élise ou quelqu'un d'autre la vît dans cet état. Peine perdue ! Trescoat devait la guetter car, alors qu'elle montait l'escalier sur la pointe des pieds, la porte de la cuisine s'ouvrit en grand. Il poussa un cri horrifié.

– Mon Dieu ! Tu es blessée !

Alixe baissa les yeux sur sa robe et vit qu'elle était tachée de sang.

– Allongez-la, hurla Élise. Laissez-moi lui enlever sa cape.

Trescoat se précipita, aida Élise à défaire les liens de cuir du vêtement. Alixe, épuisée, se laissait faire. Francesco, alerté par les cris, entra dans la pièce.

– Alixe, dis-nous ce qui s'est passé, la supplia Trescoat.

Élise voulait à toute force la déshabiller pour vérifier qu'elle n'était pas blessée. Alixe fit un petit signe de la main indiquant que tout allait bien.

Francesco s'était approché d'elle. Il lui prit la main avec douceur et déclara :

– Elle a subi un grand choc. Laissez-la reprendre ses esprits.

Un flot continu de larmes coulait sur ses joues sans qu'elle fasse un geste pour les arrêter. Francesco sortit son mouchoir et voulut les essuyer. Elle l'en empêcha. L'avertissement d'Honoré, « méfie-toi de tes proches », dansait dans sa tête. Elle ne pouvait leur cacher la mort du Mirabalais, mais elle sentait confusément qu'il lui fallait faire preuve de prudence. Tous faisaient cercle autour d'elle. Elle voyait leurs visages anxieux.

– Honoré est mort. On l'a assassiné, déclara-t-elle d'une voix tremblante.

Tous se figèrent, comme frappés par la foudre. Malgré son profond désarroi, Alixe observait leurs réactions. Élise, prise de faiblesse, se raccrocha à la table et, les yeux clos, émit un gémissement sourd et poignant. Francesco resta bouché bée, puis se mit à jurer en italien. Trescoat, lui sembla-t-il, avait fait un signe de croix et fermé les yeux. Il fut le premier à prendre la parole :

– C'est un bien grand malheur. Honoré était un bon compagnon. Il nous manquera à tous. Alixe, peux-tu nous dire ce qui s'est passé ?

D'une voix entrecoupée de sanglots, elle entreprit de raconter sa macabre découverte. Elle s'abstint de parler des flacons brisés.

– As-tu prévenu les agents du guet ? demanda Trescoat.

– Je me proposais d'y aller.

– Le mieux serait peut-être de ne rien faire, suggéra le Breton.

– Mais je ne peux pas laisser Honoré comme ça ! Il nous faut veiller son corps.

– On ne te laissera pas faire. Il va y avoir une enquête. Tu seras exposée à de longs et pénibles interrogatoires. Ton malheur est assez grand comme ça. Et ça ne le fera pas revenir. Il aurait détesté te causer ce genre d'ennuis.

Un murmure d'approbation salua les paroles de Trescoat. Alixe lui était reconnaissante de songer à sa douleur et de vouloir lui éviter des démêlés avec la police. D'autant qu'on lui demanderait certainement de retourner sur les lieux et cette perspective lui faisait horreur.

– On pourrait faire parvenir un message anonyme au commissaire au Châtelet du quartier, continua le Breton. Alixe a raison, le corps d'Honoré ne peut pas rester dans ce grenier. Quand la police l'aura découvert, nous pourrons faire en sorte qu'il soit enterré dignement.

Alixe n'était pas convaincue. Elle avait le sentiment de déshonorer son ami en le laissant seul dans son grenier.

Trescoat lui demanda :

— Es-tu sûre de n'avoir rencontré personne dans la maison d'Honoré? Il ne faudrait pas que quelqu'un t'ait vue. Tu serais alors dans de beaux draps.

À ces paroles, Alixe s'assura que le baluchon était bien à ses pieds. Elle avait des choses à cacher à la police. Si elle était bien meilleure menteuse qu'Élise, elle n'était pas sûre de ne pas se trahir.

— Cet immeuble appartient à la comtesse de Milne qui ne vient à Paris qu'une fois par an. Honoré est le seul occupant. Je suis entrée et sortie par le jardin. Je suis certaine que personne ne m'a vue.

Elle se souvint de sa peur d'être suivie et ajouta :

— À moins que l'assassin n'ait été encore là…

Trescoat finissait d'écrire le message au commissaire quand la porte s'ouvrit sur Massialot arborant un large sourire :

— Vous en faites une tête d'enterrement. Je vous croyais…

— Honoré est mort, assassiné, l'interrompit Élise d'une voix stridente.

Alixe profita de ce moment pour saisir le baluchon et s'éclipser. Elle monta dans sa chambre pour le cacher. En frissonnant, elle s'aperçut que le drap était taché du sang d'Honoré. Elle l'enfouit parmi ses châles d'indienne, sachant qu'elle ne les porterait plus jamais.

Le lendemain, des agents du guet se rendirent rue de Richelieu et découvrirent le corps d'Honoré. Comme on pouvait s'y attendre, l'affaire fit grand bruit. L'assassinat ne faisait aucun doute. On ne connaissait aucun ennemi au Mirabalais. L'éventualité d'une vengeance d'un mari « jaloux » fut brièvement évoquée. Dresser la liste des femmes avec qui Honoré avait eu un commerce charnel aurait emmené les services de police sur des terrains qu'ils ne souhaitaient pas aborder.

Depuis quelque temps, les meurtres avaient tendance à se multiplier dans le centre de Paris. En un mois, dix corps sans vie avaient été trouvés dans les rues. La police n'avait eu aucun mal à résoudre ces affaires : toutes les victimes étaient en route pour l'hôtel de Mesmes afin d'échanger leur bel et bon or contre le papier-monnaie de Law. Honoré ne fréquentait pas la Banque Royale et ses économies étaient à l'abri, au Palais-Royal. Ce ne pouvait être, non plus, le crime d'un rôdeur. La maison de Madame de Milne était vide. Quand la comtesse venait à Paris, elle voyageait avec ses meubles. Un voleur n'aurait rien trouvé et ne se serait pas aventuré au grenier.

Le Régent insista pour que l'enquête se poursuive jusqu'à ce que le coupable fut démasqué. Alixe fut brièvement interrogée. Elle confirma qu'elle entretenait des liens d'amitié avec Honoré et qu'elle ne voyait vraiment pas qui avait pu commettre ce crime odieux. Philippe fit organiser une belle cérémonie d'enterrement.

Alixe avait fait parvenir un message à Marivaux lui demandant de la retrouver au Procope.

Elle prit soin de choisir une table isolée entre les grandes fenêtres donnant sur la rue Mazarine.

– Monsieur de Marivaux, j'ai besoin de votre aide.

– Elle vous est acquise.

– La mort d'Honoré est un fardeau trop lourd pour moi. Mais sachez que ce que je vais vous dire risque de vous mettre en danger.

– L'amitié et la loyauté sont des devoirs sacrés. J'en accepte les conséquences.

Alixe baissa la voix et jeta un regard circulaire pour s'assurer que ne traînait aucune oreille indiscrète. Elle lui conta toute l'histoire. À la fin de son récit, Marivaux commanda une nouvelle cafetière et se tut jusqu'à ce qu'on lui apporte.

– Je vous remercie de votre confiance, Alixe.

– Je suis soulagée de partager ces secrets. Vous qui avez le don d'observation, que pensez-vous de ceux qui m'entourent ?

Marivaux prit le temps d'avaler quelques gorgées de café odorant.

– Pouvez-vous me décrire aussi fidèlement que possible les réactions de chacun à l'annonce de la mort d'Honoré ?

Fermant les yeux par instant pour se remémorer la scène, Alixe lui en fit le récit. Marivaux l'écoutait attentivement. Il se passa plusieurs fois la main dans les cheveux avant de déclarer :

– Ce que je vais vous dire ne sont que sentiments d'écrivain. Élise me semble trop émotive pour se livrer à des actes criminels. Et quels pourraient être ses motifs ? Elle ne partage pas l'aversion de votre frère pour le Régent. Elle n'est pas de ces personnes sans cervelle, suivant aveuglément les ordres de leurs maris. Elle sait lui tenir tête.

– Votre avis confirme le mien.

– Francesco ne peut être suspecté.

– Mais il était au service de l'ambassade d'Espagne…

– Laissez-moi finir ! Il ne reste à Paris que par amour pour vous.

Alixe s'agita sur sa chaise.

– La politique l'indiffère et il n'y comprend pas grand-chose, continua Marivaux. Il est beaucoup plus à l'aise quand il s'agit de trancher des poulets.

– Vous voyez bien, il sait manier les couteaux…

– L'expression était malheureuse, oubliez-la. Réfléchissez : il s'est totalement disculpé en vous transmettant le message d'Honoré vous conseillant de vous méfier de vos proches.

– À moins que ce ne soit que pour mieux me tromper…

Marivaux manifesta une légère impatience en tapotant la table avec sa cuillère.

– En vérité, il se voit comme le preux chevalier vous gardant de tous les dangers. Hélas, il n'y arrive guère. Les malheurs continuent à s'abattre sur vous. Il agite ses cuillères en bois, remue bruyamment ses casseroles, mais rien n'y fait, les menaces ne reculent pas. Il avait développé une certaine jalousie vis-à-vis d'Honoré qui bénéficiait de toute votre confiance.

– Il venait coller son oreille contre la porte quand Honoré et moi, nous nous enfermions ensemble.

– Malheureusement pour lui, il a dû, très vite, affronter un rival ô combien plus redoutable en la personne de Trescoat. Ça le rend fou de vous voir dans ses bras.

Alixe haussa les épaules et déclara :

– Monsieur de Trescoat m'aide à supporter ces moments difficiles.

– Justement, votre Breton…

– Il n'avait aucun grief contre Honoré, le coupa Alixe. Vous ne pouvez le soupçonner.

– J'entends bien. Mais j'ai le sentiment qu'en voulant vous protéger, il cherchait à se protéger lui-même.

– Je ne comprends pas.

– C'est juste une impression, s'empressa d'ajouter Marivaux. Sa hâte à vouloir vous éviter une confrontation avec la police me gêne un peu.

– C'était pour me protéger, vous l'avez dit vous-même, s'écria Alixe avec véhémence.

Quelques têtes se tournèrent vers leur table et elle s'empressa de piquer du nez dans sa tasse de chocolat.

– Peut-être était-ce aussi pour ne pas avoir à leur parler. Êtes-vous sûre qu'il n'a rien à se reprocher ?

Alixe le mit brièvement au courant des raisons de la présence de Trescoat à Paris. L'étonnement se lut sur le visage de Marivaux. Il émit un petit sifflement avant de s'exclamer :

– Mais il a toutes les raisons d'en vouloir à mort au Régent.

Affolée, Alixe lui fit signe de parler moins fort.

– N'avez-vous jamais pensé qu'il souhaitât se venger ? poursuivit-il. C'est d'habitude ce que fait un mari cocu.

– Bien sûr, cette idée m'a effleurée. Surtout au moment de l'empoisonnement de Catarina. Il venait d'arriver dans l'entourage du Régent et aurait fort bien pu verser le poison. S'il voulait s'en prendre au Régent, il a eu, depuis, mille occasions et rien ne s'est passé.

– C'est exact, acquiesça Marivaux. Il n'en reste pas moins qu'il a parfois une attitude étrange. Je le trouve même de plus en plus soucieux.

– Comment voulez-vous que la situation ne lui pèse pas avec Richelieu lui dictant sa conduite ? Il a failli rentrer en Bretagne et pour mon plus grand bonheur, il ne l'a pas fait. Mais je sais que notre liaison hors mariage le rend mal à l'aise.

Marivaux haussa les sourcils, mais ne fit pas de commentaire. Son attention fut attirée par un homme qui lui faisait de grands signes.

– Oh ! mon ami Watteau. Veuillez m'excuser quelques instants, Alixe, je vais aller le saluer.

Quand il revint, la jeune femme, perdue dans ses pensées, regardait par la fenêtre.

– Je me fais du souci pour vous. Les révélations que devait vous faire Honoré laissent penser qu'un nouveau drame est imminent. Il vous faut être très prudente. L'assassin sait que vous êtes sur sa piste. Il peut essayer de vous éliminer.

Alixe laissa tomber sa petite cuillère sur la nappe. Marivaux mit sa main sur la sienne.

– Je ne peux pas remplacer Honoré dans son rôle d'espion, mais je peux ouvrir l'œil et tendre l'oreille dans les lieux que je fréquente. Il se dit beaucoup de choses dans les cafés et j'y passe une bonne partie de ma vie. Je viendrai vous voir tous les jours, ne serait-ce que pour vous tirer un petit sourire en vous lisant quelques vers.

Cet entretien réconforta Alixe. Au moins, avait-elle pu partager ses doutes et ses inquiétudes. La vie continuait. Sans Honoré. À l'Opéra, il y avait bal trois fois par semaine. *Œdipe* de Voltaire fut joué chez le roi dans une version corrigée. Quatre jours plus tard, le petit Louis fêta son dixième anniversaire et il y eut le soir une comédie italienne où il se divertit fort. Le Régent interdit le *biribi*[1] partout même chez la duchesse de Berry et au Palais-Royal. Son épouse, la chère Lucifer, aimait tellement ce jeu qu'elle obtint d'avoir un petit *biribi* dans sa maison de Bagnolet. La Palatine était si enrhumée qu'elle ne put sortir pendant près d'une semaine. On permit à Monsieur de Pompadour de se promener dans la Bastille. On crut quelques jours à l'assassinat du roi de Pologne, mais la nouvelle se révéla fausse. Le roi de Prusse fit arrêter plusieurs personnes de sa cour qui avaient conspiré contre lui. Des canalisations ayant éclaté et répandu une terrible puanteur dans ses appartements, la duchesse de Berry avait fui le palais du Luxembourg pour se réfugier au château de la Muette. La guerre avec l'Espagne se préparait sans hâte. Les premières opérations ne commenceraient pas avant le printemps.

Mais plus que tout, la folie s'emparait de la Banque Royale. À tel point qu'elle envisageait de déménager dans des locaux plus vastes, rue Quincampoix. L'euphorie s'emparait de tous les Parisiens, de la petite chapelière au grand seigneur.

Massialot ne comprenait pas pourquoi Marivaux passait autant de temps à la boutique d'Alixe et vint le relancer en lui agitant sous le nez ses premiers billets de cinq cents livres.

— Depuis le 27 décembre, seuls l'or et les billets sont acceptés pour les achats importants. Tu ne peux pas passer à côté de ça !

— Je n'ai pas de gros achat prévu…

1. Sorte de loterie à choix multiple.

– Comme tu voudras! Tu devrais tout de même t'intéresser au rachat de la Compagnie du Sénégal par la Compagnie d'Occident de Law.

– Que veux-tu que cela me fasse?

– Beaucoup d'argent! Cela va permettre de se livrer à un commerce très intelligent qu'on appelle triangulaire. On vend en Afrique des fusils, de la poudre, de la pacotille, de la verroterie contre des esclaves qu'on transporte dans la Caraïbe. Les bateaux reviennent chargés de sucre, d'indigo. C'est tout bénéfice! Il est aussi question de racheter la Compagnie des Indes orientales et la Compagnie de Chine.

– Les Messieurs de Saint-Malo ne voudront jamais, s'exclama Trescoat qui s'était rapproché d'eux. Ce serait sonner le glas de leur commerce.

– Ils finiront bien par céder, répliqua Massialot d'un ton léger. Ce sera la plus grande compagnie maritime.

– Ridicule! rétorqua Trescoat. Elle ne pourra même pas aligner vingt navires alors que les Anglais et les Hollandais en ont des centaines.

Massialot le toisa avec mépris.

– Le monde est à nous! Porcelaines de Chine, soies du Japon, montagnes d'or, d'argent et de cuivre du Mississippi… Si vous n'en voulez pas, nous nous en contenterons.

Alixe dut intervenir. Moins que jamais, elle ne voulait sous son toit des disputes sur les meilleurs moyens de s'enrichir. Elle rappela à Massialot qu'il devait préparer un souper espagnol. Elle ignorait tout de cette cuisine et comptait sur lui pour l'aider. Et ajouta que ces histoires d'argent lui tournaient la tête. C'était pitié de ne plus entendre parler que de ça dans tout Paris. Le cuisinier maugréa. Il n'en savait pas plus qu'elle sur la cuisine ibérique. Le ton montait. Alixe était au bord des larmes. Francesco toussota et déclara :

– Je la connais, moi, cette cuisine. N'oubliez pas que j'ai servi à l'ambassade d'Espagne. Et dans le livre de mon père, bon nombre des recettes sont intitulées « à l'espagnole ».

– Le Régent a déjà eu un repas napolitain, glapit Alixe.

– Laisse-moi finir, tête de mule ! Je connais le livre de Montino, un Espagnol du siècle dernier, cuisinier à la cour de Philippe II.

– Encore des horreurs gothiques ! s'étrangla Massialot.

– Vous êtes impossibles, vous les Français. Je voulais vous aider. Débrouillez-vous tout seuls !

Massialot le rattrapa par le bras avant qu'il ne quittât la pièce.

– Attends, attends ! Ce n'est peut-être pas si idiot. Pendant la guerre de la Succession d'Espagne, Philippe avait tenu garnison à Valence et Saragosse. Il avait beaucoup aimé la cuisine espagnole et s'y était même essayé. Ça lui rappellera sa jeunesse. Francesco, tu n'as plus qu'à trouver ce livre.

Le Napolitain le regarda d'un œil noir.

– Je l'ai avec moi, de même que les vôtres qui ne me quittent jamais. Si vous vous conduisez comme des tyrans, je n'en reconnais pas moins que vous êtes les plus avancés dans l'art culinaire.

Massialot se rengorgea sous l'effet du compliment. Alixe le soupçonnait d'avoir si vite donné raison à Francesco pour avoir le moins possible à s'occuper du souper. Vu les circonstances, cela lui importait peu.

Elle remercia chaleureusement Francesco de leur tirer une nouvelle épine du pied.

Pourtant, les mêmes conflits qui avaient opposé les trois cuisiniers lors de la préparation du souper resurgirent de plus belle. Montino avait écrit son livre en 1611, période où la cuisine ne pouvait être qu'exécrable, aux yeux d'Alixe et de Massialot.

Ils décidèrent d'essayer les différents plats avant de les mettre au menu du souper. Quand Francesco proposa à Alixe de faire un lapin mouillé, elle s'insurgea :

– Qu'est-ce que c'est que cette horreur ?

– Ma traduction n'est peut-être pas bonne. Il s'agit de *conejos en mollo*. *Conejo*, c'est le lapin, *mollo*, je ne sais pas.

Alixe soupira et suivit les indications de Francesco. Cela allait être le plus mauvais souper qu'elle ait jamais servi. Elle découpa un lapin en morceaux, les fit revenir avec de l'oignon haché. Elle rajouta du poivre, de la noix muscade, du gingembre et du bouillon. Elle laissa mijoter et, avant la fin de la cuisson, ajouta une pointe de safran et un peu de vinaigre. Quand elle s'apprêta à goûter, elle avait déjà le nez froncé de dégoût. Curieusement, la sauce lui sembla excellente. Elle se servit un morceau de viande qu'elle dégusta avec un plaisir évident sous l'œil goguenard de Francesco. Le deuxième plat, du veau mariné dans du vinaigre avec de l'ail et de l'origan servi avec une sauce à la roquette, lui parut tout bonnement sublime[1]. Francesco exultait. Quand elle en parla à Massialot, il la regarda d'un drôle d'air comme si elle venait de lui avouer qu'elle mangeait du serpent au déjeuner.

1. Recette page 344.

– Mange ce que tu veux, mais, je t'en supplie, n'essaye pas de me convaincre.

Alixe n'insista pas. Massialot se mura dans un silence lourd de reproches. Il regardait Francesco et Alixe travailler, consultant sa montre tous les quarts d'heure. Quand le Napolitain voulut inclure dans le menu un plat de blanc-manger, il poussa un hurlement de bête blessée, prit sa veste et sur le pas de la porte, vociféra :

– Ça jamais ! Vous m'entendez, jamais ! Vous vous croyez à la cour de François Ier ? C'est la honte suprême. Je préfère me retirer plutôt que participer à une telle mascarade.

Alixe ne le retint pas et, pour la première fois depuis bien longtemps, éclata de rire. Francesco, gagné par l'hilarité, la prit par le bras et la fit tournoyer en chantant :

Honte à vous
De telles ragougnasses
Vouloir me régaler
Chez Monsieur Law[1]
Je préfère aller dîner
Honte à vous

La préparation du souper espagnol aurait au moins eu cette vertu : la libérer quelques instants de ses mornes pensées et lui faire oublier les dangers qui rôdaient. Pour une fois, le rire de Francesco, son entrain, sa bonne humeur, sa présence, son soutien n'étaient pas si inopportuns.

1. Law se prononçait « Lass ».

15

– Vous voyez les dégâts de la guerre sur le commerce, pestait Hollings. Nous devrions déjà être à Jerez. Plutôt que de faire notre fortune et celle des vignerons espagnols, nous voilà en prison. C'est toujours la même chose. Les petits payent pour l'appétit de pouvoir des grands.

Ils étaient enfermés depuis deux jours dans la grande prison de Séville, *calle Sierpes*. Contre un bon paquet de réaux, ils avaient obtenu de partager une minuscule cellule nauséabonde. Au moins n'avaient-ils pas à subir la promiscuité des voleurs et assassins peuplant ce cloaque. D'après Hollings, ils seraient dehors dans peu de temps. Baptiste était beaucoup moins optimiste. Croupir dans une geôle du pays qui devait l'accueillir était un comble. Il le supportait très mal. Voyant son compagnon sombrer dans la morosité, l'Anglais s'employa à le distraire en lui racontant ce qui l'avait amené au commerce des vins.

– J'ai commencé en 1697. Pour le plus grand bonheur des Anglais, le roi Guillaume III venait de mettre fin à l'interdit qui frappait le commerce des vins français. Je ne vous raconte pas le soulagement ! Une complainte « À la recherche du claret perdu » circulait dans les rues de Londres disant la tristesse et le dépit des buveurs.

– C'est vrai que vous n'avez pas de vignes…

– Sauf quand nous étions propriétaires de la Guyenne, mais c'est de l'histoire ancienne. Nous n'avons jamais cessé d'aimer le vin de cette belle province. Depuis quelques années, il s'y passe des choses passionnantes. Connaissez-vous le Haut-Brion ?

– Le Ho Brian ? Jamais entendu parlé…

– Il se vend plus de sept cents livres le tonneau à Londres. J'en ai même vu un s'arracher à deux mille livres.

Baptiste fit des yeux ronds.

– Pourtant, je peux vous assurer que dans ce coin appelé Graves, au sud de Bordeaux, les vignes poussent sur de très mauvaises terres. Que du sable blanc mélangé à du gravier.

– Vous buvez donc du mauvais vin, persifla Baptiste.

– N'en croyez rien. Le propriétaire du Haut-Brion, Arnaud de Pontac, un homme très riche, président du Parlement de Bordeaux, a envoyé son fils ouvrir une luxueuse taverne à Londres dans les années 1660. Au Pontack's, on dîne pour deux guinées et la bouteille de Haut-Brion vaut trois fois plus que n'importe quel autre vin. Tous les gens huppés de Londres s'y précipitent : Daniel Defoë, Jonathan Swift, John Locke… Swift a même déclaré que « *le vin devrait être mangé car trop bon pour être bu* ».

– La mode et le prix ne font pas forcément un bon vin. Qu'a-t-il de si extraordinaire ? rétorqua Baptiste.

– Profond, puissant, velouté, suave. Une belle couleur sombre et brillante. Une saveur qui vous reste dans la bouche.

– Et quel est le secret de ce Pontac ?

– Il privilégie la qualité sur la quantité. Il élimine les grains pourris, fait presser et non fouler son raisin, utilise des fûts neufs et pratique l'ouillage[1].

Baptiste en oubliait les quatre murs de sa prison. Suspendu aux lèvres de Hollings, il demanda :

– Mais vous disiez que cette région n'est pas terre de vignes ?

– Elle l'est devenue ! Couverte de forêts et de marécages assainis il n'y a pas plus d'un siècle par des Hollandais. Ils s'y connaissent dans ce genre de tâches. Votre roi Henri IV les ayant exemptés de taxe pour obtenir la nationalité française, beaucoup s'y installèrent. Ils plantèrent des vignes à la manière dont ils cultivent leurs polders : en lignes régulières ce qui permet de faire passer une charrue et facilite le travail.

– Donc, Pontac n'est pas le seul à produire du vin ?

– Bien sûr que non ! Le succès de son domaine des Graves incita d'autres gens de robe de Bordeaux à investir dans des domaines que la vieille noblesse leur céda pour des bouchées de pain, tellement les terres leur paraissaient ingrates. Dans le Médoc, par exemple, la famille Daulède possède de très beaux domaines à Margaux. Et il va falloir compter avec un petit jeune d'à peine vingt-cinq ans, le marquis de Ségur. Héritier par son père du Château Lafite et par sa mère du Château Latour, il vient d'acheter le domaine de Mouton. Il a l'air de vouloir y faire de grandes choses[2].

---

1. Ajouts périodiques de vin pour qu'il reste à son niveau maximal dans les fûts, ce qui évite qu'il tourne au vinaigre.

2. La classification des premiers crus de Bordeaux établie en 1855 : Châteaux Lafite, Latour, Margaux, Haut-Brion. Le Château Mouton-Rothschild a été ajouté en 1973.

Voilà qui devenait de plus en plus intéressant. Quand Baptiste serait de retour à Paris, pourquoi ne se lancerait-il pas dans le commerce de vin de Bordeaux, totalement inconnu à Paris ? Acheter des terres dans cette région, comme il projetait de le faire en Champagne, serait encore mieux.

– Y a-t-il encore des terres à vendre ? demanda-t-il.

– Je vois où vous voulez en venir ! Je ne peux que vous y encourager. Si vos Parisiens sont trop bêtes pour ignorer ces délices, je vous achèterai votre récolte et la vendrai à Londres. Vous arrivez trop tard pour le Médoc. Les meilleurs terrains ont déjà été achetés, à Saint-Julien comme à Margaux, Pauillac, Saint-Estèphe ou Moulis. Tous les propriétaires ont la fureur de planter. À dix lieues aux alentours de Bordeaux, on ne voit que de la vigne.

– Il n'y a peut-être pas que le Médoc et les Graves, hasarda Baptiste.

– Je m'y suis intéressé. Au nord de Bordeaux, rien n'est à acheter. J'ai essayé dans un lieu appelé Saint-Émilion, mais la terre appartient au chapitre de la cathédrale de Bordeaux qui ne veut pas vendre. Pas plus qu'à Pomerol, propriété de l'Ordre des Hospitaliers. À Fronsac, le duc de Richelieu ne veut voir pousser que du blé.

– Au moins toutes les terres ne seront pas achetées par des Anglais, plaisanta Baptiste.

Hollings éclata de rire.

– Non, mais ils tiennent le commerce. Avec les Hollandais. À Bordeaux, les marchands locaux ne voulaient pas d'étrangers en ville. Un nouveau quartier, les Chartrons, fut construit spécialement pour eux, hors les murs, au pied du Château Trompette. Le Hollandais

Beyerman y est installé depuis un siècle. Il y a aussi des Irlandais. J'ai travaillé pour Barton quand il s'est installé en 1715. Il est en passe de devenir le plus gros négociant de la ville.

Baptiste était abasourdi par les révélations de Hollings. Non seulement les Anglais avaient lancé la mode du Champagne mousseux, mais ils étaient aussi les maîtres du vin de Bordeaux. Ils semblaient faire preuve de goûts beaucoup plus raffinés que les Français. Le petit monde des marchands de vin parisiens, ne jurant que par le bourgogne, lui parut encore plus étriqué. Il fut pris d'une terrible envie de rentrer en France, de bouleverser toutes les vieilles habitudes, couper court aux vieilles rengaines et se faire une place au soleil dans les nouveaux vignobles.

— Donc tout se passe bien pour les négociants en vins. Les guerres n'ont pas de conséquences si graves sur eux.

— Malheureux ! Que me dites-vous là ? Songez que lors de la guerre de la Succession d'Espagne, nous étions complètement privés de vins de Bordeaux. Les amateurs en réclamaient à cor et à cri. Des corsaires ont bien compris leur intérêt et se sont mis à écumer l'Atlantique et la Manche à la recherche de bateaux transportant du vin. Ce fut assez étrange, car il y eut alors abondance de grands vins de Bordeaux, notamment de Haut-Brion et de Margose[1].

— Qu'y a-t-il d'étrange ?

— J'ai compté pas moins de sept cents barriques mises aux enchères après avoir été prises par les corsaires. Je soupçonne les Pontac d'avoir passé un accord

1. Margaux.

avec eux pour se faire dérober volontairement leur vin. Vous vous rendez compte à quelles extrémités nous sommes poussés ?

– La contrebande rapporte de l'argent...

– Mais pas à d'honnêtes marchands comme moi.

Baptiste sourit. Hollings le regarda d'un air sévère et continua :

– Lors de cette même guerre, la contrebande d'une nouvelle eau-de-vie au succès grandissant, le *cogniacke*, fut intense. On embarquait moult tonneaux sur des petits bateaux faisant voile vers l'île de Jersey, foyer des contrebandiers. Un de mes amis, John Martell, l'a quittée en 1715 pour aller s'installer à Cognac.

Encore quelque chose dont Baptiste n'avait jamais entendu parler. Était-ce la providence qui avait mis ce marchand sur sa route ? Fallait-il qu'il abandonnât femme, enfants et terre natale pour découvrir le monde enchanté des vins d'avenir ?

– Qu'a donc de particulier cette eau-de-vie ?

Hollings toussota.

– À vrai dire, les Hollandais en sont à l'origine. Leurs besoins en eau-de-vie pour leurs milliers de marins qui sillonnent les mers sont énormes. Ils ont jeté leur dévolu sur l'Armagnac et sur les Charentes où ils ont planté des arpents et des arpents de vignes qui donnent un vin exécrable et une eau-de-vie guère meilleure, mais ils s'en moquent. Ce qui compte c'est que ça arrache la gueule. Ça me fait mal au cœur ! Nous, les Anglais, exigeons une distillation faite avec soin et l'eau-de-vie doit être gardée plusieurs années dans des fûts de chêne. Le *cogniacke* n'a rien à voir avec la gnole hollandaise.

– Finalement, vos plus grands concurrents sont les Hollandais.

– Les Hollandais ? Ils ont toujours le gosier à sec et boivent comme des trous. C'est incroyable. Mais il faut avouer qu'ils sont d'excellents marins et des commerçants redoutables. Ils ont un sens pratique et un flair bien difficiles à égaler. Vous allez voir, nous en rencontrerons des tripotées à Jerez et à Lisbonne.

– Mon père qui a connu la Hollande[1] nous disait qu'ils rapportaient les plus belles soieries du monde, mais eux se contentaient de vêtements en laine unie, qu'ils avaient à disposition les épices les plus suaves et ne mangeaient que du pain et du hareng.

– C'est exact. La seule chose qui reste chez eux, c'est le vin. Ils n'aiment pas trop le rouge, à moins qu'il ne soit très foncé et très fort comme le Cahors. Ils adorent le vin blanc. Voilà pourquoi les vignerons de Bergerac et de Sauternes ont arraché tous leurs plants de vigne rouges pour les remplacer par des blancs.

Hormis leurs discussions sur les vins, les repas étaient leurs seuls moments de distraction et de consolation. Moyennant finance, Hollings n'avait eu aucun mal à convaincre leurs geôliers de les approvisionner. L'Anglais avait exigé le meilleur et les gardes s'acquittaient très bien de cette tâche. Le premier jour, ils reçurent un jambon entier qui ne fit pas très bonne impression sur Baptiste.

– C'est du sanglier ! Regardez cette patte longue et efflanquée.

– Presque ! Ces jambons, les meilleurs d'Espagne, sont faits à partir de cochons tout noirs, presque sau-

1. Cf. *Meurtres au Potager du Roy*, op. cit.

vages, qui ne mangent que les glands des montagnes andalouses et des plateaux d'Extrémadure. Certains disent que leur saveur est due aux vipères qu'ils n'hésitent pas à avaler.

Baptiste refusa la fine tranche que l'Anglais lui tendait.

– Allez ! Ne faites pas votre mijaurée ! Goûtez !

L'expression « fondre dans la bouche » avait dû être créée spécialement pour ce jambon. Une saveur intense, un bouquet d'arômes de fruits secs, violette, noix, truffe… Une persistance, une longueur en bouche… Allégresse… Baptiste n'en revenait pas. Il se saisit d'une autre tranche, la regarda attentivement : un scintillement variant du rose pâle au pourpre, une délicate texture marbrée, une chair finement veinée de graisse fluide.

Hollings, stupéfait, regardait Baptiste se couper tranche sur tranche.

– Eh bien ! Vous garderez au moins un bon souvenir de la prison de Séville. La prochaine fois que vous viendrez en Espagne, allez du côté de Jabugo ou encore mieux de Jerez de los Caballéros, vous y trouverez les meilleurs jambons.

– Il vous met l'âme en fête. Dommage que nous n'ayons pas un flacon de vin mousseux de Champagne. Je suis sûr que l'alliance des deux est digne d'un festin des dieux de l'Olympe.

Repu et content, Baptiste demanda à Hollings de continuer à lui raconter la saga des vins. L'Anglais resta silencieux un long moment.

– Pendant que vous dévoriez votre jambon, je me disais : il suffit de dresser la chronologie des guerres européennes pour suivre l'évolution des vins.

– Voilà une manière originale de voir l'histoire ! Dites-m'en plus.

– Commençons en 1672, quand votre roi Louis XIV a envahi par traîtrise les Provinces-Unies. Son stathouder[1] Guillaume d'Orange n'a eu de cesse de se venger. Devenu roi d'Angleterre en 1689, grâce à sa femme, il a rallié les pays du Nord contre la France. Cela a donné la guerre de la ligue d'Augsbourg qui s'est terminée en 1697. Pendant tout ce temps, en Angleterre et en Hollande, les vins français ont été abandonnés au profit des vins d'Espagne et du Portugal. La paix qui a suivi fut de courte durée, à peine cinq ans. La guerre de la Succession d'Espagne a éclaté en 1702 et pendant dix ans nous a privés des vins espagnols et, bien entendu, des vins français. Nous avons commencé à commercer avec la Toscane qui possède d'assez bons vins. Mais cela ne suffisait pas. Dieu merci, il nous restait le Portugal. C'est ainsi que les Anglais se sont mis au vin blanc de Lisbonne et au vin rouge de Porto.

– Quel dommage pour le vin de Bordeaux ! s'exclama Baptiste. Mais c'est aussi une grande chance pour les autres vins…

Hollings se fendit d'une profonde révérence.

– Voilà une attitude très fair-play de la part d'un Français. Vous avez raison. Le meilleur exemple en est peut-être le porto. Le Portugal fut une grande puissance coloniale avec des navigateurs et des explorateurs courageux. Il y a presque cent cinquante ans, le royaume fut associé à l'Espagne et ne retrouva son indépendance qu'en 1668. Pour tomber presque aussitôt dans l'escarcelle de l'Angleterre.

1. Chef de l'exécutif et capitaine général.

– L'Angleterre a envahi le Portugal? Je n'en ai jamais entendu parler…

– Bien sûr que non! De bons traités bien ficelés et le tour était joué! Disons que le Portugal est devenu une sorte de colonie. Ce pays ne peut rien faire sans nous. En prime, nous avons obtenu le droit de commercer avec le Brésil, qui lui appartient.

– Ce n'est pas rien!

– Les liens sont devenus encore plus étroits quand le roi Charles II a épousé Catherine de Bragance, une Portugaise…

– Alors là tout était permis!

– Ne soyez pas sarcastique! Le commerce fait marcher le monde. Nous rendons service aux Portugais avec nos bateaux qui vont chercher leur chère morue à Terre-Neuve, la débarquent à Lisbonne et repartent chargés de vin qui sera échangé, en Angleterre, contre des draps, de nouveau échangés contre du vin. Tout le monde y trouve son compte. C'est parfait non?

Hollings, malgré l'exiguïté de la cellule, mimait le va-et-vient des bateaux. Il heurta de la main le jambon que Baptiste attrapa au vol avant qu'il ne tombât sur le sol crasseux. Il en profita pour s'en couper quelques tranches.

– Et le vin, comment est-il?

– Sur la côte, dans la région du Minho, on fait du vin depuis des temps immémoriaux mais un vin épouvantable, très rouge, acide et âpre à un point qu'on croirait mordre un citron.

– Et c'est ça que vous donnez à boire à Londres? Merci bien!

– Mais avant, c'était encore pire. Le vin était conservé dans des outres en peaux de chèvre enduites de résine. De quoi vous faire vomir.

– Mais alors ?

– C'est là que nous retrouvons nos soiffards de Hollandais qui, vous vous en souvenez, n'avaient plus accès aux vins français depuis 1672. L'Angleterre était en guerre avec la France depuis 1689. Trouver d'autres sources d'approvisionnement devenait une nécessité absolue. Et le vin portugais était vraiment trop mauvais. Il apparut clairement aux marchands, anglais et hollandais, qu'il fallait prendre le problème à la base : planter des vignes.

– Alors, les marchands sont devenus vignerons ?

– Non ! Attendez ! Revenons à la politique. Au tout début de ce siècle, le Portugal voulait s'allier avec la France et même avec l'Espagne. L'Angleterre ne pouvait l'accepter. À force de cajoleries et de promesses commerciales, le Portugal et l'Angleterre signèrent un traité contre la France et l'Espagne en 1703. On aurait dû l'appeler « traité du porto » car c'est à partir de là que ce vin prit son envol.

– Ça tombait bien ! Avec la guerre de la Succession d'Espagne, l'accès aux vins français et espagnols était de nouveau interdit, dès 1702, fit remarquer Baptiste voulant prouver qu'il suivait parfaitement.

Hollings opina et lui fit signe de servir un peu de *tintilla de Rota*[1], un vin sombre et liquoreux qui enchantait l'Anglais. Il en avala une large rasade, émit un petit bruit de contentement et continua :

– On explorait tout le pays à la recherche du moindre vignoble, ce qui n'allait pas sans risque. J'ai moi-même vécu les pires aventures avec un autre négo-

1. Ce vin est encore produit en petites quantités à Puerto de Santa Maria, à côté de Cadix.

ciant anglais, Thomas Woodmass. Nous avions quitté Liverpool à destination du Portugal. Notre brick fut capturé par des corsaires français puis libéré par d'autres corsaires, anglais cette fois-ci. Nous n'étions pas au bout de nos peines. Nous voulions aller dans la vallée du Haut-Douro explorée par les Hollandais vingt-cinq ans auparavant et qui présentait de bons emplacements pour des vignes. Alors que nous chevauchions, nous fûmes enlevés par des brigands. Heureusement, nous réussîmes à nous échapper. Nous n'avons jamais regretté ces moments difficiles, ni les horribles coupe-gorge qui tenaient lieu d'auberges.

– Le vin s'est amélioré ?

– Rien à voir avec les piquettes d'autrefois ! Nous avons fait remplacer les fûts pourris par des neufs et banni à tout jamais les peaux de chèvre. Et surtout on y ajoute de l'eau-de-vie. Au début, on le faisait pour qu'il supporte le voyage, mais cette pratique s'est révélée très bénéfique au goût du vin.

Baptiste se félicitait d'avoir choisi la compagnie de Hollings. Le Portugal lui réservait des surprises qu'il n'aurait pu imaginer. S'ils y arrivaient...

– On a fait planter des vignes, continua l'Anglais. Je peux vous assurer que ce n'est pas une mince affaire sur ces pentes escarpées. Il a fallu construire des terrasses pour retenir la terre. Ce travail continue mais en dix ans, la région du Haut-Douro a complètement changé, quoiqu'il n'y ait pas encore de routes praticables. Il faut embarquer le vin sur des bateaux descendant la rivière. Je l'ai fait une fois, mais je ne le referai pas. Au début tout va bien, la rivière est calme, les pipes ne risquent rien...

– Les pipes ?

– Ce sont les barriques portugaises qui font à peu près le double d'une barrique bordelaise. Donc pour en revenir au Douro : je vis les bateliers avaler de larges rasades de vin et après ce fut l'enfer. Nous naviguions entre des parois rocheuses, le grondement de l'eau se faisait intense et, soudainement, nous dévalâmes de tumultueux rapides. Je remis mon âme à Dieu, regrettai de ne pas avoir, moi aussi, bu un coup et m'accrochai aux pipes. Les bateliers essayaient de diriger la barcasse avec leurs rames qui frappaient l'écume. Il y eut une bonne douzaine d'épisodes de ce genre nous faisant croire notre dernière heure arrivée.

Baptiste se dit que le commerce de vin en Champagne était plus calme. Le récit de l'Anglais l'enchantait. Il croyait entendre son père lui raconter ses lointaines explorations botaniques.

– Et ce vin, comment est-il ?

– Très fort, très puissant, très fruité. Capiteux. Il est encore meilleur quand on le laisse vieillir.

– Les Anglais l'apprécient ?

– Beaucoup restent fidèles au bordeaux, mais le peuple l'aime beaucoup. Et cela dépend aussi des opinions politiques.

– Comment cela ?

– Pour les Tories, le parti politique conservateur, le bordeaux est un signe de ralliement. Pour les Écossais qui ont mal digéré d'avoir rejoint la couronne d'Angleterre, il reste un symbole de liberté. Ils ont d'ailleurs une chanson disant :

Le chef de clan était vaillant et résolu,
Son mouton tendre et son bordeaux excellent.

« Tu dois boire du porto » ordonna l'Anglais
Il but le poison et son courage s'évanouit.

– Les pro-porto ont-ils aussi un chant ?
– Bien sûr !

Sois pour une fois fidèle à ton pays
Songe maintenant au bien public
Oublie bravement le Champagne de la Cour
Et fais bombance chez toi avec du porto.

Baptiste avait presque oublié la prison, les relents pestilentiels, les hurlements des pauvres diables soumis à la torture. Curieusement, la privation de liberté l'éclairait sur son avenir. Il mettrait fin à son conflit avec Alixe et ferait alliance avec elle pour que chacun puisse disposer de la boutique. Il proposerait à Hollings de s'associer pour vendre les vins encore inconnus des Parisiens.

Au troisième jour de leur emprisonnement, l'*alguacil* revint les voir et leur déclara qu'un groupe de contrebandiers avait été arrêté sur le port de Séville. Leur cellule était réquisitionnée. Ils étaient libres. Hollings et Baptiste ne se firent pas prier et déguerpirent. À la porte de la prison, Baptiste s'aperçut qu'il avait oublié le jambon et voulut retourner sur ses pas. Hollings le saisit par le bras en grommelant :

– Des jambons, il y en a deux par cochon et des cochons il y en a des milliers en Andalousie. De grâce, partons avant que l'*alguacil* nous trouve une autre geôle.

Ils firent halte à Jerez où Hollings acheta tout ce que les vignerons lui proposèrent en prévision d'une guerre qui risquait de priver les buveurs anglais d'un vin qu'ils appréciaient de plus en plus. Baptiste nota le nom des propriétaires des *bodegas*, ces immenses celliers où étaient entreposés les fûts. Il n'était pas sûr d'en faire usage. Il trouvait ces vins trop capiteux, trop puissants, trop secs et doutait qu'ils puissent plaire aux Parisiens. Mais les goûts changeaient si vite…

Pour fêter leur libération, Hollings usa et abusa du *sack* offert par les vignerons. Il déambulait entre les rangées de tonneaux, les bras ouverts, déclamant d'un ton de plus en plus vibrant : « Il vous monte au cerveau, vous sèche les sottes et mornes vapeurs qui l'enveloppent de leur crudité ; vous rend l'entendement prompt, vif, ingénieux, riche d'une fantaisie pleine de subtilité, de feu, de charme ; laquelle par l'instrument de la langue et de la voix donne naissance aux traits d'esprit les meilleurs qui soient. Quand j'aurai mille fils, le premier principe d'humanité que je leur inculquerai sera de renoncer aux breuvages sans force et de s'adonner au *sack* ! »

– Shakespeare, *Henri IV*, IIe Partie, Acte IV, Scène III, conclut-il d'une voix pâteuse avant de tendre son verre pour une ultime lampée.

Il ne leur restait qu'une étape sur le chemin du Portugal : Sanlucar de Barrameda. Hollings avait expliqué que le delta du Guadalquivir était infranchissable. La contrée était trop sauvage et marécageuse. Comme il n'était pas question de repasser par Séville, ils iraient en bateau jusqu'à Faro.

L'absence de sa famille pesait chaque jour un peu plus à Baptiste. Il n'avait pas idée de ce qui se passait à Paris, mais sa décision était prise. Après avoir pris quelques contacts commerciaux au Portugal, il rentrerait en France. Son exil avait assez duré. Il avait connu la prison de Séville, il prendrait le risque de la Bastille.

16

Ils arrivèrent à Sanlucar de Barrameda par la porte de Jerez. Depuis quelques lieues, l'air se chargeait des senteurs mêlées de la mer et des pins. Par une des lucarnes de la voiture, Baptiste découvrait un paysage aussi plat que la main, couvert de hautes vignes. Il avait hâte d'arriver et de prendre quelques jours de repos après ce long voyage. D'autant que la température était si douce qu'on aurait pu se croire au printemps. On n'était pourtant que mi-février.

— Nous serons reçus chez le duc de Medina-Sidonia avec lequel j'entretiens d'excellentes relations commerciales, lui avait dit Hollings. Vous verrez, le palais est magnifique et on y rencontre toujours des gens intéressants.

Le séjour chez les Medina-Sidonia se révéla fort agréable. Ils logeaient dans les parties communes de l'immense bâtisse aux murs chaulés mais avaient accès aux fabuleux jardins qui descendaient jusqu'à mi-colline. La vue sur la mer étincelante, les dunes et les pinèdes enserrant l'embouchure du Guadalquivir était un enchantement. Baptiste aimait tout particulièrement le jardin du grand patio intérieur où orangers, citronniers, cédratiers croulaient sous les fruits. Il suffisait de tendre la main pour les cueillir et se gorger de leur jus. Il y avait aussi des arbres au tronc très élevé dont les branches se trouvaient tout en haut comme le plumet des mules. Baptiste, qui en voyait pour la première fois, savait par son père qu'il s'agissait de palmiers apportés d'Afrique par les Maures. Le bruit métallique de leurs palmes, agitées par le vent qu'adoucissait le murmure des fontaines et des bassins, berçait le palais quand il s'assoupissait pour la sieste de l'après-dîner. Baptiste avait eu du mal à se plier à cette sacro-sainte règle. Il n'y rechignait plus, d'autant qu'à la table du duc, la nourriture était délicieuse et abondante. Chaque jour, des pêcheurs apportaient une grande moisson de poissons dont Baptiste ignorait tout : des petits rougets, couleur de corail ; de grosses baudroies à la tête de monstre ; des girelles multicolores ; des thons à la chair rouge et des rascasses armées de piquants. Il goûta à tout et osa même croquer des petites crevettes roses qu'il trouva délicieuses. Il renâcla quand on lui en présenta des bien plus grosses, dotées d'une carapace, appelées *langostinos*. Il fut subjugué par la saveur de leur chair ferme, douce et noisettée. Il eut plus de mal avec d'étranges animaux blanchâtres et gélatineux : *calamares, pulpitos et sepia...* Ils se révélèrent tout bonnement divins une fois frits et servis avec de l'ail. Après le délicieux épisode du jambon ibérique, ces nourritures de la mer lui firent dire que l'Espagne recelait des trésors culinaires, inconnus en France. Au grand amusement des Espagnols, Baptiste était toujours le dernier à quitter la table. Ils se prirent au jeu de lui présenter les plats les plus étranges comme cette anémone de mer coupée en tranches et cuite dans une pâte à beignets qu'il recracha aussitôt. Hollings, beaucoup plus prudent, se contentait de ses chères perdrix rouges et du *puchero*. Baptiste, tout à ses fruits de mer, renâclait devant cet invraisemblable mélange où le cuisinier prenait tout ce qu'il avait sous la main : bœuf, porc, mouton, poulet, pigeons, lièvre, lard, pieds et oreilles de porc, chorizo, mettait à cuire une nuit et servait avec les inévitables pois chiches et autres légumes, abondamment épicé de clous de girofle, noix de muscade, safran et cannelle. Devant le regard dégoûté de Baptiste, Hollings affirmait que c'était, sous le nom d'*olla podrida*[1], le plat servi tous les dimanches à la cour du roi et dont tous les riches Espagnols se régalaient.

L'Anglais avait dit vrai : de nombreux visiteurs transitaient par le palais. Depuis la *Reconquista*, les Medina-Sidonia étaient la famille la plus puissante d'Andalousie, politiquement et économiquement. La pêche au thon, dont ils avaient reçu le quasi-monopole pour services rendus dans l'anéantissement des Maures, avait fait leur fortune. Aux alentours de la Saint-Marc[2], dès que les guetteurs, du haut de leur tour, annonçaient l'arrivée des thons avec un drapeau blanc, les madragues – immenses filets munis de flotteurs en liège et lestés de plombs – étaient mises en place. Les thons se jetaient en masse dans ce piège. Les filets étaient ramenés sur le rivage où des centaines d'hommes nus ou demi-nus se précipitaient au son des tambours dans l'eau grouillante de poissons. Armés de crocs, ils bataillaient avec les thons, doués d'une grande force. La mer devenait lac de sang. La fureur des hommes et le combat

---

1. Traduction littérale : pot-au-feu pourri. *Podrida* est une déformation de *poderosa*, « puissante ».
2. 25 avril.

désespéré des poissons attiraient chaque année des centaines de spectateurs. Ils trouvaient plus de plaisir dans cette tuerie que dans la plus cruelle des corridas. Les madragues employaient des hors-la-loi, des vagabonds à qui on ne demandait ni le nom ni le passé. Ils étaient payés pour tuer. D'autres se livraient au dépeçage, délicat travail pour ne rien perdre de la précieuse chair. Pendant plusieurs siècles, cent mille thons venaient chaque année se prendre dans les madragues. Ils repartaient frais ou salés, faire le bonheur des tables de Séville, Barcelone, Madrid mais aussi Naples, Gênes ou Florence. Malheureusement, sans qu'on sache pourquoi, les thons avaient commencé à déserter les côtes dans le courant du siècle précédent. L'année 1718 avait vu la fermeture de Zahara, la madrague la plus importante. Celle de Conil n'avait pris que cinq cents thons.

Les Medina-Sidonia n'étaient pas ruinés pour autant ! Le commerce du vin leur rapportait de substantiels bénéfices. Hollings était là pour en témoigner. En 1491, les Medina-Sidonia avaient eu la bonne idée de supprimer les droits de douane sur les vins partant de Sanlucar. Les Anglais se précipitèrent, d'autant que cinquante ans auparavant, souligna Hollings, ils avaient définitivement perdu Bordeaux et la Guyenne. Les marchands obtinrent même, en 1517, un statut privilégié leur permettant de disposer d'une église et de huit maisons intra-muros. Ils connurent quelques représailles quand le roi Henri VIII, en 1533, rompit avec la religion catholique. Mais aux pires moments des hostilités anglo-espagnoles des milliers de barriques continuèrent à partir de Sanlucar.

Baptiste accompagna l'Anglais chez plusieurs vigne-rons. Il dégusta un vin tout à fait étonnant. Fringant, sec et doré, il évoquait la mer et les pinèdes de Sanlucar.

– Il est né par hasard, expliqua Jose Romero, le vigneron. J'avais oublié de bien refermer un fût. Quand je m'en suis aperçu, une sorte de voile s'était déposé sur le vin. Je m'apprêtais à le jeter, mais j'ai voulu le goûter par curiosité. Ce n'était pas si mauvais, même plutôt bon, quoique trop fort pour moi. Vous ne trouvez pas qu'il a un petit goût de *manzanilla*?

– C'est quoi la *manzanilla*? demanda Baptiste à Hollings qui lui traduisait les paroles du vigneron.

– Je crois qu'il s'agit de la camomille, répondit-il. *Manzanilla, manzanilla*, c'est un joli nom pour un vin. Un vin joyeux qui ravira, j'en suis sûr, les buveurs lon-doniens.

Il voulut commander plusieurs barriques au señor Romero qui refusa tout net. Il argua que ce vin était une erreur, qu'il ne saurait jamais le refaire. Hollings l'encouragea à renouveler l'expérience, l'assurant qu'il était sur le point de créer une nouvelle sorte de vin[1].

Au palais Medina-Sidonia, Baptiste lia connaissance avec les frères Luis et Juan Calzon y Calzon, fils d'un richissime marchand de Cadix venus accompagner leur sœur, Inès, amie d'une nièce du duc de Medina-Sidonia. Il n'avait entraperçu la jeune fille que deux fois. Malgré le *tapado*, sorte de voile qui lui cachait une partie du visage, il avait pu voir qu'elle était très belle. Âgée de dix-sept ans, Inès ne se montrait guère

---

1. La *manzanilla* ne verra vraiment le jour qu'au début du XIXe siècle.

en public, à la mode espagnole. Baptiste l'avait surnommée « la belle de Cadix » et se moquait avec Hollings de cette coutume qui voulait soustraire les plus jolis minois à l'admiration des hommes.

Luis était plutôt sympathique alors que Juan, la mine hautaine, la moue dédaigneuse, tentait d'imiter l'attitude arrogante d'un grand d'Espagne et n'adressait la parole à Baptiste qu'avec parcimonie. Luis, beaucoup plus disert, raconta à Baptiste que leur père avait quitté Séville l'année précédente, quand la *Casa de Contratación* contrôlant tout le commerce avec les Indes occidentales avait été transférée à Cadix. Ils regrettaient tous Séville, trouvant Cadix vulgaire et mal famée.

Baptiste et Luis descendaient souvent au bord de la mer. Il ne restait que quelques bateaux à l'ancre dans ce port qui avait été le plus important de la côte au temps de la splendeur de Séville. C'est de là qu'était parti Christophe Colomb en 1498 pour son troisième voyage vers les Indes. Magellan, en 1519, y était resté près de cinq semaines avant de faire voile vers l'inconnu. Les gros navires de commerce ne pouvant naviguer sur le Guadalquivir, les marchandises étaient débarquées à Sanlucar et transportées par de plus petits bateaux vers Séville. Depuis que le nouveau port de Cadix accueillait sans problème les navires de toutes tailles, Sanlucar sombrait dans l'oubli et la décrépitude. Luis et Baptiste se promenaient sur la grève qui avait vu arriver tous les trésors des Indes. Les voiles claquant au vent, les cris des marins étaient remplacés par les vols silencieux d'échassiers nichant sur les berges du Guadalquivir. L'endroit était mélancolique. Luis regrettait de ne pas être né deux siècles plus tôt pour participer aux plus belles heures de gloire de l'Espagne. Il éperonnait son cheval et se lançait dans une course folle sur le sable dur de la plage. Baptiste regardait au loin, vers l'océan, songeant au bonheur qu'il aurait à serrer dans ses bras Élise et les enfants.

Un matin où il attendait Hollings dans une galerie longeant le patio, Baptiste vit la belle de Cadix s'approcher de la fontaine centrale. Elle s'assit sur le rebord de marbre, regarda autour d'elle, conclut qu'elle était seule et releva le voile qui lui cachait le visage.

« Dieu, qu'elle est jolie ! » se dit Baptiste découvrant le fin visage au teint de neige encadré par des bandeaux de cheveux noirs de jais.

Inès plongea une main délicate dans l'eau transparente, regarda une feuille d'oranger virevolter et se poser sur l'onde claire comme un frêle esquif. Elle se pencha pour l'attraper. Baptiste la vit basculer en arrière dans le bassin. Il n'était guère profond, elle ne risquait rien, mais empêtrée dans les plis de son épaisse jupe de brocart, elle n'arrivait pas à se relever. Baptiste se précipita à son secours. Elle battait des pieds, s'enfonçant un peu plus. Il lui tendit une main qu'elle ne saisit pas. Il enjamba le rebord, la saisit sous les aisselles, la souleva et la sortit du bassin. Malgré ses lourds atours, elle pesait une plume. Elle le regarda mi-effrayée mi-émerveillée.

– *Gracias, gracias*, dit-elle en se débattant légèrement.

Il la posa à terre. Ruisselante et frissonnante, elle s'échappa vers l'escalier d'honneur en lui adressant un sourire lumineux.

Hollings arriva peu après et s'étonna de voir Baptiste, les bas et les manches mouillés.

– Ce n'est pas la saison pour prendre un bain.

En riant, Baptiste lui raconta comment il avait sauvé la belle de Cadix de la noyade dans deux pieds[1] d'eau. Hollings fronça les sourcils.

– Vous auriez dû appeler une de ses suivantes.

– Mais c'est ridicule, la pauvre enfant se débattait et aurait fini par se noyer pour de bon.

– Avez-vous vu ses pieds ?

– Pourquoi cette question stupide ? Bien sûr que je les ai vus. Et ses chevilles qu'elle a très fines et ses mollets qui sont fort bien faits.

– Chut ! Ne parlez pas si fort ! Vous pourriez avoir à le regretter. On ne badine pas avec l'honneur des jeunes filles en Espagne.

Baptiste eut un geste d'agacement.

– C'est ridicule. Vivement que nous quittions ce pays aux coutumes d'un autre âge.

Hollings l'entraîna hors du palais, l'incitant à la prudence dans ses relations avec les demoiselles espagnoles.

Le malheur fut que la jeune Inès, bien consciente de l'effet dévastateur qu'elle produisait sur les hommes malgré son peu de commerce avec eux, avait capté les regards admiratifs de Baptiste. Dans les deux jours qui suivirent, elle s'ingénia à se trouver sur son chemin pour lui lancer des œillades langoureuses. Faisant mine de ne rien voir, Baptiste s'effaçait devant elle avec le plus grand respect. Hollings avait raison. Les Espagnoles pouvaient être très provocantes. La cause en était certainement l'enfermement qu'on leur imposait. Baptiste en était à raser les murs quand, un matin, il se heurta à elle

---

1. Un pied = 32,484 cm.

au débouché de l'escalier. À croire qu'elle l'avait fait exprès. De saisissement, elle laissa tomber le petit mouchoir qu'elle tenait à la main, balbutia quelques mots et s'enfuit en courant. Baptiste ramassa le carré de dentelle, se demanda s'il fallait courir après elle pour lui rendre. Prudent, il n'en fit rien. Il allait le mettre dans sa poche, quand Juan Calzon y Calzon se planta devant lui, le torse bombé, la main sur sa longue épée, les yeux étincelant de colère.

— Je viens vous demander réparation, déclara-t-il dans un français rocailleux.

— En quoi vous ai-je offensé ? demanda Baptiste sur ses gardes.

— Comme si vous ne le saviez pas ! Ne faites pas l'innocent. Je viens de vous voir avec le mouchoir d'Inès. Vous poursuivez ma sœur de vos assiduités indécentes.

— Je n'ai rien fait de tel. C'est votre sœur qui me poursuit depuis que je l'ai sortie du bassin où elle était tombée.

Le jeune Espagnol tira à demi son épée du fourreau.

— Vous voulez dire que vous l'avez touchée ?

— Il a bien fallu, répliqua Baptiste que cette discussion commençait sérieusement à agacer. Auriez-vous préféré qu'elle se noyât ?

— Là n'est pas la question. J'ignorais que vous aviez eu ce geste déplacé.

Baptiste, voulant mettre fin à l'algarade, fit le geste d'écarter Juan pour poursuivre son chemin. Le jeune homme se campa les jambes écartées, le saisit par le bras et, approchant son visage du sien à le toucher, éructa :

— Vous avez vu ses pieds.

Il ne s'agissait pas d'une interrogation, mais d'une affirmation. Baptiste se débattit et échappa à la poigne de Juan.

– Et alors ? En France, les jeunes filles ont le droit de montrer leurs chevilles et les hommes celui de les regarder.

Une fureur sans nom s'empara de Juan. Il tira son épée et la pointa sur Baptiste.

– Déshonorée ! Ma sœur est déshonorée. Elle était promise au marquis de Villaciosa. Cette union n'est plus possible. Vous portez l'opprobre sur ma famille. Je vais vous tuer.

– Oh là ! Tout doux ! Je vous répète que je n'ai pas touché votre sœur.

– Si vous l'avez touchée. Et de la plus honteuse manière.

– Laissez-moi lui parler. Elle vous dira la vérité : je ne l'ai pas touchée.

Juan retrouva un peu de calme et resta silencieux quelques secondes.

– Hors de question avant le mariage, déclara-t-il d'une voix sourde.

Baptiste poussa un soupir de soulagement. Juan revenait à des sentiments sensés.

– D'ici là je serai parti, dit-il avec chaleur, mais d'ores et déjà, j'adresse tous mes vœux de bonheur aux futurs époux.

– Je parlais de votre mariage avec Inès, rétorqua Juan.

Baptiste le regarda avec stupéfaction.

– Mais je suis déjà marié. J'ai deux enfants, s'exclama-t-il.

– En France.

– Évidemment en France. Je ne peux pas être bigame.

– Vous n'aviez qu'à y penser avant de séduire ma sœur. Vous l'épouserez.

– Vous êtes fou ! C'est impossible. Je ne la connais pas. Je n'ai fait que l'apercevoir.

– Ça suffit ! Nous avions rêvé pour elle d'un établissement autrement plus glorieux, mais l'honneur commande avant tout.

Baptiste resta coi. Ce garçon était réellement fou. Son épée était toujours pointée sur lui. Il fallait le calmer, aller voir Luis qui lui ferait entendre raison. Baptiste se résigna à faire un geste d'acceptation et, d'une voix qui se voulait apaisante, déclara :

– Je ferai comme il vous plaira. Parlons-en calmement avec votre frère et nous trouverons des arrangements.

Juan le toisa avec mépris :

– J'agis en accord avec Luis. Ne croyez pas trouver auprès de lui une oreille compatissante.

Cela se révéla malheureusement exact. Dans l'entretien qu'ils eurent tous les trois, Luis, quoique manifestement gêné, confirma que Baptiste devait épouser Inès. Qu'il soit bigame ne les dérangeait pas. De toute manière, Baptiste ne retournerait jamais en France. Et Dieu, sans aucun doute, préférait que l'honneur de leur sœur fût sauf. Effondré, Baptiste n'osa pas suggérer de demander son avis à Inès. Il se doutait qu'il n'aurait aucun poids et redoutait que la jeune fille, toute à son béguin, n'aggravât encore les choses. Le piège se refermait sur lui. Il décida de temporiser en faisant mine de se ranger à leur avis. Il demanda à ce qu'on le laissât seul pour réfléchir à sa nouvelle vie. Méfiant, Juan lui répliqua qu'il pouvait rester seul autant qu'il voulait dans l'enceinte du palais, mais que la sortie lui en était interdite sans être accompagné de Luis ou de lui-même.

— Sachez que toute fuite est impossible. Nous vous retrouverons avant que vous ayez dépassé les portes de la ville.

Baptiste n'en doutait pas. Les deux jeunes gens allaient donner des ordres en conséquence à leur nombreuse domesticité et à celle du duc. Il lui fallait pourtant fuir Sanlucar au plus vite. Il trouva Hollings dans les caves du palais abondamment garnies en tonneaux de toutes tailles. Il en marquait certains à la craie. Baptiste, après s'être assuré qu'il n'était pas suivi par un sbire de la famille Calzon y Calzon, s'empressa de lui raconter son affaire.

— Je vous avais bien dit de ne pas tourner autour de cette jeune fille, s'écria-t-il.

— Mais je n'ai rien à faire d'Inès, rétorqua Baptiste, excédé.

— Le mal est fait. Vous êtes en très fâcheuse posture. Les Andalous sont les plus orgueilleux des Espagnols.

— Je ne le sais que trop. Pas question de rester ici. Cette nuit, je tenterai de m'évader par les jardins.

— Vous allez vous rompre le cou. La pente se termine par un à-pic.

— Je sauterai…

— Et vous vous romprez le cou.

Hollings regardait fixement la craie qu'il tenait à la main.

— Je crois avoir une meilleure idée, murmura-t-il. Vous voyez ces tonneaux : je les ai achetés et demain, ils partent pour le port de Cadix d'où ils seront embarqués pour l'Angleterre. Il suffit que j'en ajoute un, vide, dans lequel vous vous cacherez et, ni vu ni connu, vous serez demain soir à l'abri de ces insensés d'Espagnols. Et libre à vous de continuer votre voyage jusqu'aux côtes anglaises.

– Magnifique ! Hollings, vous êtes un génie. Vous me sauvez la vie. J'ai de la famille à Londres. Et, en quatre jours, je pourrai être à Paris.

Baptiste lui avait pris les mains et les secouait avec gratitude. L'Anglais, gêné, toussota et reprit :

– Vous m'en voyez ravi. Il va nous falloir être prudents. Retournez auprès de vos futurs beaux-frères afin de ne pas les inquiéter. Je vais trouver un bon tonneau vide et le desceller. Juste avant l'aube, vous viendrez vous y glisser, je le refermerai et veillerai à ce qu'il soit embarqué avec les autres.

Ainsi fut fait. Au petit matin, Baptiste sortit de sa chambre, enjamba le domestique des Calzon y Calzon qui dormait profondément devant sa porte, descendit à la cave et se fit enfermer dans le tonneau. Hollings le recloua. Sa voix, assourdie, parvint à Baptiste :

– Mon cher Baptiste, vous avez été un parfait compagnon de voyage. Je regrette de ne pas vous faire goûter aux vins du Portugal. Mais je ne doute pas qu'un jour nous nous retrouverons. Peut-être dans un vignoble bordelais dont vous serez devenu propriétaire.

– À la grâce de Dieu ! répondit Baptiste.

Hollings avait pris soin de percer quelques trous dans la futaille pour permettre au séquestré de respirer. Mais très vite les vapeurs d'alcool l'embrumèrent tant qu'il se rendit à peine compte que le tonneau roulait sur le pavé de la cave. Bringuebalé de tous les côtés, il essaya de se raccrocher aux parois, en pure perte. Une fois dans la charrette, il ne tarda pas à s'endormir. Son ivresse bien involontaire dura tout le voyage.

Quand il se réveilla, la charrette était à l'arrêt. Le plus grand silence régnait. Hollings l'avait muni d'une masse pour qu'il puisse sortir du tonneau. Il attendit encore un long moment et attaqua avec vigueur le bois qui finit par voler en éclats. L'Anglais avait bien fait les choses : le tonneau était tout en haut du chargement et Baptiste n'eut qu'à se laisser glisser le long des ridelles. Il était libre.

À peine avait-il mis le pied par terre qu'il vacilla. Une forte nausée le submergea et il se plia en deux pour rendre tripes et boyaux. Sa première cuite sans avoir bu une goutte de vin ! Mais elle l'avait sauvé ! Il partit en titubant dans ce lieu inconnu. L'odeur de la mer était puissante. Il entendait le bruit des vagues. Aucun doute, il était sur le port de Cadix. Il faisait nuit noire. Pas le moindre rayon de lune pour se diriger. Des dizaines de charrettes l'entouraient. Il finit par apercevoir un feu et entendre des voix. Il rebroussa chemin, ne tenant pas à se trouver nez à nez avec des gardes qui le prendraient pour un voleur et n'hésiteraient pas à tirer. Il progressait avec prudence. Bien lui en prit car il buta sur des cordages enroulés et faillit plonger la tête la première dans l'eau du port. Il longea le quai. La voie était libre. Dans le lointain, il aperçut des quinquets signalant une taverne. Il pressa le pas. Il n'avait aucune idée de l'heure mais n'avait pas de temps à perdre. Il lui fallait négocier au plus tôt une place sur un bateau en partance. Les frères Calzon y Calzon avaient dû se rendre compte de son évasion quelques heures seulement après son départ de Sanlucar. Un cheval progressant quatre fois plus vite qu'une charrette, s'ils avaient deviné qu'il se rendait à Cadix, ils devaient déjà être en train d'écumer la ville à sa recherche. Baptiste se força à croire à sa chance et poussa fermement la porte de la taverne. Malgré la fumée épaisse qui obscurcissait la pièce, il scruta la clientèle. Pas de Juan ni de Luis en vue. Uniquement des marins reconnaissables à leurs vareuses et à leurs larges pantalons de serge.

Ils parlaient une langue étrange que Baptiste n'avait jamais entendue. Ce ne pouvait être des Orientaux, leur teint étant bien trop pâle. Des Moscovites ou des Danois… Il tendit l'oreille, espérant discerner dans le brouhaha des bribes d'anglais. Avec surprise, il entendit un marin s'écrier, en abattant violemment ses cartes sur la table : « Par le sang Dieu ». Il continua dans la langue étrange. Baptiste s'approcha de lui et plein d'espoir, demanda :

– Vous parlez français ?

– Il paraît que je suis français, même si ça me plaît pas.

Baptiste poussa un grand soupir de soulagement. L'homme fit le geste de s'éventer en disant :

– Ben dites donc ! Vous avez dû forcer sur la gnole !

Baptiste recula d'un pas.

– Vous pouvez m'être d'une grande aide, continua-t-il. Je cherche un embarquement.

– Pour la Bretagne, c'est de là que nous sommes et que nous allons.

– Plutôt pour l'Angleterre, répondit Baptiste.

Le Breton le regarda d'un sale œil. Tous autour de lui se turent.

– Ah ! Ah ! vous êtes un de ces traîtres qui pactisent avec l'ennemi héréditaire. Nous ne mangeons pas de ce pain-là, Monsieur. Dégagez, ou il va vous arriver des bricoles.

Des Bretons, c'était bien sa chance ! Dans ce port, où huit bateaux sur dix étaient anglais, il fallait qu'il tombât sur les plus rebelles à l'alliance entre la France et l'Angleterre. Il essaya de rattraper le coup en disant :

– N'en croyez rien. Je viens de Madrid. Je suis chargé d'une mission, mais je ne peux pas en dire plus.

– Tiens ! Tiens ! Un espion ! Ça fourmille depuis que la guerre est déclarée.

– La guerre est déclarée ?

– D'où sors-tu ? Tu n'es pas très au courant pour un espion. Ce putain de Régent a déclaré la guerre à l'Espagne le 9 janvier. Nous l'avons appris le jour où nous levions l'ancre. Que Dieu fasse qu'il en crève.

Les Bretons le regardaient d'un air de plus en plus soupçonneux. Risquant le tout pour le tout, Baptiste déclara :

– Je suis des vôtres. J'ai porté des lettres de la duchesse du Maine au roi d'Espagne. Je fais partie de la conspiration.

Immédiatement, l'atmosphère se fit plus légère. Les marins se détendirent. L'un d'eux invita Baptiste à prendre place parmi eux et lui demanda s'il n'avait pas soif. Comprenant le message, Baptiste annonça :

– Commandez du vin pour tout le monde et du meilleur.

Il s'était sorti de ce mauvais pas mais pas question de traîner dans cette taverne. Partir pour la Bretagne ne serait guère prudent. L'Angleterre restait le meilleur choix.

Les marins n'avaient aucune envie de voir partir leur bienfaiteur, aussi quand il fit mine de se lever, une poigne solide le fit se rasseoir.

– Comme vous n'avez pas l'air très au fait de ce qui se passe en France, vous serez content d'apprendre que la révolte gronde chez nous. Ce sont les nobles, dont un certain Pontcallec, qui sont à la tête de la rébellion. Ils veulent faire une république de Bretagne, je ne sais pas ce que ça veut dire.

– Ils essaient surtout de se débarrasser du Régent, tout comme nous, ajouta un autre.

– Ça, c'est presque fait, dit celui qui avait juré en français. Je sais de source sûre que l'un des nôtres s'est introduit dans son entourage et, si ce n'est déjà fait, va le faire passer de vie à trépas. Le plus drôle c'est qu'il va mourir par là où il a péché.

– Le cul ? grasseya l'un des marins.

– La table ! Notre homme s'est acoquiné avec une truie de cuisinière qui, paraît-il, sert personnellement le Régent.

Baptiste, qui tentait une nouvelle fois de se lever en catimini, se rassit de lui-même. Alixe ! Élise ne lui avait-elle pas parlé d'un Breton qui tournait autour de sa sœur ? Un Breton qui participait régulièrement aux petits soupers du Régent…

– Vous connaissez son nom ? demanda Baptiste.

– De la cuisinière ? Elle doit s'appeler vit-au-cul ou suce-braquemart. Qu'est-ce que j'en sais, moi ? J'espère que notre homme va l'embrocher vite fait bien fait.

Le sang de Baptiste ne fit qu'un tour. Il saisit le marin au collet, lui plaqua le visage contre la table. Fou de rage, il ne vit pas arriver le poing massif qui l'expédia à terre. Avant de sombrer dans l'inconscience, il vit Alixe, en pleurs, l'appeler au secours.

17

Alixe était soulagée. Aucun événement dramatique ne s'était produit. Certes, le Régent avait eu quelques malaises mais ses excès en étaient la cause. Ce qui n'empêchait pas la jeune femme, à chaque fois, de se précipiter au Palais-Royal pour prendre des nouvelles. Lors de la dernière alerte, elle avait rencontré la Palatine sortant de chez son fils.

– Ne t'inquiète pas, lui dit la vieille dame. Il n'a pas les yeux hagards, ni la bouche de travers, la parole non plus n'est pas embarrassée, bref ce n'est qu'un évanouissement provenant de ce que, toussant affreusement et atteint d'un gros rhume, il a, chez sa fille, baffré comme un loup et lampé encore davantage.

Les relations entre le Régent et Joufflotte n'étaient pas au beau fixe. Elle ne cédait pas sur sa revendication de voir officialisé son mariage avec Riri. Son accouchement proche la rendait encore plus exigeante et capricieuse. Elle était sujette à des crises de rage, des fureurs incontrôlées savamment entretenues par la Mouchy et Rions. Mais, plus elle tempêtait, plus son père lui opposait une fin de non-recevoir. Philippe était malheureux comme les pierres. Les fâcheries étaient suivies de réconciliations autour de repas toujours aussi abondamment arrosés. Pour oublier cette discorde familiale, il travailla plus que jamais. Ce fut à ce moment qu'il décida que l'Université serait dorénavant gratuite. Il élabora un plan comprenant l'impôt proportionnel sur le revenu des terres, la suppression des privilèges fiscaux et de la vénalité des charges. Il avait aussi fort à faire avec la guerre dont les premières opérations auraient lieu au printemps. Il savait que le roi d'Espagne se porterait à la frontière, à Pampelune. Le maréchal de Berwick reçut le commandement de l'armée de Catalogne, le prince de Conti celui de la cavalerie et le marquis de Biron l'infanterie. On adjugea les vivres pour l'armée.

Alixe venait à douter des mises en garde d'Honoré. Se serait-il mépris ? Avait-il exagéré les dangers ? Pourtant, il était bel et bien mort. Marivaux lui conseillait d'être prudente et de ne pas relâcher sa vigilance. Elle finissait par lui prêter une oreille distraite, toute à son idylle avec Trescoat qui la comblait de bonheur. Le Breton, de plus en plus prévenant, ne la quittait que lorsque Richelieu lui donnait l'ordre de le retrouver, ce qui arrivait de plus en plus rarement. Alixe s'en réjouissait. L'idée de savoir son amant aux prises avec les hétaïres des fêtes parisiennes lui était de plus en plus insupportable. Elle ne chercha pas à savoir pourquoi Richelieu se désintéressait de Trescoat. L'avoir auprès d'elle lui suffisait. Leur intimité était de plus en plus grande. Trescoat habitait quasiment rue Neuve-des-Petits-Champs, ce qui avait eu le don de faire fuir Francesco. Le Napolitain avait repris son activité de traducteur au théâtre des Italiens. Espérant susciter un peu de jalousie chez Alixe, il se vantait de ses conquêtes. À l'en croire, toutes les femmes de la troupe lui tombaient dans les bras. Alixe souriait, le félicitait de ses bonnes fortunes et le poussait gentiment vers la porte. Élise, depuis la disparition d'Honoré qu'elle avait toujours considéré comme son petit frère, se terrait chez elle. Elle avait renoncé à venir travailler avec Alixe. Elles n'avaient pas écrit une seule recette de cuisine depuis le départ de Baptiste.

Alixe ne manquait pas de lui rendre visite. Elle la trouvait immanquablement en train de mélanger des crèmes et des essences florales. Amaigrie, pâle, elle était l'ombre d'elle-même. Alixe avait beau l'exhorter à ne pas se laisser dépérir, la jeune femme se contentait d'un sourire triste et se remettait à touiller ses potions. Alixe se sentait coupable d'aimer et d'être aimée, de retrouver chaque jour les caresses et la tendresse de Trescoat. Dès qu'elle essayait de dire que Baptiste ne tarderait pas à donner de ses nouvelles, Élise lui intimait l'ordre de se taire et se murait dans un profond silence. Désolée de ne pouvoir aider sa belle-sœur, Alixe repartait, chargée de poudre d'ambrette, savonnettes de néroly, cachous ambrés, pastilles du Portugal, mouchoirs de Vénus… Elle n'en avait nul besoin. L'amour lui donnait l'éclat de la jeunesse.

Massialot tint parole : il ne s'occupa absolument pas du souper espagnol. À peine s'il daignait encore passer pour claironner ses derniers gains. Francesco n'étant plus que de passage chez Alixe, Trescoat se retrouva aux fourneaux. Il en plaisantait, disant que ce n'était pas là travail d'aristocrate. Ses ancêtres ayant combattu aux côtés de Du Guesclin devaient se retourner dans leur tombe en le voyant, armé de couteaux, se contenter de trucider des poulets et des lapins. Alixe, un peu vexée, lui rétorquait que la cuisine était un art et que de plus en plus de nobles s'y adonnaient dans l'intimité de leur maison. N'était qu'à voir le Régent ! Trescoat la prenait alors dans ses bras, la faisait virevolter lui disant qu'il adorait la faire enrager pour embrasser ses joues rosies de colère. Alixe prenait sa revanche en le houspillant pour ses gestes malhabiles, ses casseroles brûlées, ses carottes tranchées trop épais, ses viandes mal découpées. Ils en riaient. Malgré ces moments de bonheur, il lui arrivait d'être particulièrement nerveux, inattentif, maussade. Alixe s'en inquiétait. Il lui répondait que cela allait passer, que dans quelque temps il serait libéré de ses soucis.

Dans ce ciel presque serein éclata l'affaire des *Philippiques*. Un matin, on apporta au vieil aveugle qui mendiait devant l'église Saint-Roch des soi-disant cantiques à la gloire du saint. On lui dit qu'il pouvait les vendre et garder l'argent. L'aveugle remercia ses bienfaiteurs et vendit allégrement ce qui était, en fait, la plus venimeuse des attaques contre le Régent. Cinq odes écrites avec style et esprit l'accusaient des turpitudes les plus abjectes. Tout Paris fut promptement au courant. Devant l'ampleur que prenait la rumeur, le Régent qui prêtait peu d'attention à ces libelles concoctés dans des officines clandestines, pourtant surveillées par la police, finit par demander à les lire. Personne n'osa les lui donner. Il dut ordonner à son ami Saint-Simon de s'exécuter. Le pauvre, la tête basse, lui apporta les écrits mais refusa de les lire. Philippe les prit, s'installa dans l'embrasure d'une fenêtre de son cabinet d'hiver. Au début, il sembla peu affecté, se contentant de rire aux sempiternels passages où on l'accusait de coucher avec sa fille. Puis son visage changea, il pâlit et s'écria :

– C'en est trop. Cette horreur est plus forte que moi.

On l'accusait, dans des termes d'une terrible noirceur, de vouloir empoisonner le petit roi. Saint-Simon tenta alors de lui reprendre les papiers. En vain. Le Régent, profondément accablé, poursuivit sa lecture.

Le jeune Voltaire fut, bien évidemment, soupçonné d'en être l'auteur. Il s'en défendit. On le crut. Le Régent se contenta de l'éloigner de Paris, lui laissant le choix du lieu de son exil. Plusieurs personnes de qualité lui ouvrirent les portes de leurs châteaux. Il préféra celui de Sully où il y avait une bonne bibliothèque.

Le coupable, un certain Lagrange-Chancel, fut bientôt délogé du donjon au fin fond du Périgord où il se terrait. Il faisait partie des écrivaillons de l'entourage de la duchesse du Maine qui avait réservé au Régent cette dernière flèche empoisonnée.

Alixe, bouleversée par ces attaques contre Philippe, décida de préparer une crème au chocolat qu'elle lui servirait personnellement lors du souper espagnol. Elle suivrait la recette de Massialot, un des grands succès du cuisinier. Elle savait que Philippe l'adorait.

– Pourquoi n'en fais-tu pas pour tout le monde ? demanda Trescoat.

– Ce sera ma manière de lui signifier mon soutien dans ces moments difficiles.

– C'est une délicate attention. Il y sera certainement sensible.

Alixe sourit.

– Tu ne crains pas de choquer tes glorieux ancêtres en râpant une once de chocolat ?

Trescoat lui fit un petit baiser sur le bout du nez et s'exécuta. Elle délaya le chocolat avec quatre jaunes d'œufs et un peu de lait. Elle rajouta une chopine de crème douce, un demi-septier[1] de lait et du sucre. Elle mit sur le feu une casserole pleine d'eau, versa la crème au chocolat dans un plat dont le fond trempait dans l'eau.

– Et voilà! Il n'y a plus qu'à attendre qu'elle prenne.

Ensemble, ils préparèrent des œufs au massepain, *huevos maimones* en espagnol. Soudain, Alixe bondit et se précipita vers la crème au chocolat, l'ôtant du feu.

– Mon Dieu! Je l'avais oubliée!

Elle la regarda de près. La crème semblait parfaite.

– Peux-tu aller la ranger au frais? demanda-t-elle à Trescoat.

Il prit avec soin le plat entre deux torchons. Alixe retourna à ses œufs. Un fracas se fit entendre. La crème au chocolat formait une tache sombre sur le sol carrelé.

– Oh non! Quel maladroit tu fais! s'écria Alixe. Je suis déjà en retard!

– Je suis désolé. J'ai bien observé comment tu procédais. Cela n'a pas l'air si difficile. Laisse-moi la refaire.

Alixe ronchonna, lui dit que, décidément, il était plus capable au lit que dans une cuisine, alla chercher un pain de chocolat dans la réserve et lui tendit la râpe.

– N'oublie pas que c'est pour le Régent. La crème doit être parfaite.

Trescoat acquiesça et se mit au travail.

Au souper, il y eut plus de monde que prévu, ce qui contraria Alixe. Y aurait-il assez à manger pour tous?

1. Environ 1/4 de litre.

Au moins pourraient-ils se rattraper sur la boisson. Des dizaines de bouteilles de Champagne et de Pommard attendaient qu'on leur fasse un sort. Pour faire oublier au Régent l'épreuve des *Philippiques*, tous les roués étaient bien décidés à passer une folle nuit. Les femmes avaient revêtu leurs robes les plus aguichantes et les hommes les costumes les plus chatoyants. Les pierreries les plus fines, les diamants les plus purs étincelaient dans la lumière des girandoles. Madame de Parabère portait une robe volante de velours à larges fleurs au cœur d'or vif et aux pétales violets, mauves, lilas, relevé d'or mat. Madame de Prie paradait dans sa robe de taffetas ombré pistache et gris. Le reflet des soies, velours et satins adoucissait les visages et faisait danser les regards.

Il y avait tant de grâce, de beauté et de légèreté qu'Alixe fut saisie d'un sentiment d'admiration. Les âmes étaient peut-être noires mais les ramages évoquaient une assemblée d'oiseaux de paradis. Le Régent était tendu, la fatigue marquait ses traits déjà lourds. Son ensemble de soie corail orné de grosses fleurs brodées de fil d'or lui faisait le teint encore plus rouge que d'habitude. Il répondait distraitement à la de Prie qui agitait sous son nez un décolleté ne laissant rien ignorer de ses seins ronds. Tous faisaient assaut de bons mots, de traits d'esprit pour chasser la morosité de Philippe. Les bouchons de Champagne sautaient. La première bouteille sembla ranimer le Régent. Il se rapprocha de la Parabère et lui susurra quelques mots à l'oreille. Elle éclata de rire et proposa à la cantonade un tournoi de Champagne. Comme toujours, elle en sortirait victorieuse mais cela n'empêcha pas Richelieu de se précipiter vers les rafraîchissoirs. Il s'empara d'une bouteille, tournicota le bouchon qui partit comme une fusée. La mousse jaillit, éclaboussant sa perruque en bout-de-rat et son ensemble de velours pourpre à ramages brodés de larges fleurs couleur olive et agrémenté de passementeries. Madame de Prie accourut pour lui lécher les joues sous les applaudissements des autres. Voilà, c'était parti pour quelques jeux qui ne tarderaient pas à dégénérer en bacchanales.

Alixe observait attentivement la scène par le judas pratiqué dans le mur lui permettant de suivre la progression du souper et d'apporter les plats au bon moment. Cette soirée ne lui disait rien qui vaille et sa vigilance était de nouveau en éveil. Elle connaissait tous les participants, mais surveiller leurs faits et gestes n'allait pas être aisé. L'abbé Dubois semblait lui aussi aux aguets. Pour la première fois, elle lui sut gré d'être présent. Le décor de table avait été particulièrement soigné. Au centre, trônait un surtout[1] en argent, couronné par une figure de bacchante portant six bougies. Les assiettes en vermeil doré, gravées aux armes du Régent, les couverts ciselés de motifs d'entrelacs et de feuillages étaient élégamment disposés sur la nappe en petite Venise.

Les plats espagnols donnèrent lieu à des plaisanteries soulignant leur goût archaïque, leurs ingrédients passés de mode. On se gaussait du roi d'Espagne, obligé d'ingurgiter de tels brouets. Alixe entendait toutes ces critiques mais s'en moquait, trop occupée à veiller à

1. Grande pièce d'orfèvrerie décorative.

ce que personne ne s'approche de l'assiette du Régent. Ce dernier semblait apprécier ce qu'il mangeait et il fut l'un des seuls à prendre la défense de la cuisine espagnole, disant qu'elle lui rappelait ses jeunes années. Comme s'y attendait Alixe, le veau à la roquette et le « lapin mouillé » suscitèrent quelques éloges. Trescoat lui fit un petit signe de connivence. Richelieu semblait ne plus faire aucun cas de lui, ce qui réjouit grandement Alixe. Peut-être allaient-ils pouvoir mener une vie normale. À moins qu'ayant acquitté sa dette, il ne retourne en Bretagne. Il ne lui avait plus parlé de départ, mais elle n'osait croire qu'il restait pour elle. Ces dernières heures, il s'était montré distant. Se détachait-il d'elle ? Alixe chassa cette pensée. Ce n'était ni le lieu, ni l'heure de s'inquiéter de son propre sort. Plus la soirée avançait et plus elle se sentait libérée du poids de l'inquiétude. Les propos étaient de plus en plus grivois, les gestes de plus en plus lestes. À la grande satisfaction d'Alixe, Trescoat ne participait pas aux ébats. En retrait, il avait un regard chagrin et semblait perdu dans ses pensées. La jeune femme n'avait qu'une hâte : le prendre par la main et retrouver le lit où ils se livreraient aux caresses les plus brûlantes. En servant les desserts, elle s'approcha de lui :

— J'ai fini mon service. Ne pourrais-tu t'esquiver avec moi ?

— Tu as tout apporté ? Je n'ai pas vu ma crème au chocolat. L'as-tu trouvée indigne du Régent ?

Alixe éclata de rire.

— Non, elle est parfaite. Du moins je le crois. J'ai failli la goûter mais elle aurait été imprésentable. Je la sers immédiatement au Régent et nous partons ?

– Je te rejoindrai plus tard. Pour ma dernière soirée, je ne veux pas donner à Richelieu matière à récriminations.

– C'est ta dernière soirée ? Tu ne me l'avais pas dit. Tu repars en Bretagne ?

Il la regarda avec gravité.

– Nous en parlerons tout à l'heure. Ne t'inquiète pas. Je ne t'abandonnerai pas.

Le ton passionné de Trescoat la rassura un peu. Quel sort lui réservait-il ?

Elle se dépêcha de disposer la crème au chocolat dans une jolie assiette de faïence de Rouen décorée de chinoiseries dans les tons bleus et orange. Quand elle la présenta au Régent, il était en conversation avec Dubois. L'abbé lui jeta un regard peu amène.

– Monseigneur, j'ai préparé cette crème au chocolat rien que pour vous. Je souhaite par ce petit geste vous prouver à quel point je souhaite la fin de vos ennuis.

– C'est très gentil à toi, Alixe. Je te remercie de te préoccuper de mon avenir. Malheureusement pour la crème au chocolat, j'ai déjà trop mangé. Je suis plein comme une outre. Mais je la conserve volontiers pour m'en délecter après avoir rendu hommage à une de ces belles personnes, dit-il en montrant l'assemblée d'un geste las.

– Le chocolat est connu pour attiser les ardeurs de Vénus.

– Alors, je la partagerai avec ton ami Trescoat.

Alixe s'empourpra. Le Régent sourit.

– Votre cuisinière a l'art de nouer des relations avec vos ennemis, Monseigneur, dit Dubois d'un ton aigre.

– Ne l'écoute pas, Alixe, il voit le mal partout. Je souhaite que la nuit te soit douce, avec ou sans chocolat.

Confuse, elle ne sut que répondre et partit, sentant le regard de Dubois comme une brûlure sur sa nuque.

Elle attendit Trescoat avec impatience. À quatre heures du matin, elle entendit ses pas pressés dans l'escalier. Elle sourit à la pensée des délices qui les attendaient. La porte de la chambre s'ouvrit violemment.

– Vite ! il faut partir. Le Régent est au plus mal.

– Mon Dieu ! Que s'est-il passé ?

– La Parabère, avec qui il était parti s'ébattre, a fait irruption en disant qu'il avait perdu connaissance. Le docteur Chirac a été immédiatement appelé. Peu de temps après, le bruit s'est répandu qu'il croyait à un empoisonnement.

– Oh non ! ça ne va pas recommencer, s'exclama Alixe alors que Trescoat avait saisi un sac et y mettait pêle-mêle les robes, casaquins, bonnets, jupes, chemises, souliers.

– J'ai entendu Dubois sortant de la chambre du Régent dire qu'il te soupçonnait de ce crime.

– C'est impossible. Philippe ne le croira pas.

– Il n'est pas en état de dire quoi que ce soit. Je t'en conjure, habille-toi. Il faut vraiment partir.

Incapable de faire le moindre mouvement, Alixe était assise dans son lit. Trescoat la saisit par un bras et l'obligea à se mettre debout. Il lui tendit un jupon, une chemise.

– Mais je n'ai nulle part où aller ! Chez Massialot peut-être.

– C'est le premier endroit où ils te chercheront. Je t'emmène avec moi en Bretagne.

De saisissement, Alixe retomba sur le lit.

– Je ne peux pas partir. Je n'ai rien fait. Je vais m'expliquer. On me croira.

– Dubois avait l'air déterminé. Tu m'as assez dit qu'il te déteste. C'est un excellent moyen de se débarrasser de toi.

Trescoat lui donna sa robe et des chaussures.

– Je ne peux pas m'éloigner de Paris sans savoir comment va Philippe.

Trescoat la prit par les épaules et la secoua.

– Dans une heure, il sera trop tard. Un carrosse nous attend rue de Richelieu.

– Il faut que je prévienne Élise ou Marivaux.

– Dépêche-toi ! Nous n'avons pas le temps de faire des détours.

– Je vais laisser un mot à Francesco.

Trescoat lui lança sa cape de laine et l'entraîna dans l'escalier.

– Pas le temps.

Ils coururent jusqu'au carrosse. Trescoat poussa Alixe sans ménagement dans la voiture, frappa à la paroi. Le cocher fit claquer son fouet et les quatre chevaux se mirent en branle.

18

Le voyage avait duré quatre jours. Alixe n'en gardait qu'un souvenir confus. Les relais de poste se succédaient, la campagne défilait devant ses yeux baignés de larmes. Cette fuite lui était insupportable. Plusieurs fois, elle reprocha à Trescoat de l'avoir forcée à le suivre. Invariablement, il lui répondait qu'il n'avait pas eu le choix. Elle n'avait cessé de s'inquiéter pour le Régent. Était-il mort? Elle n'avait aucun moyen de le savoir. À chaque relais de poste où ils changeaient de chevaux, elle guettait les conversations. À Blois, un cavalier parti quelques heures après eux annonça que le Régent avait reçu l'extrême-onction.

Elle se réfugia dans un demi-sommeil où la douleur d'avoir perdu Philippe se mêlait avec le pressentiment que sa vie allait basculer dans un cauchemar. Trescoat, après avoir vainement tenté de la tirer de cette inquiétante torpeur, n'insista plus et devint à son tour sombre et distant.

Ils arrivèrent à Vannes aux dernières lueurs du jour. Ils parcoururent encore cinq lieues. Il faisait nuit noire quand ils franchirent l'antique pont-levis menant au château. Trescoat aida Alixe à descendre de voiture. Engourdie, elle fit quelques pas dans la cour intérieure que n'éclairait aucune lumière. La lourde porte s'ouvrit. Un jeune garçon jaillit de l'obscurité et se jeta dans les bras de Trescoat. Ce dernier le serra très fort. Derrière l'enfant apparut une jeune fille portant un flambeau. Alixe reconnut aussitôt celle que Trescoat avait rencontrée au café du Palais-Royal.

– Je te présente mon fils, Maël.

Baissant les yeux, le jeune garçon tendit une main timide.

– Et ma sœur, Anne, ajouta Trescoat, poussant Alixe vers la porte.

La jeune fille n'avait pas bougé et n'esquissa pas le moindre geste de bienvenue.

– Le Régent est mort ? demanda-t-elle.

– Je le crois.

– Tu n'en es pas sûr ?

La voix de la jeune fille était devenue suraiguë. Alixe sursauta. Comment cette fille pouvait-elle savoir que le Régent était mort ? Pourquoi s'en assurait-elle auprès de son frère ? En un éclair, Alixe entrevit la vérité. Trescoat était l'assassin. L'espace d'un instant, son cœur cessa de battre.

Trescoat, voyant qu'Alixe retournait à pas lents vers le carrosse, la saisit par le bras et, écartant sa sœur, la fit entrer dans le corps de logis. Son fils détala dans l'escalier de pierre menant aux étages. La jeune fille se planta devant son frère.

– Tu avais promis d'accomplir ta mission.

– Je l'ai fait.

– Dieu soit loué ! Tu nous as débarrassés de ce monstre. Et elle ? Pourquoi l'as-tu ramenée ? Ce n'était pas convenu ainsi, lança-t-elle avec colère. Tu devais faire en sorte qu'elle soit accusée.

Alixe échappa à l'étreinte de Trescoat. Elle courut vers la cour pour remonter dans le carrosse et s'éloigner à bride abattue de ce lieu maudit. La voiture était repartie. Elle s'écroula sur le sol. Elle sentit Trescoat se pencher sur elle.

– Ne me touche pas, hurla-t-elle.

– Je te dois des explications.

– Je ne veux rien savoir. Tu m'as trahie de la plus horrible manière. Tu t'es servi de moi pour tuer Philippe. Tu es l'être le plus abject qui soit.

Elle se débattit quand il voulut la relever.

– Si j'avais une arme, je te tuerais.

Elle le griffa sauvagement à la joue quand il la souleva de terre et l'emporta à l'intérieur de la maison. Elle hurlait, sanglotait et lutta tant qu'il tomba lourdement devant la cheminée. Elle chercha à s'enfuir, mais il la maintint fermement, dos à terre.

– Tu vas m'écouter. Je n'ai jamais voulu ce qui s'est passé. On m'a obligé à le faire.

Elle lui cracha à la figure.

– Tu m'as menti sans arrêt. Tes mots d'amour, tes caresses n'étaient que menteries.

– Détrompe-toi. Je t'aime. Si ce n'était pas le cas, je serais parti seul de Paris. Je voulais te sauver.

– Après m'avoir perdue, dit Alixe dans un sanglot.

Il relâcha la pression qu'il exerçait sur elle. Les flammes éclairaient ce visage qu'elle avait tant aimé, caressé et embrassé. Elle se sentit si misérable, si affligée qu'elle cessa de lutter. Elle souhaita mourir, là, sur le sol glacial de ce château où, même dans ses rêves les plus fous, elle n'avait osé s'imaginer. Elle y était pourtant, le cœur brisé et, pire encore, complice de trois assassinats. Elle se faisait horreur de ne pas avoir été plus clairvoyante. La méfiance de Marivaux à l'égard de Trescoat lui revenait en mémoire. Elle avait négligé son avis, bien trop désireuse de cet amour qui se révélait le venin le plus perfide. Honoré avait raison, le coupable se cachait parmi ses proches. Elle était allée jusqu'à soupçonner Élise et Francesco sans jamais se méfier de Trescoat. Elle leur devait réparation. Une immense colère l'envahit. Elle se redressa, arrangea les plis de sa cape sous elle. Elle regarda Trescoat d'un œil froid. Tout en la surveillant, il remettait une énorme bûche dans l'âtre.

— Je ne peux pas m'enfuir. Mets à profit ce temps où je suis ta prisonnière pour me dire la vérité.

— Tu n'es pas prisonnière. Tu le serais si tu étais restée à Paris.

Alixe eut un geste d'agacement.

— Je te remercie de ta bonté. Mais revenons à ce qui s'est passé. Comment t'y es-tu pris pour verser le poison qui fut fatal à la jeune comédienne ?

— Ce n'est pas moi. C'était la première fois que je participais à un souper. J'ignorais tout de ce qui s'y passait et à l'époque, j'étais loin de penser à empoisonner le Régent. Je n'avais en tête que de me débarrasser de Richelieu.

— Comment veux-tu que je te croie ? répliqua Alixe d'un ton amer. Tu aurais fort bien pu le faire. Avoue-le.

— J'avouerai d'autres forfaits, sois-en sûre, mais celui-ci n'est pas de mon fait. Je tremblais tellement en comprenant le rôle que me réservait Richelieu, j'étais tellement effaré des scènes que je voyais que je n'ai même pas remarqué cette jeune personne. Crois ce que tu veux, mais je n'y suis pour rien.

Il semblait sincère. Pouvait-elle lui faire confiance après avoir été tellement abusée?

— Quand as-tu décidé de t'attaquer au Régent? demanda-t-elle en faisant un immense effort pour parler d'un ton calme.

— Je ne l'ai pas décidé. Dans un premier temps, j'ai été approché par des conspirateurs bretons. J'ai refusé de répondre à leurs attentes. La fréquentation des soupers m'avait appris que le Régent était plutôt un honnête homme malgré ses déplorables habitudes.

— Un honnête homme que tu n'as pas hésité à faire mourir, hurla Alixe. Continue, dit-elle d'un ton plus mesuré.

— On m'a alors envoyé un nouvel émissaire: ma sœur. Elle fait partie de la conjuration depuis le début. Elle est très sensible à la défense de la grandeur de la Bretagne. Je n'ai jamais adhéré à cette vision. Je lui ai dit de rentrer au manoir, que je ne ferais rien de ce que l'on me demandait. Elle m'a rappelé que je serais déclaré sans foi et sans honneur, et dégradé de ma noblesse par mes pairs si je ne me rangeais pas à leurs côtés. Elle n'a pas manqué d'ajouter que j'apparaîtrais aux yeux de mon fils comme un couard et un traître. Je la sais persuasive et Maël n'est qu'un enfant. Après avoir tergiversé, j'ai fini par accepter.

Alixe le regarda avec une profonde tristesse.

— En me sacrifiant, dit-elle.

Trescoat agita les mains en signe de dénégation.

— Ne crois pas cela. Je t'aimais déjà sincèrement et il n'était pas question de me servir de toi.

— Quand cela a-t-il changé?

Trescoat rajouta une bûche parfaitement inutile dans la cheminée et hésita avant de répondre:

– C'est une idée d'Anne. Quand elle a su ce que tu faisais, elle m'a dit que cela me faciliterait la tâche, qu'il suffirait que je sois présent quand tu préparerais un souper.

Alixe ferma les yeux et se remémora tous les bons moments passés dans la cuisine, leurs discussions sur les voyages, leurs rires aux maladresses de Trescoat, les explications qu'elle lui donnait croyant qu'il s'intéressait sincèrement à elle.

– Tout cela n'était que tromperie, mensonge, mystification, duperie, dit-elle d'une voix dure.

– Ne crois pas cela. Ces instants dans ta cuisine sont les meilleurs de ma vie, répliqua-t-il. J'ai adoré te voir travailler et t'aider dans ces tâches à la fois si simples et si complexes. On me pressait d'agir. J'ai repoussé autant que j'ai pu le passage à l'acte.

– Et comment as-tu tué Honoré ?

Trescoat sursauta. Son regard exprima une grande souffrance. Il s'agenouilla à ses côtés.

– Comment peux-tu croire que j'ai fait une chose pareille ?

– Tu as bien tué le Régent, répondit Alixe d'un ton railleur qui s'étrangla dans sa gorge.

– Honoré était un ami. Jamais je n'aurais pu l'égorger.

– Mais si ce n'est toi, c'est donc tes amis.

Trescoat accusa le coup. Il devint livide.

– Oui, ce sont des Bretons qui l'ont assassiné. Honoré fouinait partout. Il a été témoin d'une conversation que ces imbéciles de conjurés tenaient dans un café, près du Palais-Royal.

Il se tut un instant et reprit, d'une voix mal assurée :

– Quand il est passé chez toi pour te laisser un message, j'étais là. Nous avons un peu parlé et…

– Il te faisait confiance, dit Alixe dans un souffle.

– Oui. J'ai compris qu'il y avait danger.

– Et tu as prévenu tes amis.

– Ce ne sont pas mes amis, protesta Trescoat avec véhémence. Jamais je n'aurais cru qu'ils allaient le tuer. Je voulais juste les inciter à plus de prudence.

Accablée, Alixe cacha son visage dans ses mains. Elle était bien la cause de la mort d'Honoré. Jamais elle ne se le pardonnerait. Trescoat tenta de lui écarter les doigts. Elle recula aussi vivement que si un serpent l'avait piquée.

– Marivaux avait raison. C'est pour éviter d'être interrogé que tu m'as conseillé de ne pas aller voir la police. Ils auraient peut-être découvert tes liens avec les conjurés.

Trescoat resta silencieux.

– Tu as donc décidé d'agir lors du souper espagnol.

– Je n'avais plus le choix. Anne m'avait envoyé un message plus que menaçant.

– Tu devais être ravi de ne plus avoir Élise et surtout Francesco dans les pattes. Et toutes les attentions, les mignoteries dont tu m'as fait la grâce, n'étaient là que pour endormir ma méfiance.

Trescoat poussa un long soupir désolé.

– Je sais que tu ne peux croire à ma sincérité. Pourtant rien n'était feint dans les élans que j'avais pour toi.

– Tu as fait exprès de laisser tomber la crème au chocolat. Tu l'as ensuite préparée à ta manière en y introduisant un poison.

– J'ai…

– Ne me dis pas lequel, l'interrompit Alixe. Je ne veux pas savoir quelles souffrances Philippe a endurées avant de mourir.

– J'ai fait ce que j'avais à faire, répliqua sombrement Trescoat. Je n'ai cessé de trembler dans les heures qui ont suivi.

– Tu avais l'air pourtant parfaitement calme quand je t'ai dit que j'avais failli y goûter.

– Je t'en aurais empêchée.

Envahie par une extrême lassitude, Alixe souhaitait mettre un terme à cet échange désespérant. Dans un dernier effort, elle le regarda droit dans les yeux.

– Tu n'es resté que pour t'assurer que le Régent avale bien ta crème au chocolat.

Trescoat ne répondit pas.

Les jours suivants, Alixe sombra dans un état proche du délire. Tous les événements dramatiques de ces derniers mois lui revenaient en mémoire. Elle revoyait distinctement les moments où elle aurait dû se méfier, comprendre la duplicité de Trescoat. Depuis un an, le Parlement de Bretagne était entré en rébellion et la noblesse bretonne ne cessait d'adresser de véhémentes remontrances au Régent. Mais pour elle, il ne s'agissait que d'obscures questions de taxes et d'impôts contre lesquels se révoltaient les Bretons.

Elle revivait leurs enlacements, ces instants où le plaisir lui faisait crier son nom, leurs réveils amoureux, la joie qu'elle ressentait et qu'elle lisait dans les yeux de son amant. Ces souvenirs la faisaient gémir de douleur dans le grand lit au baldaquin vermoulu où Trescoat l'avait conduite avant de se retirer en silence. Elle ne touchait pas aux bouillies de sarrasin qu'une petite domestique déposait près de son lit. Elle n'avait d'appétit que pour la mort comme lorsque Jean et les enfants étaient décédés. Baptiste était alors venu l'arracher à ce vertige l'emportant vers le néant. Cette fois, il ne viendrait pas. Peut-être était-il mort lui aussi. Sa vie n'était qu'un champ de ruines. À quoi bon continuer? Pour qui?

Au soir du troisième jour, Trescoat entra dans sa chambre. Une lueur grisâtre pénétrait par les minuscules fenêtres percées dans la muraille. Dans une embrasure, Alixe regardait les vagues se briser sur les rochers. Le manoir se dressait dans un paysage désolé, entouré de rocs de pierre et d'herbe rase, battu par les embruns salés. Trescoat s'était muni d'un candélabre qu'il déposa sur une table branlante. Il s'assit sur le rebord du lit. Alixe recula d'un mouvement brusque. Trescoat fit un geste d'apaisement et déclara d'une voix douce:

– Le Régent est vivant.

Alixe resta muette. Elle ferma les yeux. Une onde d'intense soulagement l'envahit.

– Dieu que je suis contente que tu aies raté ton coup, murmura-t-elle.

– Je le suis aussi. Ce geste me faisait horreur. Je l'ai accompli mais la justice divine veillait.

Alixe haussa les épaules.

– Comment l'as-tu appris?

– Tout le monde attendait l'annonce officielle de son décès quand un cavalier est arrivé, annonçant qu'il était sauf.

– En es-tu sûr?

– Les conjurés ont des informateurs fiables. Il semblerait que Chirac lui ait immédiatement fait prendre un émétique, ce qui lui permit de rejeter l'essentiel du poison. Pendant deux jours, il est resté entre la vie et la mort. Tout danger est maintenant écarté.

– Dieu soit loué ! Je rentre à Paris.

– Tu es folle ! Il y a eu poison et tu restes accusée.

Alixe éclata d'un rire sarcastique.

– Par tes soins ! Je n'aurai aucun mal à expliquer que tu es le véritable coupable.

– L'émotion est grande à Paris. Dubois n'hésitera pas à te livrer à la vindicte populaire. Le peuple est inquiet de la guerre qui se prépare et voit dans le Régent un rempart contre les troubles. Ce qui est vrai.

Alixe ricana de nouveau.

– C'est trop beau ! Te voilà défenseur du Régent ! Je n'y crois pas !

– C'est bien mon problème. J'ai agi à mon cœur défendant. Je savais que j'allais te perdre. En t'emmenant ici, je voulais te sauver. J'espérais que tu me pardonnerais. C'était insensé, je le sais.

Découragée, Alixe soupira.

– Un beau gâchis. Même si je veux bien croire que tu n'es pas coupable de l'empoisonnement de Catarina, je ne te pardonnerai jamais la mort d'Honoré.

– Je le sais, répondit tristement Trescoat.

Il refusait obstinément de la laisser partir. D'autant que les événements se précipitaient dans la région. D'après Anne, la conjuration avançait à grands pas vers un soulèvement général.

Alixe protesta à peine. Il n'y avait plus d'avenir pour elle dans ce monde. Même si elle prouvait son innocence, que ferait-elle rue Neuve-des-Petits-Champs ? Continuer à vendre des rossolis et des confitures ? Impensable. Faire la cuisine ? La réputation d'empoisonneuse lui collerait à la peau. Il lui serait tout bonnement impossible de vivre à quelques pas du Palais-Royal et du grenier d'Honoré. Elle enverrait un courrier à son notaire avec instruction de mettre tous ses biens au nom de ses neveux. Vivre en recluse dans ce château isolé serait son châtiment.

Chaque jour, elle aurait à se souvenir de ses erreurs et des drames qu'elle avait causés. Et quand viendrait le moment, elle s'éteindrait sans main secourable à ses côtés. Ce ne serait que justice.

Elle ne dit rien de tout cela à Trescoat. Elle ne lui adressait plus la parole.

Elle quitta sa chambre et, tout naturellement, passa le plus clair de son temps dans la cuisine, aidant la servante à préparer les repas. Non pas que cela fut une lourde tâche, déjeuner, dîner et souper étant composés de bouillies de céréales, de soupes au lard et de galettes de sarrasin. S'occuper les mains était tout ce qui lui restait.

Devant le refus réitéré de son frère, Anne avait cessé de lui demander de chasser cette étrangère qui n'adhérait pas à leur cause. Elle se contentait de toiser Alixe et de la traiter comme une domestique. Trescoat prit l'habitude de venir s'asseoir au coin de la cheminée, le seul endroit un peu confortable de ce château où un vent glacial s'infiltrait sous les portes et par les fenêtres mal jointes. Alixe n'avait jamais connu de lieu aussi inhospitalier. Le mobilier se résumait à de lourds coffres de bois noir aux antiques serrures, des tables et des chaises datant d'un autre siècle. Les tapisseries au mur n'avaient plus de couleurs, aucun tapis n'isolait les dalles de granit du froid et de l'humidité.

Alixe ignorait Trescoat. Elle vaquait à ses occupations sans lui accorder le moindre regard. Son cœur saignait. Ces scènes d'intimité familiale auraient pu être le comble du bonheur.

Les premiers jours, Trescoat resta silencieux, puis se décida à parler :

— Je suis conscient de t'avoir définitivement perdue. Je ne cherche pas à me justifier, juste à tenter de t'expliquer ce qui m'a amené à te trahir.

Alixe eut un geste d'exaspération mais ne souffla mot.

— Je ne peux que donner raison à la noblesse bretonne. Elle se bat pour conserver les libertés, droits et privilèges acquis après le rattachement au royaume de France. Nous avons la malchance d'avoir pour commandant en chef cet idiot de Montesquiou, un être rigide, méprisant qui ne comprend rien aux Bretons. Il veut les mater comme s'il s'agissait d'enfants désobéissants. À l'automne dernier, il a cru avoir eu raison de la rébellion alors qu'elle ne faisait que commencer. Sous la houlette de Talhouët et de Lambilly, des gentilshommes ardents et remuants. Un Acte d'union pour la défense des libertés de Bretagne a commencé à circuler et a recueilli des dizaines de signatures. Je suis resté à l'écart de ce mouvement, ayant d'autres soucis en tête : Richelieu m'avait déjà signifié ses conditions et je m'apprêtais à venir à Paris.

Alixe songea au souper où elle avait rencontré Trescoat. Si elle n'avait pas eu de geste de compassion envers lui, tout aurait pu être évité.

— Anne s'est alors enflammée pour cette cause, continua-t-il d'une voix monocorde. Elle revenait d'un séjour chez une de nos cousines, Françoise de Pontcallec, qui a son âge. Elle avait lu le manifeste et voulait me convaincre de le signer, comme venait de le faire Chrisogone-Clément, le frère de Françoise. Je déteste cet homme, un être violent, brutal qui vole ses fermiers et vit de la contrebande du tabac. Il est ruiné, tous ses biens sont hypothéqués. Dans la crainte de voir arriver les huissiers, il se cache parfois dans une hutte au plus profond de la forêt qui entoure son château. Sans compter qu'il bat ses domestiques et ne paye pas leurs gages.

Alixe eut un regard pour cette cuisine à la table de bois grossier et aux rares ustensiles trahissant la pauvreté de la famille Trescoat.

– Quand j'étais à Paris, Anne m'a abreuvé de lettres décrivant les nobles buts de l'Association patriotique bretonne et m'a donné la liste de nos voisins et amis qui y avaient adhéré. Mes réponses se sont limitées à la description sommaire de ma vie parisienne. J'ai eu le tort de parler de toi. Elle a compris le parti que les conjurés pouvaient en tirer. J'ai été contacté une première fois fin décembre. Comme je les ai sèchement renvoyés à leurs chimères, Anne est montée à Paris. Elle m'a mis le marché en main : soit j'agissais, soit elle partait avec Maël et je ne le reverrais jamais.

Alixe avala péniblement sa salive. Elle se remémorait sa joie quand Trescoat lui avait annoncé qu'il restait à Paris. Si elle avait su ce que cachait ce revirement, Honoré serait toujours en vie.

– Je doutais fort que la Bretagne se soulevât dans son entier. J'ai eu beau lui dire que cette révolte ne concernait que quelques têtes brûlées, elle s'est entêtée. Elle a affirmé que bientôt les six mille maisons nobles seraient derrière Pontcallec, Talhouët et Lambilly. Elle m'a confié, sous le sceau du secret, que les conjurés avaient reçu le soutien de la duchesse du Maine et par là même du roi d'Espagne. Malgré la gravité de la situation, je n'ai pu m'empêcher de rire. De sa prison de Dijon, la duchesse ne serait guère efficace… Anne, comme beaucoup de jeunes filles de son âge, était tellement séduite par l'image chevaleresque des conjurés qu'elle ne voyait même pas le grotesque de la situation.

Ces explications, aussi éclairantes soient-elles, laissèrent Alixe de marbre. Trescoat continua à soliloquer sur l'histoire de la Bretagne ; sa gloire passée quand le commerce des toiles de lin et de chanvre prospérait et faisait de cette région l'une des plus riches de France. Un commerce ruiné par Louis XIV et ses quarante ans de guerres, accompagnées d'une kyrielle de nouveaux impôts et de dizaine de milliers de soldats enrôlés de force.

Il y a peu, elle l'aurait écouté avec intérêt. Aujourd'hui, ce combat lui semblait un ramassis de vieilles rancœurs qui déboucheraient, une fois de plus, sur du sang et des larmes.

De plus en plus souvent, pour échapper à l'atmosphère pesante du château, elle se promenait au bord de la mer qu'elle voyait pour la première fois. Fascinée par le flux et le reflux des marées, elle observait les petits animaux vivant dans les mares. Elle découvrit l'existence des crevettes et des crabes, s'amusant de leur vivacité. Plusieurs fois, elle rencontra Maël sur la plage. Au début, ils se saluèrent poliment, puis commencèrent à faire quelques pas ensemble. C'était un adolescent petit pour son âge, sauvage et si silencieux qu'on aurait pu le croire muet. Il montra à Alixe comment attraper des crabes en soulevant les algues. Après l'avoir fait déchausser, il l'emmena sur le sable découvert par la marée et la fit creuser à un pouce de la surface. Elle eut la surprise de tomber sur un petit coquillage cannelé, de couleur blanc-gris. Puis un autre, encore un autre. Elle en récolta plus de cent. « Ça se mange », dit gravement Maël. Il tendit sa chemise et demanda à Alixe d'y verser leur butin. Depuis ce jour, ils allèrent quotidiennement chercher coques, palourdes, crabes, crevettes, couteaux, moules, généreusement offerts par la mer. Alixe apprit à les cuisiner. Elle se souvint de s'être cruellement moquée de Francesco et de ses crevettes. Elle n'aurait jamais l'occasion de lui demander pardon et de lui dire que ces petits crustacés étaient fabuleusement bons.

Quand Marivaux avait attiré son attention sur l'amour que lui portait l'Italien, elle l'avait rabroué. Quelle bêtise ! Si elle ne s'était pas fourvoyée avec Trescoat, peut-être aurait-elle trouvé le bonheur et la sérénité auprès de Francesco. Ces questions n'avaient plus lieu d'être.

Anne interdisait à son neveu de manger les nourritures de la mer, juste bonnes pour les plus pauvres des pêcheurs, indignes d'un jeune noble pouvant s'enorgueillir d'ancêtres ayant combattu avec Du Guesclin.

Maël venait en cachette s'attabler avec Alixe devant une miche de pain et une motte de beurre bien jaune, le seul produit qu'il y eut en abondance au manoir. Le jeune garçon se rempluma. Ses joues s'arrondirent. Alixe s'en réjouissait.

19

Baptiste avait repris connaissance. Il avait expliqué aux marins qu'il ne supportait pas qu'on parlât des dames en termes injurieux et avait payé une nouvelle tournée générale. Les marins bretons ne lui en demandaient pas plus. Au bout de la nuit, après maints pichets de vin de Jerez, leur accord était scellé. Baptiste embarquerait avec eux jusqu'à Nantes où ils devaient décharger une partie de leurs barriques de vin avant de poursuivre jusqu'à Saint-Malo.

Baptiste le pressentait : Alixe était en danger. Il lui fallait rentrer en France au plus vite et tout faire pour lui venir en aide. Par quels moyens ? Il ne le savait pas encore.

L'arrivée, dans le port de Cadix, de huit navires de guerre et cinquante navires de transport lui suggéra un stratagème. Prêt à appareiller, le brick breton ne put prendre la mer avant plusieurs jours. À quai, les Bretons attendaient impatiemment que le désordre se résorbât. Des centaines de caisses de munitions, des milliers de fusils furent embarqués sur les navires. En ville, les tavernes étaient envahies par des hordes d'Irlandais composant l'équipage. Les Bretons sympathisèrent et n'eurent aucun mal à les faire parler, malgré les consignes qu'avaient reçues les matelots.

Ils étaient cinq mille et feraient voile vers Bristol où les attendaient les nombreux partisans de Jacques III Smart. Ce serait alors un jeu d'enfant de marcher sur Londres, de chasser George Ier et de le remplacer par Jacques III qui avait quitté son exil romain pour cingler vers l'Espagne. Les Bretons exultaient. La perfide Albion allait retrouver un roi catholique. Voilà qui mettrait fin à la Quadruple Alliance et changerait la face du monde.

Baptiste tenait là son sauf-conduit pour rentrer à Paris sans être inquiété. L'escadre était lente, le brick rapide. Il arriverait à Paris avec cette stupéfiante nouvelle connue de lui seul.

Un matin, le bateau put quitter le quai et se frayer un passage entre les lourds navires de guerre. Les Bretons criaient des encouragements aux soldats irlandais penchés au-dessus du bastingage. Baptiste était tellement pressé de partir qu'il aida aux manœuvres, hissant les voiles, déroulant les cordages. À tel point que les Bretons l'embauchèrent pour le reste du voyage ! Au moindre faiblissement de vent, il scrutait l'horizon avec angoisse. Les marins lui disaient de ne pas s'inquiéter, qu'ils allaient bon train. Dans le golfe de Biscaye, une tempête se leva. Ils ne subirent aucun dommage mais l'équipage fit des prières pour que l'escadre espagnole, qui avait dû partir deux jours après eux, ne soit pas prise dans ce mauvais temps. Les Bretons, toujours friands de belles et tristes histoires, se repaissaient de celle de Jacques III qu'on appelait « le Prétendant » ou encore « le chevalier de Saint-Georges ». Son père Jacques II, converti au catholicisme, avait été destitué en 1688 au profit de sa fille Marie et de son époux Guillaume d'Orange, tous deux protestants. Le petit Jacques n'avait que quelques mois. Treize ans plus tard, il fut proclamé roi d'Angleterre… au château de Saint-Germain-en-Laye. En 1715, avec le soutien de l'Espagne et la complicité de la France, il tenta de débarquer en Écosse. L'armée qui devait le porter triomphalement à Londres n'était pas au rendez-vous. Il réembarqua piteusement pour la France. S'ensuivirent des années d'errance de la Lorraine à Rome en passant par Avignon. Ces derniers mois, une autre belle et émouvante histoire avait passionné les partisans du « Prétendant » : la fuite éperdue de sa fiancée, Clémentine Sobieska, fille du roi de Pologne, pour le rejoindre en Italie. Retenue prisonnière à Salzbourg par l'Empereur, elle s'était échappée nuitamment avec sa mère et avait couru les routes jusqu'à Rome.

Baptiste se moquait éperdument de Jacques III et de sa fiancée, mais l'idée de revoir Élise et les enfants lui faisait venir les larmes aux yeux. Les Bretons regardèrent avec respect cet homme qui pleurait aux malheurs du « Prétendant ».

Le 11 mars, Baptiste débarqua à Nantes. Il lui restait assez d'argent pour louer un cheval. L'idée que la cagnotte remise par la duchesse du Maine allait servir à trahir l'Espagne le fit sourire.

Le 14, en fin d'après-midi, il était aux portes de Paris. Il attendit la nuit, laissa son cheval dans un relais de poste du faubourg Saint-Jacques et continua à pied jusque chez lui.

Les retrouvailles avec Élise furent une suite de pleurs, embrassades, rires et cris. Les enfants manquèrent de l'étouffer sous leurs baisers. Il fallut qu'il se fâche pour qu'ils retournent se coucher. Resté seul avec Élise, il fut frappé de voir combien son épouse avait souffert de son absence. Elle était devenue aussi frêle qu'une de ces jonquilles qu'elle aimait tant, ses yeux étaient cernés et une ride, jusqu'alors inconnue, lui marquait le front. Il lui demanda pardon pour le mal qu'il lui avait fait et lui jura de rester auprès d'elle, quoi qu'il arrive.

– Et Alixe? Comment va-t-elle? demanda-t-il.

D'une voix hésitante, Élise lui répondit qu'elle était partie.

– Avec ce Breton dont tu m'avais parlé?

Élise acquiesça.

– Mon Dieu! Elle court de graves dangers. Il faut la retrouver.

Étonnée de la sollicitude manifestée par son mari, Élise lui raconta les terribles événements qui avaient eu lieu depuis son départ. Effaré, Baptiste l'écouta sans mot dire, lui prenant la main quand le récit devenait trop difficile.

– Sais-tu où habite ce Trescoat?

– Je n'ai pas eu le courage de chercher. Tout est devenu si pénible pour moi, dit-elle, des larmes perlant à ses paupières.

Baptiste la prit dans ses bras, la berça longuement en lui murmurant comme une litanie : « Tout va bien. Je suis là. » Elle se calma, essuya ses yeux et déclara :

– Elle se confiait beaucoup à Marivaux. Il en sait sûrement plus que moi.

– Je vais le voir.

– Maintenant? Mais tu viens juste d'arriver. Tu iras demain…

– Élise, je suis en partie responsable de tout ce malheur. J'ai fait du mal aux êtres qui me sont le plus cher. Je me suis juré de réparer ce qui peut l'être.

Stupéfaite et ravie du revirement de son mari, elle lui donna l'adresse de Marivaux, le conjurant d'être prudent.

Marivaux rentrait tout juste d'un souper et alla lui-même ouvrir la porte. Il resta sans voix et invita aussitôt Baptiste à entrer. Leur échange fut long. Marivaux voulut d'abord s'assurer de ses intentions. Ne cherchait-il pas à jouer un mauvais tour à Alixe ? Baptiste le comprit fort bien et s'employa à le tranquilliser. Marivaux lui confia alors tout ce qu'ignorait Élise. Alixe avait recherché l'assassin de Catarina pour le disculper lui, Baptiste, puis les choses avaient mal tourné, Honoré avait été tué. Quant à l'empoisonnement du Régent, il ne faisait aucun doute que c'était l'œuvre de Trescoat. Pourquoi Alixe l'avait-elle suivi ? Marivaux ne se prononçait pas. Les jeux de l'amour et du hasard conduisaient souvent à des dénouements imprévus. Il approuvait Baptiste de vouloir tirer sa sœur des griffes de son amant. Mais pour mener à bien sa mission, il lui conseilla de prendre les devants, en obtenant le soutien de Dubois. Le pire serait qu'il soit arrêté en Bretagne où la révolte grondait. Baptiste lui confia avoir dans sa besace une nouvelle de choix qui lui vaudrait la bienveillance du ministre. Il irait le voir dès le lendemain.

Se rendre directement au Palais-Royal était trop dangereux. Il risquait de se retrouver en prison avant d'avoir pu parler à Dubois. Il laissa un message à la Fillon, cette tenancière de bordel de la rue Saint-Sauveur, grande amie et maîtresse de Dubois. Elle se vantait d'être la première officine de renseignements du royaume. La réponse ne se fit pas attendre. Baptiste était attendu chez la même Fillon à quinze heures.

Dubois était en retard. Baptiste eut le temps d'observer les filles, toutes plus appétissantes les unes que les autres, prêtes à assouvir les désirs des banquiers, marchands, prélats ou militaires. L'une d'elles, à la jupe en satin relevée avec des épingles laissant voir le jupon transparent, s'approcha de lui. Son bustier de gaze ne dissimulait rien de ses seins généreux. Baptiste déclina poliment ses avances. Il se leva du canapé à trois places en satin rose brodé de fils de soie verte pour s'installer sur une chaise et s'abîma dans la contemplation des petits tableaux figurant des scènes galantes.

Arrivé au pas de course du Palais-Royal voisin, Dubois l'entraîna dans un petit salon.

– Voilà qui est téméraire, mon cher Savoisy. Vous êtes accusé de meurtre.

– Je ne l'ai pas commis.

– Je le sais.

Interloqué, Baptiste regarda Dubois qui ne lui laissa pas le temps de répondre.

– Qu'avez-vous à me dire de si important ?

Baptiste lui raconta ce qu'il avait vu à Cadix, donna tous les détails qu'il avait pris soin de noter : le nombre de navires, de soldats, de matelots, une estimation des caisses de munition, des fusils et des canons.

– Pas mal du tout ! Je vais prévenir immédiatement l'ambassadeur d'Angleterre, Lord Stair. Mais puis-je vous faire réellement confiance ? Il y a trois mois, vous serviez fidèlement la duchesse du Maine. Peut-être agissez-vous, aujourd'hui, pour le compte du roi d'Espagne et votre soi-disant information n'est qu'une manœuvre d'intoxication.

– Si c'était le cas, je n'aurais pas pris le risque de venir moi-même vous en faire part. Ma situation est trop délicate.

– J'ai tendance à vous croire. Seriez-vous pris d'un amour soudain pour le Régent ?

– Ma sœur est en danger et j'ai une faveur à vous demander.

– Ah ! votre sœur ! Vous faites bien la paire ! Vous en Espagne, elle en Bretagne. Chacun dans les bras de ceux qui veulent notre perte. Voilà qui est cocasse !

– Je veux un sauf-conduit me permettant d'aller la chercher.

– Ne vous bercez pas d'illusion, mon cher. Elle a suivi Trescoat de son plein gré, cet assassin.

– Je le sais. Pourquoi n'avez-vous pas lancé la police à ses trousses ?

L'abbé agita mollement la main en signe de dédain.

– J'aurais pu. Mais je suis sur les traces d'un plus gros gibier. Trescoat n'est que menu fretin et son arrestation aurait dérangé mes plans d'anéantissement de la conspiration qui agite la Bretagne. Quant à votre sœur, le Régent, avec sa magnanimité habituelle, aurait trouvé un moyen de la disculper. La savoir loin, sans espoir de retour, me suffit.

Il se tut, regarda attentivement Baptiste et déclara :

– Il me vient une idée. Comme vous ne rechignez pas à trahir votre camp, je vous accorde ce voyage en Bretagne. En contrepartie, apportez-moi des informations fraîches et fiables sur ce nid de frelons. Montesquiou a trop tendance à minimiser l'agitation des nobliaux. Je sais qu'ils vont bientôt se réunir du côté des landes de Lanvaux. Votre sœur y sera peut-être. À moins qu'elle ne préfère rester au château de

Trescoat, à côté de Vannes. On le dit fort délabré et inconfortable.

Baptiste donna son accord. Peu lui importait la cause bretonne, pourvu qu'il ramène Alixe. Avant de prendre congé, il demanda à Dubois :

— Vous avez dit savoir que je ne suis pas coupable du meurtre de la jeune comédienne. L'assassin a-t-il été arrêté ?

Dubois éclata de rire.

— Non, et il ne le sera jamais. Je vous dois bien quelques explications. C'est votre jour de chance ! C'est moi qui ai donné l'ordre d'éliminer cette jeune personne. Le Champagne n'était pas empoisonné.

Baptiste fit un geste de surprise. Ménageant ses effets, Dubois laissa passer quelques secondes avant de continuer.

— La petite était saoule comme une grive. Elle n'était même plus en état de contenter le Régent. Je l'ai fait raccompagner chez elle. Dans la voiture, elle a eu droit à un dernier verre… d'arsenic.

— Mais de quoi était-elle coupable ?

— De rien. Vous allez me trouver quelque peu tortueux, je sais, j'ai l'habitude. À ce moment-là, j'avais besoin qu'on s'inquiète pour le Régent. En faisant éclater une affaire d'empoisonnement, l'émotion serait grande. À l'idée des dangers le menaçant, le bon peuple se rallierait à lui, faisant taire pour un temps les critiques venimeuses. Je dois ajouter qu'incriminer le Champagne m'amusait. Cela permettait de faire croire que le coupable se trouvait parmi les intimes du Régent. Donner un coup de pied dans la fourmilière des roués n'était pas pour me déplaire. Mais là, mon cher Savoisy, vous m'avez coupé l'herbe sous le pied.

– Mais comment? balbutia Baptiste, sidéré de voir dévoilée tant de noirceur.

– Les soupçons se sont portés immédiatement sur vous, grâce à votre sœur, soit dit en passant. J'en ai pris mon parti et j'ai abondé dans son sens. À sa décharge, elle a tout fait, ensuite, pour vous protéger.

– Je ne comprends pas, la mort de la jeune fille n'a pas fait beaucoup de bruit dans le public…

Dubois leva les bras au ciel.

– Je n'ai pas eu le temps d'en faire une belle histoire bien sordide! On venait de me servir sur un plateau un mets autrement plus roboratif : la conspiration de Cellamare. Je vous ai laissé bien volontiers endosser les habits du coupable idéal. Ne m'en veuillez pas. La raison d'État!

Avant de partir, l'abbé ajouta :

– Passez demain matin au Palais-Royal. Les papiers nécessaires à votre voyage et une voiture vous attendront.

Baptiste n'en croyait pas ses oreilles. La jeune comédienne était morte pour rien. La réputation de Dubois n'était pas surfaite. Il clamait que pour devenir un grand homme, il fallait être un grand scélérat. Il n'hésitait devant aucun acte, aussi criminel fût-il. Il voyait tout, savait tout. Baptiste ne donnait pas cher des Bretons qui se croyaient certainement entourés du plus grand secret.

Le temps pressait. Si seulement il avait su qu'Alixe était à côté de Vannes! En débarquant à Nantes, il aurait été à ses côtés en moins de deux jours. Il lui fallait faire le chemin inverse. Élise aurait raison de lui reprocher son nouveau départ. Il n'aurait pas dû lui promettre de ne plus la quitter, quoi qu'il arrive.

En arrivant chez lui, il eut la surprise d'y trouver Francesco en conversation avec sa femme.

– Je pars avec toi, lança le Napolitain avant même de le saluer.

Surpris, Baptiste le dévisagea. Élise lui fit signe d'accepter.

– Ce n'est pas une mauvaise idée, répondit-il. Nous ne serons pas trop de deux pour cette aventure. Cela peut être dangereux.

– Je suis prêt à tout pour Alixe. J'avais fait le plan d'aller la chercher au risque qu'elle ou Trescoat me jette à la porte. Cela m'importe peu. Il faut la tirer de là.

Baptiste sourit. Il avait l'impression de retrouver son adolescence quand Francesco, fou amoureux d'Alixe, inventait chaque jour une nouvelle manière de la séduire. En vain! Il lui avait offert les fleurs les plus rares, les fruits les plus exquis, les dentelles les plus précieuses. Mais aussi des poèmes délicatement cachés dans les plis d'une serviette, des chansons d'amour jouées à la guitare… Baptiste avait pris fait et cause pour lui, accusait sa sœur d'être sans cœur, lui reprochait de faire le malheur de ce pauvre garçon. Alixe lui répondait qu'il n'était qu'un gamin et ne comprenait rien à l'amour.

Il se réjouissait de partir avec Francesco. Curieusement, sa présence lui semblait de bon augure. Le passé ne pouvait être effacé mais il fallait croire à la survivance de l'amour.

Ils se donnèrent rendez-vous le lendemain matin au Palais-Royal.

Baptiste put enfin se laisser aller au bonheur familial. Élise et les enfants lui dirent à quel point il leur avait manqué. Il leur raconta les moments où leur absence lui faisait monter les larmes aux yeux. Ce fut une soirée douce et tendre. Élise avoua combien elle était heureuse de sa décision de se réconcilier avec Alixe. La vie allait pouvoir reprendre son cours normal. Au petit matin, il mit quelques affaires dans un sac, enfila ses bottes et sa veste de voyage, embrassa les enfants encore endormis et serra très fort Élise contre lui. Il s'apprêtait à franchir le pas de la porte quand Robineau se dressa devant lui.

— Oh non ! Pas vous ! gémit-il en le repoussant pour se frayer un chemin.

— Les bruits vont vite à Paris ! Je vous guettais.

— Remettons cela à plus tard, vous voulez bien. Une affaire très urgente m'attend, s'impatienta Baptiste en s'engageant sur la chaussée.

— J'ai une proposition à vous faire. Honnête et réfléchie.

Surpris par le ton courtois de Robineau, Baptiste se retourna.

— Les temps changent. La vente en bouteilles va bientôt être autorisée. Nous ne pouvons pas rester à l'écart des nouvelles modes.

— Certes, certes, mais en quoi cela me concerne-t-il ?

Gêné, Robineau se balançait d'un pied sur l'autre.

— M'accepteriez-vous comme associé ? dit-il précipitamment.

— Alors là, c'est la meilleure ! Vous m'avez toujours traité de bandit et d'aventurier. Et maintenant, sentant le vent tourner, vous m'appelez à l'aide. C'est un peu trop facile !

Le marchand de vin eut un geste d'apaisement.

— Je vous l'accorde, j'ai employé des termes un peu violents à votre égard. Mais vous n'êtes pas d'un caractère facile. Cessons les hostilités, si vous le voulez bien.

Baptiste reprit son sac qu'il avait posé à terre.

— Peut-être avez-vous raison. La guerre nuit au commerce. Nous verrons les dispositions du traité de paix à mon retour !

Robineau retira de sous sa veste une petite liasse de feuilles couvertes d'une fine écriture.

— J'ai fait préparer à votre intention, par le père Arnoux, un court mémoire sur les vignobles de Bourgogne. Il compte aller s'installer en Angleterre pour faire le commerce des vins. Lisez-le. Cela vous donnera une idée de ce que je peux apporter dans la corbeille de mariage.

Baptiste prit les feuilles, serra la main de Robineau et lui promit d'y penser sérieusement dès qu'il serait de retour. Décidément, la vie lui réservait de grandes surprises. Trois mois plus tôt, il partait de Paris, accusé de traîtrise et d'assassinat, vilipendé par les marchands de vin. Aujourd'hui, il bénéficiait de la protection du Régent et le maître des vins de Bourgogne lui proposait une alliance. Il ne lui restait plus qu'à délivrer Alixe et lui prouver son attachement.

Il vit défiler les paysages qu'il avait parcourus deux jours auparavant. À la manière de Hollings, Francesco faisait la conversation à lui seul. Il raconta à Baptiste sa version des événements, insistant sur les mises en garde qu'il avait prodiguées à Alixe.

— Tu es toujours amoureux d'elle ? lui demanda Baptiste.

— Plus que jamais ! La revoir a fait refleurir cet amour que je croyais tari. J'ai cru pouvoir la reconquérir, mais ce maudit Trescoat a anéanti mes espoirs. Si seulement elle m'avait écouté.

– C'est une tête de mule.

Francesco soupira et se réfugia dans l'observation des vols d'oiseaux planant au-dessus de la Loire.

– Sais-tu comment nous allons procéder pour la tirer de ce guêpier? Imagine qu'elle ne veuille pas quitter Trescoat…

– La connaissant, cela m'étonnerait qu'elle puisse lui pardonner d'avoir attenté à la vie du Régent.

– L'amour fait faire des choses si étranges, murmura sombrement Francesco.

– Nous le saurons très vite. Trescoat se sait en danger et doit avoir pris quelques précautions. Mais nous arriverons jusqu'à eux, sois-en sûr.

La voiture filait bon train. Les routes étaient bonnes, le temps clément, les auberges accueillantes, les chevaux changés à chaque relais de poste. Baptiste eut une pensée pour les mules espagnoles qui s'échinaient sur leurs sentiers escarpés. Il se demanda si Hollings avait atteint le Portugal. Certainement! Il devait être en train de négocier quelques barriques de vin de Porto. Encore un vin dont Robineau devait ignorer l'existence! Le revirement du marchand de vin le fit sourire. S'associer à lui n'était peut-être pas une si mauvaise idée. Les vins de Bourgogne étaient incontournables. S'il ouvrait boutique, il lui faudrait absolument des bouteilles de Nuits, de Volnay, de Meursault…

Francesco s'était endormi. Baptiste tira de son sac la liasse remise par Robineau et commença à lire :

« Dans les vins de primeur qui ne se gardent qu'une année, le premier est celui de Volnet. Ce coteau pro-

duit le plus fin, le plus vif des vins de Bourgogne. Il est couleur œil-de-perdrix, plein de feu et de légèreté. Il est tout esprit. Pommard est le second vignoble. Il produit un vin qui a un peu plus de corps. Couleur de feu, il a beaucoup de parfum et dure quelques mois de plus que le Volnet. Les vins de Beaune sont concentrés sur quatre collines : Saint-Désiré, la Montée Rouge, les Grèves, la Fontaine de Marconney. Ils ne passent pas deux ans. Ils sont plus suaves, plus agréables et beaucoup plus profitables à la santé que les deux précédents. Alosse est le quatrième vignoble de vin de primeur. Ce petit village produit des vins d'une extrême délicatesse, moins vifs que les précédents mais d'un goût plus flatteur. Pernand, qui est entre Alosse et Savigny, produit quelques cuvées délicieuses. Chassagne est un des plus grands vins du monde. Plus il vieillit, plus il embaume. Le terroir de Savigny produit d'excellents vins veloutés, moelleux, qui ont du corps et de la délicatesse. Le vignoble d'Auxey produit des vins plus rouges et plus veloutés que ceux de Savigny, mais ils n'ont pas la même réputation.

Dans les vins de garde, les vins de Nuits sont en grande réputation pour la durée et la santé. Ils sont de couleur veloutée, foncée et cependant nette et brillante. Le Clos de Vougeot est à une lieue de Nuits. Il appartient aux moines de Cîteaux. Il est excellent. Chambertin est le plus considérable. Il se vend le double des autres.

Pour les vins blancs, Mulsaut est connu dans le monde entier. Puligny produit des vins de la même qualité mais ce nom est presque inconnu. Montrachet produit en très petites quantités le vin le plus curieux et le

plus délicieux de France. Il faut s'y prendre l'année
précédente pour en avoir. »

« Ce curé s'y connaît en vins. Il va falloir que je le
rencontre », pensa Baptiste. La Bourgogne produisait
depuis toujours les plus grands vins de France, il en
convenait volontiers. La phrase suivante le fit tiquer :

« *Ces vins devraient être la boisson des seigneurs
qui ne voudraient pas abréger leurs jours par la boisson de ces vins fumeux et pétillants dont l'excès est si
dangereux.* »

Robineau était incorrigible ! Il n'avait pas résisté
à l'envie de faire dire du mal du mousseux de Champagne. Baptiste saurait le convaincre des qualités de ce
vin.

Le mémoire se terminait sur des considérations commerciales. On pouvait envisager de transporter les bouteilles par voie d'eau jusqu'à Rouen ou par voiture
jusqu'à Calais. Une queue de vin, soit cinq cents bouteilles, coûtait vingt livres sterling. Le transport en voiture jusqu'à Calais reviendrait à douze livres. Il faudrait
rajouter la même somme entre Calais et Londres. Ce qui
donnerait, au final, une bouteille à quinze sols.

Alléchant, très alléchant ! Avec Hollings pour com-
mercialiser les vins en Angleterre, l'opération se révé-
lerait très rentable. Robineau avait bien fait de venir le
voir. Baptiste ne lui tiendrait pas rigueur de ses attaques
passées. Il imaginait, dans la boutique de la rue Neuve-
des-Petits-Champs, les bouteilles bien alignées, classées par région, les clients se pressant pour découvrir

les vins de toujours et de demain. Il achèterait de très beaux verres et ferait déguster les derniers arrivages. Il faudrait, bien entendu, prévoir des aménagements. Alixe ne s'y opposerait pas. Au final, la boutique pourrait avoir belle allure.

Ils approchaient de Vannes. Francesco, le nez à la fenêtre, humait l'air marin. Baptiste le sentait de plus en plus nerveux. Il donnait le change en commentant ce qu'il voyait : les étranges pantalons bouffants que portaient les hommes, leurs gilets de cuir et leurs chapeaux aux rubans flottants. Baptiste l'écoutait à peine, l'heure de vérité approchait. Ils franchirent la porte de la ville à midi. Ils s'arrêtèrent dans une auberge sur la place du Marché pour prendre des forces avant l'épreuve fatidique et demander le chemin du château de Trescoat.

La voiture s'engagea dans de mauvais chemins aux ornières boueuses. Les cinq lieues leur semblèrent interminables. Ballottés d'un bord du carrosse à l'autre, ils gardèrent le silence. Ils longèrent des marais salants, des étendues sauvages de landes. Par moments, le fracas de la mer se faisait entendre. L'aubergiste leur avait dit que le château se trouvait au bout de la presqu'île. Après avoir traversé une forêt, la lourde bâtisse se révéla à eux. Ils échangèrent un regard en découvrant les tourelles écroulées, les murs d'enceintes en piteux état, entourés de douves profondes. En pénétrant dans la cour du château, Francesco récita une courte prière. Baptiste prit une profonde respiration et, la voiture à peine arrêtée, sauta à terre.

20

Baptiste actionna le heurtoir de la porte pendant de longues minutes avant qu'elle ne s'ouvre sur un valet à l'air soupçonneux.

– Veuillez me conduire à Monsieur de Trescoat, je vous prie, déclara Baptiste d'une voix forte.

L'homme fit une mimique signifiant qu'il ne comprenait pas et dit quelques mots en breton. Francesco, qui se tenait sur le côté, s'élança, le bouscula et entra dans le château. Le valet se mit à pousser des cris de putois, ameutant trois autres domestiques. Baptiste les apostropha violemment. Ils murmurèrent en breton. Un escalier monumental menait aux étages. De part et d'autre de l'entrée, des portes de bois piquées aux vers donnaient accès aux pièces de réception. L'une d'elles s'ouvrit sur Trescoat.

– Quel est ce tapage ? Mon Dieu, Francesco ! Et vous, ne seriez-vous pas le frère d'Alixe ?

Baptiste n'eut pas le temps de répondre. Un bruit de pas précipités se fit entendre dans l'escalier. Alixe apparut et vint se jeter dans les bras de son frère.

– J'ai cru rêver en te voyant descendre de voiture. Et j'ai entendu ta voix. C'est toi ! C'est bien toi ! Et toi, Francesco !

Trescoat fit un pas vers elle. Un homme massif, les cheveux longs et sales, l'air hargneux, surgit derrière lui et l'écarta d'un geste brusque.

— Trescoat, qui sont ces gens ? Que viennent-ils faire ici ? Vous attendiez de la visite ? Vous ne nous l'aviez pas dit.

La mine patibulaire et le ton agressif de l'énergumène incitèrent Baptiste à faire preuve de prudence.

— Je suis venu chercher ma sœur, dit-il d'un ton très calme. Nous ne vous importunerons pas plus longtemps.

Il prit Alixe par la main et esquissa un mouvement de recul en gardant un œil sur l'homme qui en deux enjambées leur barra le chemin vers la sortie. Francesco retint un geste d'attaque. Trescoat restait silencieux.

— Oh là ! Tout doux ! On ne part pas. Qui me dit que vous n'êtes pas venus en éclaireurs et qu'une troupe de Montesquiou n'attend pas votre signal pour s'emparer de nous ? Ce serait une belle prise : Pontcallec, Lambilly et Talhouët, la fine fleur de la noblesse bretonne révoltée. Hé ! Lambilly, Talhouët, venez voir. On a un problème.

Deux hommes apparurent et entourèrent Baptiste et Francesco. Ils les poussèrent sans ménagement dans la pièce et les firent s'asseoir sur un banc sous la fenêtre. Alixe les suivit et resta debout à leurs côtés.

— Trescoat, dites à vos gens de surveiller les issues. Pas question que ces gars-là nous faussent compagnie, ordonna Pontcallec. Lambilly, donnez-moi votre mitouflet.

Pontcallec saisit l'étrange bâton au bout duquel était fiché un pistolet et le pointa sur les prisonniers.

– Alors, Trescoat, vous allez enfin nous dire qui sont ces gens ? C'est encore une de vos embrouilles ? Ne traînons pas, nous avons des affaires importantes à régler.

Pâle comme la mort, Trescoat prit la parole.

– Baptiste Savoisy est le frère d'Alixe. Francesco Latini, leur cousin.

– Charmante réunion de famille, ricana Pontcallec. Trescoat, vous comptez nous ramener le ban et l'arrière-ban des domestiques du Régent ? Ce n'était déjà pas très malin de revenir avec la cuisinière… Qu'est-ce que vous nous mijotez, Trescoat ? Il va falloir que vous vous décidiez. Vous êtes avec nous ou contre nous ?

Pontcallec allait et venait, martelant chaque pas avec le mitouflet. Baptiste prit la main d'Alixe et la serra doucement. Étonnée, elle baissa les yeux vers lui. Elle vit dans son regard affection et bienveillance

Trescoat n'avait cessé de la fixer. Ses mains étaient crispées sur le dossier d'un fauteuil branlant ; son visage trahissait le combat intérieur qui l'agitait. Il reprit la parole d'une voix ferme.

– Baptiste Savoisy a dû fuir la France pour avoir été fidèle à la duchesse du Maine. Francesco Latini était maître d'hôtel chez l'ambassadeur d'Espagne, Cellamare.

À ces mots, Pontcallec cessa son va-et-vient agité et se tourna vers Baptiste et Francesco.

– Voilà qui est mieux ! Vous êtes presque des nôtres !

Il s'assit à califourchon sur une chaise, sortit sa blague à tabac, bourra une pipe, l'alluma. Son visage qu'on aurait dit taillé à la serpe disparut dans un nuage de fumée grise.

– Je ne vais pas vous dévoiler les secrets de notre mouvement de libération de la Bretagne. Mais sachez que lors de notre prochaine réunion, nous adresserons une nouvelle requête au Régent. Nous savons d'avance qu'elle sera refusée. L'insurrection sera inévitable. Le Poitou est prêt à prendre les armes. Et nous ne tarderons pas à recevoir l'aide de l'Espagne.

Baptiste tiqua. Pontcallec s'en aperçut, se leva, le toisa.

– Vous avez quelque chose à dire sur l'Espagne ?

– J'en viens, se contenta de répondre Baptiste.

– Mais que ne le disiez-vous plus tôt ! s'enthousiasma Pontcallec. Les préparatifs de la guerre vont-ils bon train ? Avez-vous entendu parler de nous là-bas ?

– Oui, et en des termes très élogieux, répondit Baptiste, omettant de dire que ces propos avaient été émis par des marins bretons acquis à la cause. On attend de grandes choses de votre part. Vous portez l'espoir d'un peuple.

– J'en étais sûr ! s'exclama Pontcallec. Voilà qui montre que nous sommes près du but. Vous voyez Trescoat ! Alors, vous êtes des nôtres ?

Perdu dans ses pensées, Trescoat resta silencieux. Une jeune fille, que ni Baptiste ni Francesco n'avaient remarquée, se détacha du mur et vint se placer à côté de Lambilly et Talhouët, assis devant la cheminée.

– Allez, répond ! lança-t-elle.

Trescoat garda le silence. Le visage déformé par la colère, Anne s'avança vers lui.

– Vas-tu le dire ? reprit-elle d'une voix stridente. Pense à notre honneur.

Trescoat resta coi. Sa sœur surprit le regard qu'il lança à Alixe. Elle tressaillit et lança d'une voix rageuse :

– Jamais je n'aurais dû te faire confiance. Lambilly y était opposé. Il disait que tu étais une chiffe molle, que ta femme était devenue la putain du Régent et que tu te coucherais devant lui, toi aussi.

Trescoat saisit sa sœur par les épaules et, la regardant dans les yeux, lui dit :

– Anne, tu t'égares. La passion te fait dire n'importe quoi. Je n'accepterai pas tes injures.

– J'ai réussi à les convaincre, continua la jeune fille d'une voix perçante, que tu aurais à cœur l'honneur de notre maison.

– L'honneur, toujours ce foutu honneur ! Mais regarde-nous, nous sommes pauvres comme Job. Nous arrivons à peine à nous nourrir. Nos domestiques ne reçoivent leurs gages que quand nous réussissons à vendre un peu de blé. Nous sommes comme les trois quarts de la noblesse bretonne : exsangues. Ce ne sont pas nos brillants ancêtres auxquels tu t'accroches qui vont nous sauver de la ruine.

– Pontcallec, Lambilly, Talhouët le feront, eux ! répliqua Anne dont les yeux jetaient des éclairs.

Trescoat, désemparé devant la violence de sa sœur, la relâcha. Alixe, debout près de la cheminée, assistait au déchirement entre le frère et la sœur. Elle brûlait d'envie de leur dire de cesser leur querelle, que la politique ne valait pas qu'on se jette de telles horreurs à la tête. Elle serra la main de Baptiste qui répondit à sa pression. Lambilly jouait avec le mitouflet, Talhouët remit une bûche dans la cheminée. Pontcallec avait rallumé sa pipe et semblait se désintéresser de la scène.

– Silence ! hurla-t-il soudain. Vous, Trescoat, il va falloir vous décider et vous, Anne, sachez garder la retenue qui sied aux femmes.

Trescoat se tourna vers lui et déclara :

– À mon corps défendant, j'ai fini par me ranger aux arguments d'Anne. J'ai compris que je ne pouvais me déjuger vis-à-vis de mes pairs, la noblesse bretonne. Je soutiens vos justes revendications, mais je désapprouve la violence dont vous vous entourez. J'ai attenté à la vie du Régent comme vous le souhaitiez. Si j'ai pu agir, c'est grâce à ma position auprès d'Alixe. J'ai fait ce qu'on me demandait, loyalement.

Francesco bondit sur ses pieds, tira un poignard de son gilet et se précipita sur Trescoat en s'écriant :

– Comment peux-tu parler de loyauté ? Tu l'as trahie, tu t'es servi d'elle.

Il leva le bras pour le frapper. Alixe s'interposa.

– Ne fais pas ça, Francesco. Il y a eu assez de morts. Cet homme a un enfant. Ne prive pas Maël de son père. Je ne te le pardonnerais jamais.

Le ton d'Alixe était si impérieux et si suppliant à la fois que Francesco laissa retomber son arme. Il cracha à la figure de Trescoat.

– Tu n'es qu'un lâche.

Les trois Bretons n'avaient pas bougé. Anne murmura d'une voix sifflante :

– Il aurait mieux fait de te tuer.

Elle désigna Alixe du doigt.

– Et cette traînée que tu as ramenée ! Elle t'a ensorcelé. Elle est contaminée par l'ordure. Elle porte en elle la sanie.

– Anne, tais-toi ! hurla Trescoat. J'aime cette femme. Je l'aimerai toujours. Elle me pardonnera un jour.

Pontcallec se leva posément.

– Vous pouvez tous aller au diable. Entretuez-vous pour des histoires de femelles. Nous n'avons plus rien à faire ici. Vous, Trescoat, vous pouvez retourner lécher le cul du Régent. Quant à vous, dit-il en désignant Baptiste et Francesco, si ça vous chante, revenez nous donner un coup de main. Nos troupes sont prêtes et se battront jusqu'à la mort.

Il ramassa le mitouflet qu'il avait posé à terre, fit signe à Lambilly et Talhouët. Ils sortirent sans un regard pour Trescoat. Prestement, Baptiste poussa Francesco dans leur sillage et prit la main d'Alixe. Bouleversé, les yeux brillants de larmes, Trescoat la regarda s'en aller. Elle eut pour lui un sourire d'une infinie tristesse. Leur voiture les attendait. Ils franchirent le pont-levis précédés par les trois cavaliers bretons. Alixe s'était retournée une dernière fois. Au premier étage, elle avait entrevu le visage de Maël. Son cœur s'était serré. Cet enfant aurait pu devenir le sien.

Épilogue

Ils revinrent à Paris. Baptiste relata fidèlement à Dubois ce qu'il avait vu en Bretagne. L'abbé le remercia et lui proposa de mener d'autres missions d'espionnage. Baptiste déclina poliment l'offre. Il prit langue avec Robineau. Ils s'enfermèrent de longues journées dans les entrepôts du marchand à la Halle aux vins. Effets du Montrachet, du Corton, de la Romanée? Ou des bouteilles de mousseux de Champagne apportées par Baptiste? Ils aboutirent à un accord où chacun apporterait son savoir, son réseau de connaissances pour mettre en place des boutiques dès que l'autorisation de la vente en bouteilles serait donnée. Baptiste apportait dans la corbeille de mariage, comme disait Robineau, la boutique de la rue Neuve-des-Petits-Champs. Alixe avait décidé de lui en laisser l'entière jouissance. Son frère avait essayé de la convaincre de travailler ensemble. Ce serait une forme nouvelle de commerce, elle, proposant des plats, lui, des vins qui les mettraient en valeur. Ils pourraient même avoir quelques tables. À la différence des cafés, ils offriraient aux clients de faire un repas entier. Alixe doutait que cela fût possible. Peut-être un jour… Surtout, elle ne voulait plus faire la cuisine. Elle regardait avec dégoût les casseroles, poêles, et autres instruments qu'elle avait côtoyés depuis son

enfance. Baptiste et Élise se désolaient de la voir pros-
trée comme après la mort de Jean et redoutaient qu'elle
ne retombât dans cette mélancolie qui l'avait conduite
aux portes de la mort. Alixe ne revit pas le Régent. Elle
n'aurait jamais osé affronter son regard. Il ne se manifesta pas. Les temps étaient cruels pour lui. Il avait très
peu vu sa fille dans les semaines précédentes. Elle le
traitait comme un nègre, menaçait de se suicider s'il
s'en prenait à Riri. Chacune de leurs rencontres se terminait par les pires injures proférées par Joufflotte, des
crises de nerfs, des bris de vases.

Quand il apprit, le 28 mars, qu'après avoir été saignée au pied, elle avait été prise de convulsions, il se
précipita au palais du Luxembourg, mais elle refusa de
le recevoir. Deux jours plus tard, sentant son accouchement proche, elle se réfugia dans une petite chambre
dont seule la Mouchy détenait la clé. Le lendemain,
au plus mal, elle réclama les sacrements. Malheureusement, le curé de Saint-Sulpice ne voulut pas accéder à
sa demande. Il exigeait qu'elle se repente de tous ses
péchés et, pour en donner la preuve, chasse Rions du
palais. Ce furent des heures terribles. Philippe supplia
le curé d'avoir pitié d'une pauvre créature au bord de la
mort. L'homme de Dieu ne voulut rien savoir, se répan-
dant en anathèmes sur la conduite ignominieuse de la
duchesse. Le Régent fit appel au cardinal de Noailles
dont il espérait plus d'indulgence. Le prélat vint au
Luxembourg, mais la porte de Joufflotte ne s'ouvrit
pas. Tout Paris ne parlait que de la tragi-comédie qui
se déroulait devant la chambre de la future accouchée.
D'autant que le 30, à l'occasion d'une éclipse de la lune
et du soleil, on vit dans le ciel une étrange figure griffue
et celle d'un arbre aux branches en feu. C'était bien là

le signe que la pourriture régnait au sommet de l'État. Les chansons les plus osées couraient les rues, insinuant que le Régent serait le père et le grand-père de l'enfant. Philippe finit par forcer la porte de sa fille qui l'accusa de vouloir sa mort. C'est bien ce qu'espérait le curé de Saint-Sulpice qui ne cédait pas un pouce de terrain. Il faillit être exaucé. Le 3 avril, dans de terribles souffrances, Joufflotte donna naissance à une petite fille. L'enfant mourut aussitôt. La mère survécut.

Cet épisode avait presque occulté l'arrestation du duc de Richelieu, le 29 mars. Le grand prévôt de la maison du Roi se rendit chez lui, place Royale. Ayant couru toute la nuit, il ne s'était couché qu'à cinq heures du matin. Sur les dix heures, après qu'il fut éveillé et habillé, on l'arrêta. On trouva des lettres à Alberoni où il promettait de passer, lui et son régiment, au service du roi d'Espagne et de lui ouvrir les portes de Bayonne. Le duc avait été trahi par un agent double, Marin, qui s'était empressé de raconter l'affaire à Dubois. On dit que juste avant d'être arrêté, Richelieu avala quelques billets compromettants. Il ne s'étouffa point. Il fut conduit à la Bastille. Ce qui fit dire à la Palatine : « Cela fera couler bien des larmes à Paris, car toutes les dames sont éprises de lui. Je n'y comprends rien, c'est un petit crapaud sans courage, indiscret et qui dit du mal de toutes ses maîtresses. »

On se posait beaucoup de questions sur l'escadre espagnole, censée rétablir Jacques III sur le trône d'Angleterre. Il fallut attendre le 18 avril pour apprendre qu'elle avait été prise dans une terrible tempête au large du golfe de Biscaye. Les matelots avaient été obligés de jeter par-dessus bord chevaux, munitions, fusils et canons. Beaucoup de navires sombrèrent, certains se réfugièrent dans des ports du Portugal. Une poignée continua sa route vers l'Angleterre qui ne risquait rien, ayant été prévenue depuis belle lurette.

Le bruit courut que, malheureux à la guerre mais heureux en amour, Jacques III avait consommé son mariage avec Clémentine Sobieska à Barcelone.

Des nouvelles venues du Mississippi, assurant que plus de quinze cents Français des deux sexes avaient été hachés menu par les sauvages de cette contrée, ne refrénèrent pas les ardeurs de Massialot et des clients de la Banque Royale. Ce qui fit dire à la Palatine à propos de Law : « Une duchesse lui a baisé les mains en public. Si les duchesses lui baisent les mains, qu'est-ce que les autres dames devront lui baiser ! »

On commença à travailler aux réparations du Petit Pont et des maisons qui avaient brûlé en 1717 et, pour avoir la liberté de voiturer les matériaux nécessaires, on transféra le marché qui s'y tenait au marché Neuf, place Dauphine, en face de la statue d'Henri IV et l'on ordonna à toutes les vendeuses de marée, de fruits, de beurre et autres denrées de s'y établir.

Le 4 avril, on apprit que Madame de Maintenon souffrait depuis plusieurs jours d'une fièvre assez violente qui jointe à son âge faisait craindre pour sa vie. Elle mourut le 15 avril, à quatre-vingt-trois ans, avec les secours de la religion à laquelle elle s'était vouée depuis la mort de Louis XIV. Ce qui fit dire à la Palatine : « La vieille garce est crevée à Saint-Cyr, samedi passé. J'ai dans la tête que ce qui lui a fait le plus de chagrin lors de sa mort, c'est de laisser derrière elle mon fils et moi en bonne santé. »

Tout cela ne concernait plus Alixe. Elle avait fini par céder aux exhortations de Francesco et ils partirent le

10 avril pour Naples. Il lui avait parlé d'amour mais d'amour de la vie, la vie qui continuait et à laquelle elle ne pouvait se soustraire. Il ferait tout pour lui redonner le sourire sans jamais lui imposer son amour. Du haut du Pausilippe, il lui montrerait les couchers de soleil sur la baie de Naples ; ils graviraient les pentes du Vésuve et boiraient le vin de lacrima-christi. Il l'emmènerait à Gaeta manger les célèbres olives et lui ferait goûter l'exquis fromage au lait de bufflonne. À Sorento et sur l'île de Procida, il cueillerait pour elle des citrons de la taille d'un poing d'homme.

Élise pleura beaucoup à l'idée de la voir s'éloigner. Baptiste lui dit que rien désormais ne saurait les séparer et l'encouragea à saisir cette nouvelle chance. Alixe hésita longuement. Elle savait que sa vie à Paris ne serait qu'un éternel tourment. Elle ne retrouverait la paix et la sérénité que loin de ces lieux empreints du souvenir d'Honoré. Au Procope où il lui avait donné rendez-vous, Marivaux lui dit avec beaucoup de tendresse qu'il regretterait ces moments de vraies confidences et que tous ses vœux de bonheur l'accompagnaient. Elle lui avoua que ses sentiments envers le Régent n'avaient plus rien à voir avec l'amour d'adolescente qui l'avait encombrée jusqu'à présent. Ce n'était plus que profonde bienveillance à son égard. Quant à Trescoat, elle le savait depuis le début, rien n'était possible. L'appartenance à sa caste avait été plus forte que la passion. Marivaux souligna que cette passade lui avait montré que les promesses de l'amour étaient parfois bien cruelles. Bientôt, elle retrouverait la liberté de vivre et, peut-être, d'aimer.

SUITE ET FIN DE LA RÉGENCE

La mort de Joufflotte

Elle se remit difficilement de son accouchement. Rions et Mouchy continuaient à la harceler pour qu'elle obtienne de son père l'officialisation du mariage. Le Régent ne céda pas. Il exigea même que Rions rejoigne son régiment sur la frontière d'Espagne. Joufflotte tempêta, supplia son mari de n'en rien faire. Il ne put qu'obéir. À Meudon, où elle séjournait, Joufflotte passait de crises de fureur en périodes d'abattement dues à de violents accès de fièvre. Pour se réconcilier avec son père, elle offrit un splendide souper le 1er mai. Elle mangea et but abondamment. Dans la nuit, elle tomba en syncope. Lassée de Meudon, elle se fit transporter à la Muette. Son mal empira. La Palatine vint lui rendre visite et s'alarma de son triste état. Un léger mieux s'annonça. Le 14 juillet un nouvel accès de fièvre la terrassa. En pleine nuit, affolé, le Régent se rendit à son chevet. Madame d'Orléans daigna venir s'installer auprès de sa fille. Malgré l'interdiction des médecins, Mouchy continuait à la gaver, en cachette, de vin, bière, melons, figues, glaces... Son état s'aggrava et elle mourut le 21 juillet, à vingt-quatre ans. La douleur du Régent fut immense. « Mon fils a perdu le sommeil, écrivit la Palatine. Il est dans un état qui attendrirait un rocher. » L'autopsie révéla qu'elle était enceinte et « avait un dérangement dans son cerveau ». Rions tenta de se suicider. Il ne se remaria pas.

Malgré son chagrin, le Régent se remit au travail. Pendant un temps, les événements lui sourirent. L'argent engendrait l'argent, la France prospérait.

La guerre et ses suites

La campagne fut courte. La Bidassoa fut franchie le 20 avril, les chantiers navals de Passage détruits dans la foulée. Les Anglais applaudirent, la flotte espagnole ne les ennuierait plus. Le 18 juin, Fontarabie tomba ; le 19, ce fut au tour de San Sebastian. L'affaire était entendue. Le 5 décembre 1719, les souverains espagnols donnèrent l'ordre à Alberoni de quitter l'Espagne. Amer, il s'exécuta. Bon prince, le Régent lui fournit une escorte pour traverser le sud de la France. La suite fut digne d'un roman. Réfugié près de Gênes, il eut à affronter quelques tentatives d'assassinat. Les souverains espagnols auraient bien aimé se débarrasser de lui et des secrets d'alcôve qu'il détenait. Alberoni vagabonda en Italie, se fixa à Rome où il intrigua pour être élu pape. Il finit par mourir à quatre-vingt-sept ans, toujours vitupérant contre le roi d'Espagne à qui « il ne fallait qu'un prie-dieu et les cuisses d'une femme ».

Après encore bien des atermoiements, Philippe V adhéra à la Quadruple Alliance, le 17 février 1720. Une fois de plus, il renonça au trône de France. L'Angleterre refusa de rendre Gibraltar arguant que cette offre n'avait été faite que pour éviter la guerre. Les efforts diplomatiques du Régent finirent par payer : un traité de paix durable fut signé avec l'Espagne le 22 avril 1721. Pour

renforcer cette bonne entente, il fut décidé que Mademoiselle de Montpensier, fille du Régent, âgée de douze ans,
épouserait le prince des Asturies, fils aîné de Philippe V,
et que le jeune Louis XV prendrait comme épouse l'In-
fante d'Espagne, âgée de quatre ans. L'échange des deux
fiancées se fit en octobre 1721, dans l'île des Faisans, sur
la Bidassoa. Mademoiselle de Beaujolais, dernière fille
du Régent, fut promise au deuxième fils de Philippe V
et rejoignit sa sœur à la cour de Madrid.

La conspiration de Pontcallec

Le 18 décembre 1717, le maréchal de Montesquiou
ordonna la dissolution des États de Bretagne. Cela pro-
voqua un grand tumulte. Sur ordre du Régent, quatre
nobles rebelles furent exilés de Bretagne par lettres de
cachet. L'ensemble de la noblesse bretonne adressa une
protestation véhémente contre ce coup d'une insupportable sévérité. Des incidents semblables se produisirent
tout au long de l'année 1718 entraînant à chaque fois
des lettres de protestation des Bretons et des refus du
gouvernement.

Le Parlement de Bretagne se rangea du côté de la
noblesse, au grand dam de Montesquiou. À l'automne
1718, après avoir exilé douze membres du Parlement
de Bretagne, il crut avoir eu raison de la rébellion. Le
15 septembre, à l'auberge du Bois Vert, en face de
la cathédrale de Rennes, se tint une première réunion
autour de Louis-Germain de Talhouët et Pierre-Joseph
de Lambilly, des gentilshommes ardents et remuants.
Ils rédigèrent un Acte d'union pour la défense des libertés de Bretagne. Ils furent soixante à le parapher, dont
Pontcallec, et à le diffuser dans toute la Bretagne. Le

16 avril 1719, la réunion des landes de Lanvaux ne réunit que seize gentilshommes. Le 24 juin, ils étaient deux cents dans les landes de Questembert. En mai, un émissaire avait été envoyé en Espagne. Il revint avec une lettre signée du roi d'Espagne promettant de l'argent, des fusils et deux bataillons. Le 30 septembre, un seul navire espagnol arriva du côté de Locmariaquer. Alberoni, ayant appris le peu de poids des conjurés, décida de ne pas poursuivre cette « démarche de don Quichotte. » La conspiration ne réunissait en fait qu'une quarantaine de nobles et ne disposait d'aucun soutien de la population bretonne. Le 2 novembre, ayant appris que leur complot était découvert, les principaux conjurés s'enfuirent à bord d'une barque. Ils cherchèrent les navires espagnols auxquels ils croyaient encore et mirent le cap sur Santander où ils les trouvèrent sagement à quai. Pontcallec n'avait pas embarqué. Il courait les forêts entre Quimper et Vannes, déguisé en paysan, changeant chaque jour de refuge. Les troupes de Montesquiou se lancèrent à sa poursuite. Un de ses anciens amis, le sieur de Mianne, apprit qu'il s'était réfugié chez un curé, et le 28 décembre vint l'arrêter. Il lui conseilla de faire des aveux complets pour obtenir la mansuétude du Régent. Talhouët se rendit de lui-même, persuadé que « le Régent ne demandait qu'une soumission ». D'autres firent de même, abusés par des promesses de clémence, dont le Régent, à son habitude, aurait certainement fait preuve. Mais il fallait un exemple pour que des troubles similaires ne se reproduisent pas. La justice fut expéditive. Le 26 mars 1720, à Nantes, sur la place du Bouffay, Pontcallec, Talhouët, Montlouis, et du Couedic furent conduits à l'échafaud. Le marquis de Pontcallec devint le martyr et le héros

de la lutte pour la défense des libertés bretonnes. Une chanson, « Maro Pontkalek », encore en vogue de nos jours, magnifie un Pontcallec de légende, n'ayant pas grand-chose à voir avec le personnage réel.

Grandeur et décadence du système Law

Les actions de la Compagnie des Indes émises à cinq cents livres atteignirent huit, douze puis vingt mille livres. « Law est-il un dieu, un fripon ou un charlatan qui s'empoisonne de la drogue qu'il distribue à tout le monde ? » dira Voltaire. En février 1720, le cours des actions de la Compagnie chuta. Les spéculateurs commencèrent à se presser rue Quincampoix pour demander qu'on leur rende leur or. Law était bien conscient du danger, s'angoissait mais, pris dans une spirale infernale, continuait à faire émettre des billets.

Les princes n'eurent aucun scrupule à faire capoter le système et participèrent à l'hallali. Le 2 mars, Conti se présenta avec quatorze millions à rembourser, le lendemain Bourbon en apporta vingt-cinq millions. Les actions tombèrent à neuf mille livres, les commerçants refusaient le papier-monnaie, les prix s'envolèrent, les faillites se multiplièrent. Law tenta de rétablir le système mais la confiance s'en était allée. Le 10 juillet, puis le 17, des émeutes éclatèrent rue Vivienne, causant la mort d'une vingtaine de personnes. Le 30 septembre, les actions ne valaient plus que vingt livres et on les échangeait contre n'importe quoi, voire des aliments dont les prix avaient atteint des sommets vertigineux.

Le 10 octobre 1720, il fut annoncé que le papier-monnaie n'avait plus cours et que la Bourse était fermée. John Law prit la route de Bruxelles. Contrairement aux rumeurs, il n'emportait pas avec lui des chariots d'or. Sa femme resta à Paris le temps de payer leurs dernières dettes. Il mourut dans la plus grande misère à Venise en 1729.

La colère gronda, des troubles éclatèrent, le bandit Cartouche imposa sa loi dans les rues, on vilipenda le Régent et son gouvernement. Law avait fait l'erreur de lier la Banque Royale, organisme de crédit public, à la Compagnie des Indes, entreprise privée qui n'avait pas eu le temps d'engranger des bénéfices. Mais son système eut le grand avantage d'éponger une partie de la dette de l'État et de faire repartir une économie moribonde. De grands travaux furent lancés, le monde paysan prit un nouveau départ. Certes, les Français garderaient pendant un bon bout de temps une aversion certaine pour le papier-monnaie.

La peste de Marseille

En mai 1720, le *Grand Saint-Antoine*, navire en provenance de Syrie, déchargea sa cargaison, et malgré une dizaine de morts suspectes, son équipage fut autorisé à débarquer, semant aussitôt la mort dans la population de Marseille. Le 1er août, le Parlement d'Aix interdit aux habitants de quitter la ville sous peine d'être abattus. Les riches, la plupart des édiles et des médecins s'étaient déjà enfuis. Fin août, il mourait plus de mille cinq cents personnes par jour. Panique, horreur, visions d'apocalypse. Les malades sortirent de l'hôpital qui n'était plus que pourriture, errant dans les rues pour y mourir. Les médecins, portant un masque de cuir rouge avec un bec d'oiseau, des vêtements en toile cirée, des souliers à patins de bois, ne pouvaient

rien pour eux. La famine régnait, les charniers à ciel
ouvert répandaient leur odeur pestilentielle. Les galé-
riens, employés comme fossoyeurs, en profitaient pour
piller, violer en toute impunité. L'évêque de Belzunce,
quelques particuliers et des moines furent exemplaires
de dévouement. La ville était un enfer. Il y eut plus
de cent mille morts. En septembre, on crut le danger
écarté, mais la peste se répandit à Toulon, Avignon et
atteignit même l'Auvergne.

Le Régent et le petit roi

L'enfant était timide, ombrageux, solitaire, boudeur,
maussade. La Palatine le jugeait mal élevé. « On lui
permet tout, de peur qu'il tombe malade. » La majorité
de Louis XV approchant, le Régent s'employa plus
que jamais à former le jeune roi aux lourdes tâches qui
l'attendaient. Le 22 octobre 1722, à Reims, son sacre
fut grandiose. Le Régent prouva, enfin, qu'il n'avait
jamais eu d'intention criminelle envers l'enfant.

Les dernières années de Charlotte-Élisabeth de Bavière, duchesse d'Orléans, dite la Palatine (1652-1722)

Elle continuera à témoigner à travers ses lettres de
l'état de la France et de son inquiétude pour son fils. Dans
les trois dernières années de sa vie, les maux inhérents à
l'âge l'accablèrent. Elle souffrait d'oppression, d'étouf-
fements. Elle vivait entourée de chiens obèses et ne sortait presque plus. « Il suffit que je traverse deux pièces
pour souffler comme un buffle. » Malgré sa fatigue, elle
mit un point d'honneur à assister au sacre de Louis XV
en octobre 1722. À son retour de Reims, elle se sentit
plus mal. « Je suis une vieille machine où je ne sais quel

ressort s'est rompu. Je ne vais plus que cahin-caha. »
Fin novembre 1722, elle s'alita, mais arrivait encore
à tenir tête aux médecins qu'elle avait toujours détes-
tés. Son fils la veilla les 6 et 7 décembre. Elle demanda
l'extrême-onction et recommanda que ses obsèques
se déroulassent sans apparat. « À quoi bon turlupiner
quantité de gens qui se moquent de mon salut comme
de leurs premières chausses. » Son fils était à ses côtés
quand elle mourut le 8 décembre, âgée de soixante-dix
ans. Un bourgeois de Paris eut cette phrase : « On perd
une bonne princesse et c'est une chose rare. »

Ma vieille amie la Palatine que je côtoie depuis
Meurtres au Potager du Roy va me manquer. Elle fut
mon meilleur guide pour découvrir l'envers du décor,
percevoir les petits riens qui font un personnage. Ses
remarques à l'emporte-pièce, ses portraits plus qu'ima-
gés m'ont fait rire et m'ont fait pénétrer dans l'intimité
du monde des Grands de l'époque.

Le triomphe du cardinal Dubois (1656-1723)

Après avoir été nommé archevêque de Cambrai le
9 juin 1720, Dubois finit par obtenir la pourpre cardina-
lice, son obsession depuis 1718. Pour cela, il mobilisa
tous les souverains d'Europe, conspira, manœuvra, fri-
cota comme il savait si bien le faire. Le nouveau pape,
Innocent XIII, finit par céder. Ce qui fit dire aux Parisiens, dans une chanson :

Or, écoutez petits et grands
Un admirable événement
Car l'autre jour notre saint-père
Après une courte prière

A, par un miracle nouveau,
Fait un rouget d'un maquereau.

Le 27 mai 1721, le roi Louis XV lui remit la calotte rouge. Son ambition ne connut alors plus de limite. Il écarta tous ceux qui pouvaient lui porter ombrage : Nocé, Noailles, Canillac… et, honneur suprême, devint Premier ministre le 22 août 1722. Il travailla comme un damné, de cinq heures du matin à tard dans la nuit. Pris d'une frénésie de contrôle, il voulait tout voir, tout lire, tout décider. Souffrant d'un abcès à la vessie, sa maladie s'aggrava au tout début de 1723. Il devint encore plus colérique, grossier, continua à travailler comme un fou et à engranger des bénéfices pour lui et sa famille. En juin, malgré ses prises d'opium, la douleur devint insupportable. On l'opéra le 9 août. La gangrène s'installa. Il mourut le 10 août 1723, âgé de soixante-sept ans.

On peut accuser l'abbé Dubois d'avoir été un être débauché et sans scrupule, mais force est de reconnaître qu'il fut un ministre lucide, subtil, réaliste. Ses talents de diplomate, l'acharnement et l'énergie qu'il mit dans la conclusion de la Triple Alliance puis de la Quadruple Alliance ont sauvé la France de bien des catastrophes. Son avidité légendaire n'était certainement pas pire que celle de Richelieu ou de Mazarin, surtout dans un temps où l'argent coulait à flots et où d'immenses fortunes s'édifiaient. Son plus grand malheur fut peut-être d'être né fils d'apothicaire, ce qu'on ne lui pardonna jamais.

Les derniers mois de Philippe d'Orléans

Depuis le retour du roi, de la Cour et du gouvernement à Versailles le 15 juin 1722, Philippe s'ennuyait à mourir. Il disait « qu'il n'avait plus besoin de femmes et que le vin ne lui était plus rien, même le dégoûtait ». Absent à lui-même et aux autres, il n'attendait que la majorité du roi pour aller « planter ses choux » à Villers-Cotterêts. Louis XV entrerait dans sa quatorzième année le 16 février 1723. Fatigué, alourdi, il était à tout moment menacé d'apoplexie ou d'hydropisie. Malgré l'avis des médecins, il retournait chaque soir à Paris s'étourdir des plaisirs qu'il ne partageait plus. Il trouva en Madame de Falari, une jeune femme blonde, joyeuse, vive, une amie qui le divertissait par ses talents de conteuse. Se tourna-t-il vers la religion dans les derniers mois de sa vie ? La conversion de son ami Brancas, ex-membre de la bande des roués, l'avait troublé. Sa fille, abbesse du Val-de-Grâce, l'exhortait à prier. Philippe était trop énigmatique pour qu'on sache la vérité.

Il fut soulagé de la mort de son vieux complice, l'abbé Dubois. Il rappela ses amis. Le premier à revenir fut Nocé à qui il écrivit ce billet : « Morte la bête, mort le venin. Je t'attends ce soir à souper au Palais-Royal. » Suivirent Saint-Simon, Noailles, Canillac. Il reprit les rênes du pouvoir dont Dubois l'avait écarté et tous les dossiers laissés dans un indescriptible désordre par l'abbé. Il montra une fermeté et une autorité qu'on ne lui connaissait pas. Il savait ses jours comptés.

Le 2 décembre, après avoir travaillé toute la journée, il se sentit plus oppressé que d'habitude. Il fit venir Madame de Falari. Au cours de la conversation, il s'effondra. La jeune femme partit chercher de l'aide. Chirac, son médecin, ne put rien pour lui. Âgé de quarante-neuf ans, Philippe d'Orléans rendit l'âme.

Sa veuve ne versa pas une larme. Son fils non plus. Seul le petit roi eut du chagrin.

Quelques mois plus tard, Montesquieu écrira : « La mort de Monsieur le duc d'Orléans m'a fait regretter un prince pour la première fois de ma vie. Tant que d'avoir des princes, il faudrait qu'ils fussent tous comme celui-là. »

Le Régent vaut bien mieux que sa réputation sulfureuse. Dans bien des domaines, sa politique fut courageuse et innovante, sortant le royaume du carcan louis-quatorzien. Pendant les huit ans (1715-1723) que dura la Régence, la France s'enrichit, l'Europe fut pacifiée.

Si Louis XIV avait su faire confiance à ce neveu brillant et courageux plutôt que de l'écarter du gouvernement de la France, l'histoire aurait été autre. S'il avait été roi, il eût été grand. Sans lui tresser des couronnes de laurier, ni en faire un révolutionnaire (il était bien trop attaché à l'ordre existant), il est indéniable qu'un certain nombre de ses idées annoncent celles des Lumières.

Il fut un véritable mécène, lui-même s'adonnant avec talent à la peinture et à la musique.

Rappelons qu'en 1719, Voltaire avait vingt-cinq ans, Marivaux trente-trois ans, Watteau trente-cinq ans, Montesquieu trente ans...

S'intéressant personnellement aux sciences, il fut très attentif aux travaux de l'Académie des sciences. Amateur passionné de tableaux, il visitait les collections privées, faisait des offres d'achat comme pour la collection de Christine de Suède qu'il dut négocier huit années avant de l'acheter.

Sa galerie de tableaux, une des plus belles d'Europe, comprenait des toiles de Titien, Véronèse, Tintoret, Caravage, Michel-Ange, Carrache, Poussin, Van Dyck...

Cette collection sera dispersée par ses héritiers au fil des ans. Son fils, confit en religion, s'empressa de brûler des tableaux représentant des nus. En 1791, Philippe-Égalité vendra le reste.

Pierre Carlet de Marivaux (1686-1763)

Fils du directeur de la Monnaie de Riom, il monta à Paris en 1710 pour faire ses études de droit et les abandonna pour devenir « journaliste » au *Mercure de France*. Il fréquentait les salons, publia ses premiers romans (*La Vie de Marianne, Le Paysan parvenu*), écrivit une première pièce qui fut un four à la Comédie-Française. Il épousa Colombe Bollogne en 1717 dont il eut une fille. Se prenant au jeu du système de Law, il gagna beaucoup d'argent et perdit tout en 1720, y compris les quarante mille livres de dot de sa femme. Cette dernière mourut en 1723 et Marivaux ne se remaria pas.

En 1720, il remit anonymement *Arlequin poli par l'amour* à la Comédie-Italienne. Commença alors une longue collaboration. Un grand nombre de ses pièces de théâtre furent écrites pour Silvia Baletti, la comédienne vedette des Italiens. Auteur d'avant-garde de plus de quarante pièces, il n'était guère apprécié par la Comédie-Française et il fut l'objet d'une remarque peu aimable de Voltaire : « Il pèse des œufs de mouche dans une balance en toile d'araignée. » Il devra au succès des pièces de Musset, au XIXe siècle, de sortir de l'oubli.

Rentré à l'Académie française le 4 février 1743 grâce à la campagne menée en sa faveur par Madame de Tencin, il se passionna pour ses travaux.

Modeste, détestant le tapage, élégant, séduisant, trouvant « le Champagne d'une éloquence admirable », il mourut le 12 février 1763. Sa mort passa inaperçue. Le théâtre des Italiens disparut en 1785 avec le percement de la rue Étienne-Marcel.

François Massialot (1660-1733)

Il travailla pour de nombreux grands personnages mais sans être attaché à leur maison. Il resta libre, intervenant « à la demande » et se faisant payer à prix d'or. Monsieur, frère de Louis XIV et père du Régent, fit appel à lui de nombreuses fois pour organiser les soupers en compagnie de ses favoris. Ce fut lui qui initia Philippe d'Orléans à la cuisine. Quand ce dernier devint Régent en 1715, Massialot, âgé de cinquante-cinq ans, retrouva une seconde jeunesse et fut l'un des grands ordonnateurs des plaisirs culinaires de l'époque.

En 1691, il publia *Le Cuisinier royal et bourgeois*, véritable révolution dans la manière d'écrire un livre de cuisine. Il lui donna la forme d'un dictionnaire, les recettes étant classées par ordre alphabétique. Quoique nombre de plats fussent destinés à des tables princières, bien des recettes pouvaient être réalisées dans des foyers plus modestes. Son autre livre, *Nouvelle instruction pour les confitures, les liqueurs et les fruits*, publié en 1692, traitait des mets sucrés, des boissons et... des produits de beauté.

La grande innovation de Massialot fut de substituer au « coulis universel » en vogue dans la deuxième moitié du XVIIe siècle, pas moins de vingt-trois coulis ayant chacun une saveur et un usage particulier. Notons qu'il excellait dans l'art de farcir les volailles sous la peau.

Il fut le premier à donner une recette de crème pâtissière ainsi que de crème brûlée. Le premier également à se servir de la poudre de cacao pour faire une crème au chocolat qui lui apporta la célébrité, mais aussi une « macreuse au chocolat » (utilisé comme épaississeur), des « biscuits de chocolat » et des « massepains de chocolat glacé ».

La cuisine de Massialot ne se démarque pas énormément de celle de ses glorieux prédécesseurs du XVIIe siècle, Pierre de Lune et L.S.R., mais elle annonce une évolution que confirmeront les « nouvelles cuisines » de Marin et Menon à partir de 1740.

Dom Pierre Pérignon (1639-1715)

Non, dom Pérignon n'a pas inventé le Champagne ! Mais il a veillé sur son berceau et, grâce à son travail acharné, ses dons d'observation, sa sagacité et son inventivité technique, il a tracé le chemin qui allait faire de ce vin un phénomène unique au monde.

Arrivé en 1668 à Hautvillers, sa charge de « procureur » consistait à gérer les biens matériels de l'abbaye bénédictine et notamment ses vignobles qui constituaient sa principale richesse.

Dom Pierre Pérignon n'avait rien de la caricature du moine paillard, buveur et gros mangeur. Bien au contraire, il se pliait aux règles ascétiques de la congrégation de Saint-Vanne à laquelle appartenait son abbaye. On parla d'un secret, à propos de dom Pérignon. Le chanoine Godinot en fait brièvement état mais rien ne permet de penser que ce secret puisse être autre que le talent personnel de Pierre Pérignon.

Quels sont ses principaux apports à l'élaboration du Champagne ?

— le choix du pinot noir à très petits grains pour faire un vin blanc

– l'exclusion du moindre grain de raisin blanc
– l'assemblage de raisins de différentes parcelles
– l'interdiction du foulage au profit du pressage
– l'extraction du meilleur jus en séparant cuvées et tailles

Ces choix techniques avaient pour but de faire des vins de grande qualité. Les vins tranquilles de l'abbaye étaient tenus en haute réputation et constituaient l'essentiel de sa production. D'autres principes adoptés par dom Pérignon allaient permettre au vin mousseux de se développer.

– la mise en bouteille rendue possible avec une meilleure qualité du verre
– leur conservation en caves et non en celliers
– l'utilisation du bouchon de liège

Contrairement à ce qu'on peut lire parfois, dom Pérignon n'a inventé ni la bouteille, ni la flûte à Champagne, ni le bouchon ! Le pauvre homme avait bien assez à faire !

Né la même année que Louis XIV, il s'éteignit quelques jours après lui, le 24 septembre 1715. Il fut enterré dans le chœur de l'église de l'abbaye de Hautvillers, aux côtés de dom Thierry Ruinart, théologien dont le neveu, Nicolas Ruinart, ouvrit la première maison de Champagne en 1729.

Frère Oudart (1655-1742)

Frère convers de l'abbaye bénédictine Saint-Pierre-aux-Monts de Châlons, il arriva à Pierry en 1680 et y resta jusqu'à sa mort. Il exploita les vignes de Pierry, Cramant, Moussy, employant des dizaines de vignerons, des centaines de vendangeuses. En 1713, avec un tirage de quinze mille flacons, il était presque au niveau de Hautvillers. La moitié de la récolte partait pour l'abbaye de Châlons, le reste était vendu aux courtiers d'Épernay qui saluaient la qualité des vins de frère Oudart. Il ne fait nul doute que dom Pérignon et lui se connaissaient, d'autant que la paroisse de Pierry dépendait de l'abbaye de Hautvillers et que les dépenses étaient payées par dom Pérignon. Ont-ils collaboré? Certainement. Comment expliquer autrement le prix des vins de Pierry, aussi élevés que ceux de Hautvillers?

Quand il meurt, le 12 mai 1742, à l'âge de quatre-vingt-huit ans, il est enterré dans le chœur de l'église, honneur tout à fait inhabituel pour un frère convers (religieux n'ayant pas reçu les ordres sacrés et affecté aux tâches matérielles d'une abbaye).

En avril 1972, l'abbé Matthieu, curé de Pierry, mit à jour sa tombe. De toute évidence, elle avait été violée et pillée. L'examen des restes montra que frère Oudart mesurait 1,80 m. Des débris de verre et un bouchon en terre cuite furent retrouvés à ses pieds. D'autres choses auraient-elles disparu? Frère Oudart avait-il découvert quelque secret concernant la prise de mousse? Avait-il mis au point la liqueur de tirage? Le mystère reste entier et continue à agiter quelques esprits en Champagne.

Claude Moët (1683-1760)

Sa famille, originaire de Reims, vint s'installer à Épernay au tout début du XVIIIe siècle. Il fut, un temps, au service d'un viticulteur de Damery et, en 1716, acheta une charge de commissionnaire en vins. Il possédait déjà des vignes. Les premiers documents comptables de la maison Moët datent de 1743, mais il est évident qu'il s'est livré au commerce du Champagne tout au long de sa vie. La toute première maison de Champagne fut créée en 1729 par Nicolas Ruinart.

À Claude Moët succédèrent son fils, Claude-Louis-Nicolas Moët (1719-1792), puis son petit-fils, Jean-Remy Moët (1758-1841), qui donna à la Maison son véritable essor en ouvrant de nouveaux marchés au cours du XIXᵉ siècle. Jean-Remy Moët céda en 1832 la Maison à son fils, Victor Moët, et à son gendre, Pierre-Gabriel Chandon de Briailles. Elle prit alors la dénomination de Moët & Chandon. En 1823, Pierre-Gabriel Chandon entreprit de reconstituer l'ancien domaine de l'abbaye de Hautvillers (vignobles et bâtiments), qui avait été morcelé et vendu comme bien national pendant la Révolution. Les générations suivantes poursuivirent le développement de la Maison. Aujourd'hui, Moët & Chandon fait partie du groupe LVMH.

Chanoine Godinot (1661-1749)

Propriétaire de vignes à Bouzy, Verzenay, Taissy, il fit paraître, en 1718, le plus important témoignage de l'époque sur le Champagne : *Manière de cultiver la vigne et de faire le vin en Champagne et ce qu'on peut imiter dans les autres provinces pour perfectionner les vins.*

Chanoine de la cathédrale de Reims, il fut exclu des assemblées capitulaires en 1722 pour cause d'opinions jansénistes.

Ses vignes lui apportèrent la fortune qu'il décida de consacrer à des œuvres de bienfaisance. C'est ainsi qu'en 1747, Reims fut dotée de fontaines publiques. Il mourut le 15 avril 1749, toujours fidèle aux idées jansénistes qui avait causé sa disgrâce. À Reims, depuis 1843, une fontaine placée devant l'Union des maisons de Champagne lui rend hommage.

BIBLIOGRAPHIE

Réimpressions de documents d'époque
Journal de la Régence (1715-1723), Tome premier,
    Jean Buvat, Éditions Plon, 1865.

*Journal du marquis de Dangeau avec les additions du
duc de Saint-Simon, tomes XVII et XVIII*,
    Firmin Didot Frères, 1860.

Ces chronologies très précises m'ont permis, autant
que possible, de faire coïncider les aventures d'Alixe
et de Baptiste avec les événements politiques de
1718-1719.

**Principaux ouvrages consultés, disponibles
en librairie**
Le Régent,
    Jean-Christian Petitfils, Fayard, 2006.

Lettres de la princesse Palatine (1672-1722),
    Coll. « Le temps retrouvé », Mercure de France,
2002.

La Cour du Régent,
Saint-Simon, Éditions complexes, 1990.

La Banqueroute de Law,
Edgar Faure, Gallimard, 1977.

Le Marquis et le Régent. Une conspiration bretonne à l'aube des Lumières,
Joël Cornette, Taillandier, 2008.

L'Espagne du XIVᵉ au XVIIIᵉ siècle,
Alain Hugon, Coll. Campus, Armand Colin, 2000.

Philippe V d'Espagne,
Philippe Erlanger, Perrin, 2000.

Philippe V, réformateur de l'Espagne,
Jean-François Labourdette, Sicre Éditions, 2001.

Le Voyage en Espagne,
Bartolome et Lucile Benassar, Robert Laffont, 1998.

Vin, vignes et vignerons. Histoire du vignoble français,
Marcel Lachiver, Fayard, 2002.

Une histoire mondiale du vin de l'Antiquité à nos jours,
Hugh Johnson, Coll. « Pluriel », Hachette Littératures, 2006.

Vignobles de Champagne et Vins mousseux. Histoire d'un mariage de raison 1650-1830,
Benoît Musset, Fayard, 2008.

Le Désir du vin à la conquête du monde,
    Jean-Robert Pitte, Fayard, 2009.

Hautvillers, village d'histoire et de Champagne,
    Catherine Coutant, Fabienne Moreau, Archimiste,
    2001.

Da « Scalco alla moderna ». Né Pomodoro né Pasta,
    Claudio Novelli, Grimadi & C. Editori, 2003.

La Vie quotidienne en France au temps de la Régence,
    Jean Meyer, Coll. « La vie quotidienne », Hachette,
    1979.

La Comédie-Italienne, Marivaux et Silvia,
    Micheline Boudet, Albin Michel, 2001.

Et bien sûr
Que la fête commence !
    Film de Bertrand Tavernier, DVD Studio Canal.

REMERCIEMENTS

Je remercie Claude Berne et Valérie Boudier pour leurs conseils avisés ; Alain Hugon pour ses remarques judicieuses ; Stefano Bory pour la traduction des recettes d'Antonio Latini ; Natacha Udo-Beauvisage pour sa lecture attentive ; Véronique Foureur de Moët & Chandon qui m'a fait découvrir l'abbaye de Hautvillers ; Catherine Coutant qui m'a accompagnée à Épernay et Pierry ; Patrick Lopez, maire de Hautvillers ; Thérèse Fassier, Michèle Witta, Aurélien Pascual et Joël Hindelang, pour leur soutien et tous ceux, amis et lecteurs, qui m'encouragent à continuer la saga de la famille Savoisy.

CARNET DE RECETTES

Salade d'œufs
(François Massialot)

Pour 4 personnes
4 œufs durs – 12 filets d'anchois à l'huile – 1 c. à soupe de câpres – 1 petit fenouil – 1 petite betterave – 12 feuilles de laitue – quelques branches de pourpier selon la saison – 1/2 bouquet de cerfeuil – huile – vinaigre de Reims – sel et poivre

Écaler les œufs durs et ne garder que les jaunes. Disposer dans un plat de service les feuilles de laitue. Les garnir avec les œufs, la betterave et le fenouil coupés en petits morceaux. Parsemer des anchois, des câpres et du cerfeuil. Arroser de vinaigrette.

Œufs farcis
(François Massialot)

Pour 4 personnes
8 jaunes d'œufs durs – 1 cœur de laitue – 20 feuilles d'oseille – 2 gros champignons de Paris – 1/2 bouquet de persil – 1/2 bouquet de cerfeuil – 15 g de beurre – 2 c. à soupe de crème – 1 pointe de muscade – sel et poivre

Hacher les œufs, les légumes, les herbes, la muscade, le sel et le poivre. Faire revenir dans le beurre quelques minutes. Ajouter la crème et servir. (*Froid, c'est encore meilleur !*)

ŒUFS À LA TRIPE
(François Massialot)

Pour 4 personnes
8 blancs d'œufs durs – 20 g de beurre – 1/2 botte de persil – 1 grosse échalote – 2 c. à soupe de crème – muscade – sel et poivre

Couper les blancs d'œufs en bâtonnets. Les faire dorer à la poêle dans le beurre avec l'échalote hachée. Ajouter le persil, la muscade, le sel et le poivre. Ajouter la crème et servir.

OMELETTE DE FÈVES VERTES
(François Massialot)

Pour 4 personnes
8 œufs – 30 g de beurre – 400 g de fèves fraîches épluchées – un demi-bouquet de persil – 1 échalote – 15 cl de crème – 1 jaune d'œuf – sel et poivre

Faire cuire les fèves 4 min à l'eau bouillante. Les égoutter. Faire l'omelette. Mettre les fèves dans une casserole avec le persil, l'échalote, la crème, le sel et le poivre. Faire chauffer 2 min et au dernier moment lier avec le jaune d'œuf. Dresser l'omelette dans un plat de service et disposer les fèves dessus.

Pizza d'asperges
(Antonio Latini)

Pour 6 personnes
1 fond de pâte feuilletée – 1 kg d'asperges – 500 g de
ricotta – 120 g de parmesan – 100 g de pâte d'amandes
– 2 jaunes d'œufs – 1 œuf entier – 1 c. à soupe d'eau de
rose – sel et poivre

Faire cuire les asperges 15 min dans de l'eau bouillante.
Bien égoutter. Passer la moitié des asperges au mixer.
Couper l'autre moitié en petits tronçons. Dans une
jatte, mélanger les fromages, les œufs et les autres
ingrédients. Ajouter les asperges. Mettre le mélange
sur le fond de tarte. Faire cuire 25 min au four à 210 °C
(th.7).

Soupe aux palourdes
(Antonio Latini)

Pour 6 personnes
1,5 kg de palourdes ou de tellines – 6 cœurs d'artichauts
– 100 g de pistaches – une dizaine de feuilles de basilic
– 20 cl d'huile d'olive – 1/2 citron – 2 petites gousses
d'ail – sel et poivre

Hacher le basilic. Broyer les pistaches. Faire cuire les
cœurs d'artichauts à l'eau bouillante, les égoutter et les
faire sauter à la poêle avec la moitié de l'huile. Faire
ouvrir les coquillages dans une grande casserole avec
le reste de l'huile et les gousses d'ail épluchées. Passer
au chinois le jus de cuisson. Enlever les coquilles. Ajouter les palourdes et leur jus aux artichauts. Ajouter le

jus de citron, les pistaches, le basilic, le poivre et le sel si nécessaire. Servir avec des pâtes.

POTAGE AUX MOULES
(François Massialot)

Pour 4 personnes
4 litres de moules – 10 branches de persil – 1 oignon piqué d'un clou de girofle – 250 g de champignons de Paris – 4 fonds d'artichauts – 30 g de beurre – 1 c. à soupe de farine – 1 bouquet de fines herbes – 1 citron – 1 jaune d'œuf

Faire cuire les fonds d'artichauts dans de l'eau bouillante environ 15 min. Faire ouvrir les moules dans un faitout avec l'oignon, le persil et le beurre. Dès qu'elles sont ouvertes, enlever les coquilles. En garder une douzaine avec leurs coquilles pour la décoration. Conserver le jus de cuisson en enlevant l'oignon et le persil. Dans une cocotte, faire revenir les champignons émincés dans le beurre. Ajouter les fonds d'artichauts coupés en quatre, puis les moules et la farine. Mouiller avec le jus de cuisson des moules. Ajouter les fines herbes hachées et le citron coupé en rondelles. Saler et poivrer. Laisser cuire quelques minutes et servir en décorant avec les moules dans leurs coquilles.

TRUITES AU BLANC
(François Massialot)

Dans le livre de Massialot, cette recette est destinée aux aloses. Puisque ce poisson a quasiment disparu, on peut se rabattre sur la truite, le saumon ou tout autre poisson !

Pour 4 personnes

4 filets de truites – 60 g de beurre – 1 citron – 4 fonds d'artichauts – 250 g de champignons de Paris – 8 asperges – 1/2 bouquet de persil – 1/2 bouquet de ciboulette – 1 jaune d'œuf – 1 c. à soupe de vinaigre de Reims – une pointe de muscade – sel et poivre

Faire cuire à l'eau bouillante les asperges et les fonds d'artichauts environ 15 min. Bien les égoutter. Faire fondre la moitié du beurre dans une poêle. Faire revenir les champignons émincés pendant 5 min. Ajouter les fonds d'artichauts et les asperges coupés en petits morceaux ainsi que les herbes hachées. Saler et poivrer. En même temps, faire dorer les filets de truites dans une poêle avec le reste du beurre. En fin de cuisson ajouter la muscade et le jus de citron. Dans un bol, battre le jaune d'œuf et le vinaigre. Ajouter au mélange de légumes. Bien remuer et laisser chauffer 1 min. Mettre dans un plat de service et disposer les filets de truites dessus.

SARDINES À L'OSEILLE
(François Massialot)

Dans le livre de Massialot, cette recette est destinée aux aloses. Puisque ce poisson a quasiment disparu, on peut se rabattre sur sa cousine, la sardine.

Pour 4 personnes

8 grosses sardines entières ou en filets – 1 échalote – 1 botte d'oseille – 1/2 bouquet de persil – 1/2 bouquet

de cerfeuil – 20 g de beurre – 2 c. à soupe de crème – muscade – sel et poivre

Faire griller les sardines. Faire fondre l'échalote hachée dans le beurre. Ajouter l'oseille et les herbes hachées, la muscade, le sel et le poivre. Faire cuire sur feu doux 3-4 min. Ajouter la crème. Servir les sardines avec cette sauce.

POISSON À LA SAUCE D'ANCHOIS
(François Massialot)

Pour 4 personnes
800 g de filets de poisson – 8 anchois à l'huile – le jus d'une orange et d'un citron – 20 g de câpres – 100 g de beurre – poivre

Faire cuire les filets au court-bouillon. Broyer les anchois dans un mortier. Les faire fondre dans le beurre sur feu doux. Ajoutez les jus d'orange et de citron, les câpres, le poivre. Napper les filets de poisson avec cette sauce.

POISSON AU BLANC
(François Massialot)

Pour 4 personnes
600 g de filets de poisson – 300 g de champignons de Paris – 20 cl de crème – 20 g de beurre – 1 jaune d'œuf – 1/2 bouquet de persil haché – 1 citron – muscade – sel et poivre

Dans une poêle, faire fondre les champignons avec le beurre pendant 5 min. Ajouter les filets de poisson coupés en morceaux, puis le persil haché, la muscade, le sel, le poivre, la crème et le jus de citron. Faire cuire à feu très doux 8 min.

POISSON À L'ESPAGNOLE
(François Massialot)

Pour 4 personnes
600 g de filets de poisson – 30 g de beurre – 2 verres de vin blanc – 1 gousse d'ail – 1 feuille de laurier – 2 branches de thym – sel et poivre

Mettre dans une petite casserole le vin blanc, l'ail écrasé, les herbes. Faire chauffer doucement. Pendant ce temps, faire cuire les filets de poisson à la poêle dans le beurre. Napper les filets avec la sauce et servir.

SAUCE RAMOLADE
(François Massialot)

1 bouquet de persil – 2 échalotes – 1 c. à soupe de câpres – 3 filets d'anchois à l'huile – 3 c. à soupe d'huile d'olive – 1 c. à soupe de vinaigre – poivre

Hacher finement tous les ingrédients. Mélanger vigoureusement l'huile et le vinaigre, ajouter le hachis. Bien mélanger et servir avec poissons et viandes.

PÂTÉ DE VOLAILLE
(François Massialot)

Pour 6 personnes
2 rouleaux de pâte feuilletée – 400 g de pintade (ou mieux encore de faisan) – 200 g de poitrine de veau – 200 g de jambon cuit – 150 g de poitrine de porc fraîche – 250 g de champignons – 2 jaunes d'œufs – 1 bouquet de ciboulette – 1/2 bouquet de persil – 1 pincée de muscade en poudre – poivre

Couper les viandes et les champignons en petits morceaux. Ajouter les herbes hachées, la muscade, le sel et le poivre. Faire revenir à la poêle 10 min. Mettre dans un plat à tarte la première abaisse de pâte, verser le mélange, recouvrir de la deuxième abaisse. Faire un petit trou au centre de la pâte. Mettre au four à 180 °C (th. 6) pendant 35 min.

PIGEON AU FENOUIL
(François Massialot)

Pour 2 personnes
2 pigeons – 100 g de poitrine de porc fumée – 1 fenouil – 1/2 bouquet de persil – 1/2 bouquet de ciboulette – 100 g de beurre – sel et poivre

Couper en petits morceaux la poitrine de porc et le fenouil. Hacher le persil et la ciboulette. Mélanger le tout, saler et poivrer. Farcir les pigeons avec le mélange. Les enduire de beurre. Les mettre au four à 210 °C (th. 7) pendant 30 min en les arrosant régulièrement de beurre.

Le pigeon est délicieux mais cher ! Vous pouvez faire la même recette avec une pintade.

FILETS DE POULARDE À LA CRÈME
(François Massialot)

Pour 4 personnes
4 filets de poulet – 4 fonds d'artichauts – 250 g de champignons – 10 branches de persil – 10 branches de cerfeuil – 1/2 bouquet de ciboulette – 1 jaune d'œuf – 30 g de beurre – 25 cl de crème – 1/2 cube de bouillon de volaille – 25 cl d'eau – sel et poivre

Faire cuire les fonds d'artichauts à l'eau bouillante 15 min. Couper les filets de poulets en morceaux et les faire revenir à la poêle dans le beurre avec les champignons émincés 10 min environ. Ajouter les fonds d'artichauts coupés en quatre. Faire fondre le 1/2 cube de bouillon dans l'eau chaude et ajouter au plat. Porter à feu vif 5 min. Puis ajouter les herbes, la crème. Et pour finir le jaune d'œuf délayé dans un peu de crème. Laisser 1 min sur le feu et servir.

POULET AUX OLIVES
(François Massialot)

Pour 6 personnes
1 poulet – 150 g de poitrine de porc – 25 cl de vin blanc demi-sec – 150 g d'olives dénoyautées – 2 c. à soupe de câpres – 1/2 bouquet de persil – 1/2 bouquet de ciboulette – 1/2 bouquet de cerfeuil – 2 c. à soupe de farine – 1 cube de bouillon de volaille – 25 cl d'eau –

1 jus d'orange – 2 filets d'anchois à l'huile – 1 pincée
de thym – 1 feuille de laurier – sel et poivre

Faire rôtir le poulet au four 45 min. Dans une cocotte,
faire revenir la poitrine de porc coupée en petits morceaux, ajouter les 3/4 du persil haché et de la ciboulette,
ajouter la farine, bien mélanger, verser le vin blanc.
Ajouter les câpres, les anchois, les olives, le thym, le
laurier, le poivre. Faire fondre le cube de bouillon dans
l'eau chaude. Ajouter dans la cocotte et laisser mijoter 15 min. Quand le poulet est cuit, le découper en
morceaux. Jeter la graisse mais garder le jus de cuisson. L'ajouter ainsi que les morceaux de poulet dans la
cocotte. Laisser mijoter 15 min. Ajouter le jus d'orange
et éventuellement du sel. Disposer les morceaux sur un
plat de service, napper de sauce, décorer avec le reste
des herbes.

POULARDE EN FILETS
(François Massialot)

Pour 4 à 6 personnes
1 poulet – 4 c. à soupe d'huile d'olive – 2 c. à soupe
de vinaigre de Reims – le jus d'un citron – 1 gousse
d'ail – 2 c. à soupe de câpres – 1/2 bouquet de persil –
1/2 bouquet de ciboulette – sel et poivre

Faire rôtir le poulet au four de 45 min à 1 h selon son
poids. Une fois refroidi, émietter la chair et la disposer
dans un plat de service. Dans un bol, mélanger l'ail, les
câpres, le persil et la ciboulette hachés. Ajouter l'huile,
le vinaigre, le citron. Poivrer. Saler si nécessaire. Ver-

ser le mélange sur la chair de poulet. Laisser mariner
2 h minimum avant de servir.

POULET À LA MAURESQUE
(Antonio Latini)

1 poulet coupé en morceaux – 1 tranche épaisse de
jambon cru – 1 cube de bouillon de volaille – 25 cl
d'eau – 1 c. à café de cannelle – 1 c. à café de coriandre
en poudre – 1/4 de c. à café de muscade en poudre –
1 pointe de clou de girofle en poudre – le jus d'un citron
– 50 g de pistaches – 50 g d'amandes – 2 tranches de
pain – 10 cl d'huile d'olive – poivre

Dans une cocotte, faire dorer les morceaux de poulet
et le jambon coupé en petits morceaux. Faire fondre le
cube de bouillon dans l'eau, ajouter les épices et verser sur le poulet. Faire cuire à feu doux 35 min. Faire
griller le pain. Le passer au mixer avec les pistaches,
les amandes et le jus de citron. Ajouter ce mélange au
poulet et laisser cuire 10 min supplémentaires.

CANARD À LA PÂTE DE COING
(Antonio Latini)

Pour 4 personnes
1 canette découpée en morceaux – 8 gousses d'ail –
1 c. à soupe de pâte de coing – 1 cube de bouillon de
volaille – 20 cl d'eau – 15 cl de muscat – sel et poivre

Faire dorer les morceaux de canette dans une cocotte
10 à 15 min. Enlever les morceaux et faire dorer les

gousses d'ail non épluchées 2-3 min. Jeter l'huile. Remettre les morceaux de viande et les gousses d'ail dans la cocotte. Ajouter le muscat et le bouillon de volaille délayé dans l'eau. Poivrer. Saler si nécessaire. Laisser cuire à feu doux 45 min.

LAPIN « EN MOLLO »
(Montino)

Pour 6 personnes
1 lapin – 2 cubes de bouillon de légumes – 20 cl d'huile d'olive – 1 oignon – 50 g de câpres – 3 c. à soupe de vinaigre de Jerez – poivre

Couper le lapin en 4 morceaux. Mettre 2 litres d'eau dans un faitout, ajouter les cubes de bouillon et le lapin. Le faire cuire 40 min. Laisser refroidir. Faire revenir à feu très doux l'oignon finement haché dans un peu d'huile d'olive. Émietter la chair du lapin. Ajouter l'oignon, les câpres, le reste de l'huile d'olive, le vinaigre et le poivre. Bien mélanger. Mettre dans un moule à cake revêtu de film alimentaire et laisser une nuit au frigo. Démouler au moment de servir.

VEAU MARINÉ, SAUCE ROQUETTE
(Montino)

Pour 4 personnes
600 g de rouelle de veau – 400 g de roquette – 20 cl de vinaigre de Xeres – 2 tranches de pain – 1 c. à café d'origan – 1/2 c. à café de cannelle en poudre – sel et poivre

Couper le veau en tranches fines. Les saupoudrer avec l'ail haché, l'origan, le sel et le poivre. Recouvrir de vinaigre et faire mariner 2 h. Faire griller le pain. Le passer au mixer avec la roquette. Ajouter la cannelle. Faire cuire les tranches de veau à la poêle 2 min. Ajouter le jus de cuisson dans le mélange pain-roquette. Napper le veau de cette sauce. Servir chaud ou froid.

BŒUF À LA MODE
(François Massialot)

Pour 4 personnes
1 kg de bœuf (basses côtes, paleron) – 30 g de beurre – 2 verres de vin blanc – 2 échalotes – 5 feuilles de basilic – 10 branches de persil – thym – 1 feuille de laurier – 1 clou de girofle – le zeste d'un citron vert – sel et poivre

Hacher l'échalote et les herbes, ajouter les autres ingrédients. Mettre la viande dans cette marinade et la laisser 2 h. Égoutter la viande et garder la marinade. Faire fondre le beurre dans une cocotte et faire dorer la viande 10 min. Verser la marinade. Faire cuire à petit feu 2 h. Laisser refroidir et servir avec du persil haché.

CHAMPIGNONS À LA CRÈME
(François Massialot)

Pour 4 personnes
600 g de champignons de Paris – 30 g de beurre – 20 cl de crème – une dizaine de branches de persil – cerfeuil – ciboulette – une pointe de muscade – sel et poivre

Émincer les champignons. Les faire revenir à feu vif dans une poêle avec le beurre. Quand ils sont presque cuits, ajouter les herbes hachées, la muscade, le sel et le poivre, puis la crème. Laisser sur le feu 2 min et servir.

ASPERGES À LA CRÈME
(François Massialot)

Pour 4 personnes
1 kg d'asperges – 30 cl de crème – 1 jaune d'œuf – 2 c. à soupe de persil haché – 1 échalote hachée – 1 pointe de muscade – sel et poivre

Nettoyer les asperges et les faire cuire dans de l'eau bouillante pendant 20 min. Les couper en tronçons. Les mettre dans une cocotte avec la crème, le persil et l'échalote, la muscade, le sel et le poivre. Faire chauffer doucement quelques minutes et servir.

SALADE ROYALE
(Antonio Latini)

Pour 6 personnes
1 scarole – 1 carotte – 1 branche de céleri – 100 g d'olives dénoyautées vertes et noires – 20 g de câpres – 6 filets d'anchois à l'huile – 1 boîte de thon à l'huile – 1 filet de poisson blanc cuit – 6 œufs durs – 12 radis – 30 g de raisins secs – 30 g de pistaches concassées – 100 g de croûtons de pain – grains de raisin frais (en saison) – huile – vinaigre – sel et poivre

Émincer les légumes, effeuiller la scarole et mélanger tous les ingrédients. Assaisonner.

CRÈME BRÛLÉE À L'ORANGE
(François Massialot)

Pour 4 personnes
1/2 litre de lait – 60 g d'amandes en poudre – 5 jaunes d'œufs – 1 c. à soupe de farine – 50 g de sucre + 2 c. à soupe de sucre pour la caramélisation – 1 c. à soupe d'eau de fleur d'oranger – le zeste d'un citron – le zeste d'une orange

Faire chauffer le lait. Râper les zestes d'orange et de citron. Dans une jatte, mélanger les jaunes d'œufs, la poudre d'amandes, le sucre, les zestes râpés, la farine et l'eau de fleur d'oranger. Verser sur le mélange le lait chaud et bien remuer. Mettre l'ensemble dans une casserole, faire chauffer à feu doux en remuant constamment avec une cuillère en bois pendant environ 10 min. Enlever du feu dès que le mélange s'épaissit. Verser dans un grand plat ou dans des ramequins individuels allant au four. Laisser refroidir. Avant de servir, saupoudrer de sucre et passer 2 min sous le gril du four.

TARTE D'AMANDES
(François Massialot)

Pour 6 à 8 personnes
1 fond de pâte brisée – 250 g d'amandes – 3 œufs – 20 g de citron confit – le zeste d'un citron vert – 100 g de sucre – 1 c. à soupe d'eau de fleur d'oranger

Piler les amandes. Ajouter le citron confit en petits morceaux, le zeste de citron vert et le sucre. Ajouter au mélange les 3 jaunes d'œufs et deux blancs battus en neige. Verser sur la pâte. Mettre au four à 210 °C (th. 7) pendant 25 min.

TARTE DE FRANCHIPANNE
(François Massialot)

2 fonds de pâte feuilletée – 40 cl de crème – 250 g de pistaches concassées – 20 g d'écorce de citron confite – 3 jaunes d'œufs – 100 g de sucre – 1/2 c. à café de cannelle – 1 c. à soupe d'eau de fleur d'oranger

Mélanger la crème, les pistaches concassées, l'écorce de citron coupée en petits morceaux, le sucre, la cannelle, l'eau de fleur d'oranger et les jaunes d'œufs. Mettre ce mélange sur le fond de tarte. Recouvrir avec des petites bandes de pâte découpées dans la deuxième abaisse. Faire cuire 25 min au four à 210 °C (th. 7).

BISCUITS DE PISTACHES
(François Massialot)

250 g de pistaches – 24 amandes émondées – 30 g d'écorce de citron confit – le zeste d'un citron – 6 blancs d'œufs – 3 jaunes d'œufs – 250 g de sucre – 1 c. à soupe de farine

Concasser pistaches et amandes. Mélanger la farine, le sucre, les 3 jaunes d'œufs, le citron confit et le zeste de citron. Incorporer soigneusement les blancs battus en neige. Mettre dans des petits moules et faire cuire 15 min au four à 180 °C (th.6).

Recettes de beauté extraites de
Nouvelle instruction pour les confitures, les liqueurs et les fruits de François Massialot (1692)

LAIT VIRGINAL

Dans une bouteille de gros verre dans laquelle vous aurez mis une pinte d'esprit-de-vin et une chopine d'eau-de-vie, vous y mettrez quatre onces du benjoin le plus beau, deux onces de florax, une demi-once de cannelle, deux gros de clous de girofle, deux noix de muscade, le tout concassé, vous y ajouterez quelques petits morceaux de vessie de musc et huit grains d'ambre concassés ; puis vous boucherez bien la bouteille et vous l'exposerez au soleil pendant un mois et vous aurez du lait virginal d'une agréable odeur.

POMMADE POUR LES LÈVRES

Vous ferez fondre dans une terrine quatre onces de pommade de jassemin ou de fleurs d'orange avec une once de cire blanche et quelques bâtons d'orcanet pour lui donner la couleur et ayant un peu bouilli, vous les passerez par un linge, puis vous la mêlerez doucement jusqu'à ce qu'elle soit refroidie.

Vous ferez bouillir un demi-septier de vin blanc, avec deux cuillerées de miel blanc et vous y ferez bouillir en même temps des racines de guimauve que vous aurez taillées auparavant de la longueur du doigt et taillées par le bout comme des petites brosses et ayant bouilli un peu de temps, vous les retirerez pour vous en servir au besoin.

Du même auteur :

SOUPER MORTEL AUX ÉTUVES,
ROMAN NOIR ET GASTRONOMIQUE À PARIS AU MOYEN ÂGE,
Agnès Viénot Éditions, 2006.

MEURTRES À LA POMME D'OR, ROMAN NOIR
ET GASTRONOMIQUE AU TEMPS DE LA RENAISSANCE,
Agnès Viénot Éditions, 2006.

NATURES MORTES AU VATICAN, ROMAN NOIR
ET GASTRONOMIQUE EN ITALIE À LA RENAISSANCE,
Agnès Viénot Éditions, 2007.

MEURTRES AU POTAGER DU ROY, ROMAN NOIR
ET GASTRONOMIQUE À VERSAILLES AU XVIIᵉ SIÈCLE,
Agnès Viénot Éditions, 2008.

LES AVENTURES DU CUISINIER SAVOISY,
Agnès Viénot Éditions, 2010.

Composition réalisée par Asiatype

Achevé d'imprimer en octobre 2010 en Espagne par
LITOGRAFIA ROSÈS S.A.
Gava (08850)
Dépôt légal 1re publication : novembre 2010
LIBRAIRIE GÉNÉRALE FRANÇAISE – 31, rue de Fleurus – 75278 Paris Cedex 06

31/2875/8